繪／紅麟

繪／紅麟

Gaea

Gaea

特殊傳說 II
亙古潛夜篇 02
護玄——著

特殊傳說 II

亙古潛夜篇 02

目錄

特殊傳說 II

THE UNIQUE LEGEND

互古潛夜篇

登場人物介紹

Atlantis 學院

姓名：褚冥漾（漾漾）
年級/班別：高中二年級/C部
性別：男
袍級/種族：無/人類（妖師）
個性：非常普通的男高中生，個性有點怯懦，不太敢與人互動。

姓名：冰炎（學長）
性別：男
袍級/種族：黑袍/燄之谷與冰牙族後裔
個性：脾氣暴躁、眼神銳利。不過是標準刀子口豆腐心的好人～
目前狀況：沉睡中

姓名：米可蕥（喵喵）
年級/班別：高中二年級/C部
性別：女
袍級/種族：藍袍/鳳凰族
個性：個性爽朗、不拘小節，喜歡熱鬧。非常喜歡冰炎學長！

姓名：雪野千冬歲
年級/班別：高中二年級/C部
性別：男
袍級/種族：紅袍/？
個性：有點自傲，知識豐富像座小型圖書館；討厭流氓！兄控!?

登場人物介紹

Atlantis 學院

姓名：西瑞．羅耶伊亞（五色雞頭）
年級/班別：高中二年級/C部
性別：男
袍級/種族：無/獸王族
個性：個性爽朗、自我中心。出身於暗殺家族，打扮像台客。

姓名：萊恩．史凱爾
年級/班別：高中二年級/C部
性別：男
袍級/種族：白袍/人類
個性：個性隨意，存在感低、經常超自然消失在人前，執著於飯糰！

姓名：藥師寺夏碎
性別：男
袍級/種族：紫袍/人類
個性：個性淡泊，不喜過多交談，是個溫柔的好哥哥。
目前狀況：醫療班療養中

姓名：席雷．阿斯利安（阿利）
年級：大學一年級
性別：男
袍級/種族：紫袍/狩人
個性：友善隨和，善於引領他人。

其他

姓名：休狄．辛德森（摔倒王子）
種族身分：奇歐妖精族的王子
性別：男
袍級：黑袍
個性：看重血脈、家族、榮譽，厭惡隨便打交道。

姓名：九瀾．羅耶伊亞（黑色仙人掌）
身分：醫療班，鳳凰族首領左右手
性別：男
袍級：黑袍、藍袍（雙袍級）
個性：科科科科科……

登場人物介紹

其他

姓名：式青（色馬）
性別：男
種族：傳說中的幻獸．獨角獸
特色：能化為獸形或是人形
個性：只要美人希望我怎樣我就怎樣～

姓名：凱里厄卡達
身分：魔使者
性別：男
個性：冷酷無情、毫無情感波動
特別說明：實力高超到一個境界……

姓名：烏鷲
身分：連結漾漾夢境的神祕小孩
性別：男
個性：似乎非常害怕寂寞
特別說明：夢連結的能力不弱，甚至還……

姓名：褚冥玥
身分：大二生，漾漾的姊姊
性別：女
袍級/種族：紫袍/人類（妖師）
個性：直率強硬，很有個性的冷冽美女。
異性緣爆好！

過去的傳說

時間總是過得很快。

如果可以的話，許多人在經歷過這段時間之後，會永遠想停留在這裡。

他在中途離開時並沒有告訴任何人，也沒有告訴一向感情不錯的老師，甚至前一天晚上他們還像是平常時那樣提著飲料點心衝往隨機的地方遊玩。

風平浪靜的時間不可能維持永遠。

對於這個家庭而言，更是困難。

我想做什麼？

曾經有幾次他這樣問著自己，但是往往總是他能做什麼、他不能做什麼取代了他想做什麼。

王族和貴族的孩子們出生之後被剝奪了自由的權利，但是至少他們能夠順從自己的心生活在這個世界裡面。

這裡的孩子從頭到尾都只能走這麼一條路。

或許他只是生錯了地方而已。

女性的手足曾經告訴過他，如果他想離開，所有的兄弟姊妹都會幫助他永遠脫離這裡，但是只要他往前走、就不能再回頭。

他的血緣將不再是屬於這裡，他無姓無名從此毫無關聯。

還未給予答案之前，他們就先分離了。

不可否認的是，他們家族流傳的血脈中必定是擁有著部分的殘酷與嗜血，所以才能支撐著他們龐大的家族長久的時間。

或許，在未來的某一天他也會成爲像是手足般的人吧？

在未來……

第一話　消失的旅團

五色雞頭有點怪。

應該說，在艾芙伊娃離開之後，他的表情一直很僵硬。

這讓我有點不太敢去問他那個六羅到底是他的誰。因爲光聽那個姓也知道絕對是他家裡面的誰誰誰，只是不知道是什麼關係就是。

「西瑞，你剛剛要找我不是要幹嘛嗎？」我想我還是不要主動問他好了，萬一不幸踩到雷大概現場會先死到我。

愣了下，五色雞頭像是猛然回過神，露出很不自然的面部抽筋笑，「呃、去吃飯……」他很難得地連精神都沒了，似乎想說什麼廢話，不過嘴巴張張闔闔，最後只吐出一句：「本大爺叫他們弄好豪華大餐了。」

「那就去吃飯吧？」聳聳肩，我還能講啥咧。

「好。」一提到吃飯，五色雞頭的精神突然又來了，然後拽著我的肩膀往前跑，「吃飽之後本大爺帶你去見識一下本大爺的精心裝潢～」

不了，後面那個我眞的不想看，我非常不想從這家旅館出去之後除了眼睛被閃還心靈受創，我也不想挑戰極限地知道這世界上還有多少發著光的可怕物品。

人果然還是要活在現實裡比較好，他的世界實在是太超脫、太閃亮、太無限，我一定承受不住的……

被五色雞頭拽著走了幾圈走廊後，最後出現在我們面前的是間巨大餐廳，雖然規模不能和學校相比，但就一般餐廳來說也夠大了——只是我在踏進去那一秒以爲我看見的不是餐廳，而是另一種地方。

我想通常踏進門之後看見的第一個東西是雄偉無比又震懾四方、瑞氣千條的金光大佛之後，應該沒有人可以半秒就反應過來這是餐廳吧……難不成你家餐廳拜的是食神！

我沒有看過有人在餐廳正前方供奉食神的！而且還是這種長得超不像食神的食神！

仔細一看還可以發現這大佛在笑！這大佛竟然露出俯瞰人間的淡淡微笑！笑得我眼睛都痛了，這讓我充分體會到原來真的有微笑會閃到人眼痛的。

果然五色雞頭的審美觀眞的有問題，到底是他家的誰給他這種錯誤觀念！整個髮尾到腦細胞都出問題了啦！

「很讚吧！本大爺當初爲了拿到這尊花了三天三夜，最後實在是煩了，直接問對方要擰斷脖子還是要給我才到手的！」注意到我眼睛抽搐還盯著金光大佛之後，五色雞頭用很得意的語氣說道：「不過當然本大爺還是掛了他，任務交差嘛～」

這種壞事不要說得理所當然！

你家的教育整個偏差到了極點！

「哈……哈……哈，我對來源沒興趣。」我深深覺得我應該回去之後要把周邊五色雞頭可能有興趣的東西給收起來，不然有天自己怎樣死的都不知道。

不過在看了他設計的旅館之後，我對於當初抽禮物會抽到免死金牌這件事有點釋懷了。幸好當初他不是送我神聖蓮花金手指！不然在收到那一秒我絕對砸回去他臉上。

扯著我進到餐廳裡，應該是爲了招待五色雞頭，整間餐廳連一個客人都沒有，也有可能是客人被這餐廳氣勢嚇得屁滾尿流逃出去。總之，整排的服務生就站在兩側，一看見我們進來馬上大喊歡迎光臨之類的話，接著有盛裝的服務生領著我們到最大的餐桌旁邊……我已經不太想嫌棄那張超級豪華的石雕餐桌了，至少它上面還有能吃的東西。

重點是它沒有閃光，這讓我多少有點安慰。

我不想吃一頓飯被桌子閃到眼瞎。

接著在我把視線往桌上飯菜看過去時，差點連血都吐出來了。

「本大爺欽點的滿漢全席～！」根本不知道能不能吃完的五色雞頭歡樂地向我展示傳說中會吃到肚皮爆炸的超級豪華中華大餐。

你有病啊！

兩個人吃滿漢全席你是想死了是嗎！

你想死我還不想跟著你一起死啊！

不、重點是你家的餐廳是怎樣在短時間裡弄出滿漢全席的，這眞的能吃嗎？你是來整死你家旅館全體員工的是吧？

「西瑞，我突然想起來我剛剛有吃了一點乾糧，所以我還是晚一點再過來吃好了……」看到那滿坑滿谷從人界延伸到冥界、好像沒有盡頭的菜，我有種胃整個滿起來的感覺，現在連食慾都被嚇縮，完全感覺不到餓了。

「喔哈，別客氣，吃不夠還可以再加菜的。」根本聽不懂人話的五色雞頭抓住我，然後把我按到座位上，自己就坐在旁邊，「漾～沒吃完會遭天譴喔～」

那個天譴該不會是你吧？

就在我想要先給他死還是自己死的時候，餐廳外再度傳來一些騷動，接著是兩個讓我感動的人被一堆夏威夷女郎給拱進來。

「這是怎麼回事？」明顯被嚇了一大跳的阿斯利安在一堆中空的女郎中顯得有點不知所措，後面的摔倒王子也差不多是那種想把身邊東西都揮走、但是不敢動手的表情。

畢竟夏威夷女郎沒揮好，剝掉人家上面那件會當場變成變態性騷擾的。

我深深相信這個認知不管是在原世界還是守世界都一樣。

「喔，剛剛說他們到了，本大爺叫接待的直接帶過來吃飯。」抓著超大蟹腳放到嘴裡咬，五色雞頭給我這種模糊不清的答案。

太好了，現在變成四個人吃滿漢全席，除了五色雞頭之外我可能會有滿胃嘔吐夥伴。

「咦？雷拉特呢？」我居然沒有看到第五個。

「城主邀請遠望者留下來進行餐敘，想討論一下目前各地發生的事宜，因爲有點擔心你們，所以我和王子殿下才提早回來，不過……」阿斯利安露出一種難以形容的表情。

就算他不說我也知道，他下面那句一定是要接「不過我如果早知道是這種鳥地方，我寧願住在外面也不回來」之類的修飾詞。

「這是什麼鬼地方！」摔倒王子很誠實地在錯愕之後直接爆出他的不滿。

「嗄！你對本大爺的資產有啥意見嗎！」五色雞頭直接拍桌站起，拿著蟹腳指向摔倒王子，「本大爺已經看你不順眼很久了，要嘛就滾出去街上住……」

「好。」搞不好就是在等他說這句話的摔倒王子扭頭就走。

阿斯利安立刻將他給攔住，「既然是西瑞學弟的好意，我們就住在這邊吧，擅自離隊也不是好事。」

皺起眉，摔倒王子一臉就是他寧願離隊也不想半夜睡在這裡，不過大概是怕又和阿斯利安吵起來，所以反常地沒有吭聲，只冷哼一聲後撞開旁邊的夏威夷女郎，挑了個離五色雞頭最遠的位子坐下來。

等他坐好看清楚桌上有什麼鬼東西之後，整個臉色又變了。

「這還眞是豐富的一餐……」阿斯利安看著傳說中的滿漢全席，只能說出這些話。

「哈，本大爺當然不可能弄出寒酸的一餐。」五色雞頭很歡愉地拍拍他那件傳說中的紀念品，然後坐了下來。

……

等等，我現在才注意到五色雞頭有換衣服！

衣服上的文字變成「維護生命安全、請勿拍打餵食」！

你那些怪衣服到底都是去哪裡長出來的？居然比我這個台灣人還知道更多怪東西！

我覺得我再繼續看下去眞的會直接吐槽他，所以在阿斯利安坐到我旁邊後便立刻將視線轉移開來，「對了，你們怎麼這麼快就回來了？」還以爲他們大概會深夜才離開，畢竟他們是要去公會報到和找這裡的城主，時間上實在是太快了一點。

「公會打探消息會晚點傳過來；到了之後發現原來城主是認識的……他之前曾在我們學院學習，所以彼此打過招呼後就先離開了。」阿斯利安微笑地這樣告訴我他們的行程，面不改色地接過了夏威夷女郎遞給他的碗公，裡面還有像山一樣滿滿的白米飯。

立刻轉過頭，我在服務生把碗公放到我桌上之前擋住她，馬上請她幫我換個人能吃的正常分量。

「對了，式青不出來用餐嗎？」

雖然是微笑，但阿斯利安給我一種謎樣的邪惡黑氣，那個好像是在問我說「那隻獨角獸不用一起出來受死嗎」的恐怖感覺。

「式、式青大哥在睡覺。」我現在才想到我忘記去把獨角獸給打起來一起死。

「原來如此，晚一點我們再帶東西進去給他吃好了。」面不改色地吃掉了一整塊東坡肉，阿斯利安用一種讓我覺得有點可怕的速度用餐。

說可怕……其實就是他在說話和優雅地動筷之間，面前的飯菜會突然消失不見，也看不出來他是怎樣吃進去的。

感覺上就是吃很小的分量，但是消失的東西卻完全不成比例。

……你的筷子該不會有黑洞吧？

「對了，剛剛本大爺手下說幫我們準備好交通工具和快速陣法去湖之鎮，明天過去吧。」正在咬整條黃魚的五色雞頭插話，「本大爺順便過去那邊勘查一下，搞不好可以開分店。」

你就別再造孽了吧。

我很難想像這種店有第二家——這會害一個重生城鎮馬上沒居民想住的。

「明天我們會再去一趟城主住所，那麼我的身分證明你們就先帶在身上吧，如果發生問題才能在當地尋求協助。」爲我們設想得非常周到的阿斯利安貼心地這樣告訴我。

只要他旁邊不要伴隨著疊起來的幾個空盤，我會很感動的，眞的！

我踏入無底洞外星世界了、請放我回家吧……

※

結果那頓飯我大概吃了二十分鐘之後就藉口逃走。

我相信繼續吃下去明年的今天很有可能是我的忌日，死亡原因還是非常悲慘的撐死。有時候人撐著死也不是很光榮的。

避免五色雞頭追上來把我拖回去繼續吃，我在附近繞了幾圈之後，才在路過的服務員帶領下回到我們住的地方。

一到門口，我就看見摔倒王子也站在房門前，感覺上好像是剛到要打開門。

「呃、你吃飽了？」沒想到他也那麼快就跑出來，我突然覺得被留在那邊的阿斯利安有點可憐。

冷瞪了我一眼，心情看起來並沒有很好的摔倒王子逕自打開房門，連招呼都不打一聲就走進去了。

瞄到他手上提有餐盒，我也摸摸鼻子跟著走回去。

進房後可以看見的是學長一定還躺在原位，但是出門前還有看見的獨角獸不見了。我和摔倒王子同時轉向正發出聲響的浴室，那匹消失的馬在裡面一邊哼歌然後不知道是在一邊泡澡還是淋浴，看來應該是進去有段時間。

我們差點淪陷在食物地獄裡的時候，這傢伙居然還好命地在洗澡！

「拿去。」摔倒王子把手上的提盒直接扔在我身上，就轉身去放他的行李。

看了下，果然裡面都是點心食物，應該就是給正在洗澡的那隻獨角獸。我把東西先放在旁邊的桌上，注意到摔倒王子也把東西擺好，正一臉嫌惡地盯著通鋪看。

對了，他大概沒有住過這麼多人的地方？

不曉得爲什麼我有種「這傢伙一定出任務也住得很高級」的感覺。套用學長之前抓著我若無其事地跑去開房間的模式，我猜摔倒王子絕對是開更凶的那個人。

「這裡好像還有個人房，不然我問西瑞幫你準備單人房間好不好？」只是我不能保證他會準備哪種房就是——說不定這裡還有黃金貴賓房，眞的金光閃閃到讓你一夜升天那種。

很顯然也想到這點的摔倒王子鐵青著臉送給我兩個字：「不用。」

話說又不是第一次一堆人睡在一起，之前帳篷還不是大家輪流睡，也不知道他對房間要求啥鬼。

難不成他在房間睡相很差？

「喔喔，你們兩個回來了啊？」就在我思考著摔倒王子不想睡在一起的理由時，式青打開了浴室門包著特大號浴巾快樂地衝出來，「這裡的浴室超讚的，可以游泳耶，我已經很久沒有這樣洗澡了，之前都是看到湖跟姊姊跳下去～」

湖就算了，姊姊是啥鬼啊！

不過他一說到游泳我也有興趣了，我知道衛浴設備很好沒錯，不過剛剛只有瞥一下，沒有眞的去看浴缸有多大。

「快點來看。」式青興奮地抓著我去看浴缸。

接著我看到眞的可以游一圈的浴缸，那起碼可以好幾個人跳進去泡了，眞是奢侈啊！

後面的摔倒王子用一種看白痴的眼神在看我們，「平民就是平民，這種東西有什麼好訝異的。」整個語氣不屑到最高點。

「我家的浴缸只能一個人泡啊……」摸著有點發光的浴池，我感動了。

這不就是電視上傳說中豪華王公貴族才可以用的東西嗎。

「這個還可以按摩、還有小瀑布和小火山。」抓著我在浴池旁邊東摸西摸附加功能，剛剛已經在這邊玩一輪的式青又一一打開那些大小機關，「還有立體投影可以看電影……眞是太棒了，我眞想也弄一個到人魚聖地給那些姊姊們。」

可能是懶得理我們了，摔倒王子發出冷哼之後轉頭離開浴室。

是說你要是那麼不想和平民在一起，剛剛幹嘛跟在後面來看浴池啊？有時候我眞的對於摔倒王子的一些行爲很不能理解。

眞是個怪人。

就在我很興奮想衝出去拿衣服進來游泳時，掛在身上的手機突然響了。一拿起來我就看見來電顯示上面出現了千冬歲的名字。

「千冬歲？」接通之後，我走出了外面陽台處。

「對，你在我家旅館嗎？」電話另端傳來了我朋友的聲音，這次沒有小亭的吵鬧聲，看來他有可能不在夏碎學長那邊了。

「我在西瑞他們家的旅館裡、呃，不好意思，因爲剛好是西瑞他的產業……」

「你是說每天都在發著愚蠢光芒還不倒的那間旅館嗎？」

原來千冬歲也知道這家旅館，看來這家旅館眞的很出名，不是好的那種出名就是了。

「嗯，我們住在裡面的木屋區，比較正常一點的地方。」很怕千冬歲也以爲我喜歡這種風格，我連忙再強調一下：「房間沒有啥怪東西。」

「我也不希望看見什麼鬼東西……不過這樣有點麻煩，因爲那裡不是我家的區域，你把電話拿給阿利好了。」

我看了房間裡面，阿斯利安還沒回來，「給休狄王子可以嗎？」

「好。」

於是，我在凶惡黑袍的冰冷視線下把手機遞過去。

不知道和手機那端的千冬歲講了些什麼，摔倒王子很快地掛斷通話，接著把手機丟還給我後便逕自在地上弄出一個小型銀色陣法。

「要打通道路嗎？」蹦到床上去，式青抱著枕頭趴在上面。

瞄了他一眼，連回應都沒有的摔倒王子唸了幾個不知名的句子後，地上的陣法很快被啓動了。

約莫五分鐘後，我就看見剛剛還在和我通電話的紅袍出現在啓動陣法的地方。

「欸？比我想像還要正常的地方嘛。」不知道爲什麼穿著情報班紅袍的千冬歲在法陣消失之後才拍拍衣服，「眞是，我還以爲會看見什麼可怕的東西。」

那是因爲你沒有從正門進來。

我相信他只要走正門，以後應該打死都不會想再來了。

「你眞的來這裡啊？」雖然夏碎學長說他可能會過來，但我沒想到他眞的那麼有效率。

「晚點喵喵會過來，我們兩個承接了情報班任務。」簡單地說了下，同時也讓我知道他穿正式服裝過來的原因之後，千冬歲推了推眼鏡，「我哥說什麼反正你們都在這邊、也剛好有任務，要我一定得過來看看。」

他的語氣有點勉強，看起來好像不是很想來出任務一樣。

「可惡，一離開那條蛇又會拿不乾淨的東西給我哥吃，還有我弄來很多進補的東西，我老爹也讓人帶很多東西過來啊……」發出了抱怨聲，千冬歲很不滿地開始算著回去之後又要用哪種東西給夏碎學長才會讓他的身體早點好起來。

我開始覺得，我好像有點知道夏碎學長爲什麼要半強迫他來出任務了。

「對了，怎麼會是喵喵跟你過來？萊恩呢？」我記得千冬歲只要出任務都是跟萊恩才對，難得他今天會和喵喵一起出任務。

「他弟和一票新生轟轟烈烈地跑去挑了巨型食人蟻的老巢，結果被困住，所以他和一個紫袍過去救援。」千冬歲揚揚手，用種蠢事就別再問的語氣這樣告訴我，「不過只是個巢，居然會被困住，當年我和萊恩兩個人就挑掉了整片，現在的新生眞是實力越來越不好了。」

……眞對不起，我當年應該是連一隻都殺不掉還會被反咬的那個路人甲。

不要把這麼可怕的事情說得理所當然啊！

正常人是不會去挑掉那種東西的吧！

「哼。」完全不將那東西看在眼裡的摔倒王子冷哼了聲。

砰地一聲，我們的房門被人一腳踹開。

「漾～去泡溫泉……你個四眼仔怎麼在這裡！」

宿敵見面了。

我摸摸肚子，感覺有點胃痛。

「來看看我們家產業的敵人是什麼樣子，看來很快就會倒了，沒有偵查的必要。」千冬歲推推眼鏡，完全鄙視靈光大飯店。

說真的，就算不用管，我也覺得這家飯店應該在不久的將來會自然倒，除非它還有除了溫泉之外其他不倒的理由。

「本大爺今晚就宰掉你這個商業間諜替天行道！」甩出獸爪，吃飽體力好的五色雞頭半秒內就進入高級備戰狀態。

「欸？雪野學弟，你來了啊。」跟在五色雞頭後面回來的阿斯利安很巧妙地擋住五色雞頭的獸爪，「很抱歉，我請雪野學弟幫我跑一趟拿些資料過來這裡，忘記先告訴你了。」

衝著阿斯利安的笑臉，五色雞頭發出幾個抱怨的聲音後就把手收回去，「本大爺今天就饒過你這個商業間諜。」

聳聳肩，看狀況判定是打不起來也砸不掉礙眼傢伙資產之後，千冬歲才從自己的隨身包包裡拿出一顆圓球遞給阿斯利安，「這是你向情報班調詢的資訊。」

一聽到這句話，我們幾個也都靠過去了。

「我請雪野學弟幫我在情報班中找一些資料。」阿斯利安接過圓球，邊向我們解釋著：「因爲山妖精那邊的鬼族讓我有點介意，所以今天早上我傳了訊息回公會，請公會試著尋看看那一帶是不是還有發生過什麼事情。」

「查詢的結果是那一帶並沒有發生過什麼值得注意的事情，副本我已經存在裡面，你們傳回來的原料也沒有什麼特別的。」做了比較簡單的解釋後，千冬歲繼續說著：「不過根據我們情報班現有的資訊表示，不久前曾有支冒險隊伍到過你們去的那個山妖精地區，隊伍裡有一名叫作西絲卡的女性在這座城市購入老舊的保險箱。沒多久，那支隊伍就突然消失了，再也沒有任何人見過他們，失蹤原因不明。」

「蒂妮娜．西絲卡？」

安靜之後突然插入的是站在旁邊的摔倒王子，所有人都把視線轉向他。

「你認識？」千冬歲挑起眉。

「她是一名奇歐妖精。」站在旁邊的阿斯利安似乎也知道這個名字，「之前曾在奇歐妖精的王者之地任職攻擊團隊長，是一名相當強悍的武士。我們知道大約在二十多年前她從奇歐王族裡退役後就加入冒險團，後來曾聽說過他們征伐掉很多鬼族在守世界的據點。我並沒有直接見過那幾位，這些事情都是從我兄長那邊耳聞來的。」

「那些是我告訴戴洛的。」摔倒王子皺起眉，表情不是很好看。

在場似乎完全沒有人想去追問他關於那個消失女武士的其他事情。

「好吧，那支隊伍消失前似乎有情報指出他們就在山妖精那一帶，但是並沒有找到任何痕跡；山妖精方面推說完全不知情，大概就是這樣了。」千冬歲把自己帶來的消息告訴我們後，聳聳肩表示沒有其他資料了。

既然連情報班都不知道的話，看來應該也不會有人查到了吧……？

不曉得爲什麼，聽到他們說山妖精時我一直想到那個怪異的山妖精，總覺得心裡好像哪邊不太舒服。

「說完你就可以滾了。」完全看人很刺眼的五色雞頭用某種像在趕動物的語氣驅逐一屁股坐在床邊的紅袍。

「哈，殺手一族連房間都不夠給人住啊？我看漾漾你還是來住我們家旅館好了，比這種地方大的房間我家多得是。」用完全瞧扁這裡的語氣說著，千冬歲嘖嘖地開始嫌棄房間不好。

「渾蛋！本大爺才不怕你住！」五色雞頭一把拍穿了旁邊的大理石桌子，氣憤地吼過去：「四眼死老百姓，你就好好見識一下本大爺的旅館有多氣派！」

有時候我覺得五色雞頭滿單純、眞的。

「吵死了。」摔倒王子額際開始出現青筋。

「你今天可以睡我旁邊喔～小美人～」式青歡樂地在床鋪上滾來滾去，但是沒人理他。

就在整間屋子裡一片吵鬧同時，剛剛地上摔倒王子弄出來的陣法又開始發亮了。

「漾漾～～～～～～～」

喵喵跳出來了。

第二話　重回湖之鎮

結果那晚實在太過熱鬧，我根本沒泡到傳說中那愚蠢閃亮飯店裡唯一可取的高級溫泉。算了，反正這兩天都住在這邊，遲早會泡到的，目前我在房間裡還可以游泳就算挺滿足的了。

不知道妖師本家的浴池有沒有這麼大啊……

五色雞頭和千冬歲吵吵吵了大半夜之後，前者撂下遲早砍掉間諜這句話後就自己跑掉，說要去把整間飯店繞過一次，把該修該改的一次讓下面的人去做好。

第二天起床到餐廳吃早餐時，我看見那個西裝男的臉色更慘白了。

不知道這裡的醫療險夠不夠完善？

阿斯利安和摔倒王子在我們清醒之前就離開了，看來他們今天也很忙，連同雷拉特一起都去城主那邊。

「漾漾，今天我們也會一起去湖之鎮喔！」在進入餐廳前，我們先遇到從走廊另一邊跑來的喵喵，畢竟總不可能眞的叫女孩子和我們一起住大通鋪，所以她被安排到別的房間。

至於那個房間正不正常就沒人知道了。

「妳和千冬歲的任務也是在那邊嗎？」雖然知道他們是要來執行任務的，但是不知道是去哪邊執行，不過根據最近千冬歲的表現，我覺得他應該不會浪費太多時間和我們跑去觀光，所以應該是他們的目的本來就是那個地方。

喵喵用力點點頭，「對啊，我們要去那邊做情報回收，其實這是情報班的任務工作喔，喵喵只是來幫忙的。」她轉了圈，讓我清楚看見她身上的小洋裝，顯示這個任務簡單到讓身為助手的她可以偷懶不穿袍級服裝。

「漾～你們兩個堵在這裡幹啥啊？」在我還未問喵喵任務內容或其他相關時，五色雞頭就很歡樂地從不明地方冒出來打斷我們談話。

「沒事，要去吃飯了。」

看了下金光閃閃的餐廳，我還是鼓起勇氣邁開腳步用力踏進去。相較之下，喵喵似乎對這種詭異的地方比較沒有感覺，甚至還可以充滿微笑一邊跟我嘻嘻哈哈地說著有哪些擺設很有價值之類的話。

被她這樣一說，我才發現原來這餐廳造價其實貴到不是正常人可以想像的，除了閃光的東西大多是眞金以外，還有不少罕見古董，只是因爲太閃了反而看不出原本價值。

所以其實來住這邊的還有古董行家？

「漾～你對餐廳很有興趣嗎？有興趣就要早說，不要憋在心裡會暴死，本大爺可以幫你導覽嘛～」用一副大家都認識多久了何必這麼客氣的態度拍拍我的背，沒意識到自己手勁大到差點把我血管拍爆的五色雞頭這樣說著。

「免了……」連忙從他的魔掌掙脫開來，我推著喵喵隨便找個位子坐：「對了，怎麼沒有看到千冬歲啊？」起床後我也沒看到千冬歲，不過他行李還在就是。

「他說要回他們家的旅館一趟喔，等等來跟我們碰面。」咧著和金光一樣燦爛的笑容，喵喵很怡然自得地讓旁邊的服務生上菜。

一看到服務生又開始整盤整盤地上菜，我才想起來昨天那該死的滿漢全席。

「西瑞……早上吃太油會死的。」吃太多也會，真的。

「安啦，本大爺的旅館裡有專業廚師會控管那些啥啥啥鬼問題，儘管吃就對了！」五色雞頭一屁股坐下來，然後很豪邁地表示一切都沒問題。

其實不是你的廚師有問題，是你有問題。

我上輩子八成是造了什麼孽才會認識你這個傢伙來縮短自己的性命……

「喵喵幫你點超小分量的～」坐在我旁邊的喵喵用天使的微笑這樣告訴我，然後繼續翻著手上那本鑲金的菜單，「它上面有寫適合一般人類食用。」

……

那昨天那個分量是適合什麼東西食用？

恐龍嗎！

雖然我很想搶過喵喵手上的菜單看看我昨天到底吃到的是什麼鬼，但是上面全都是我看不太懂的通用文字，搶了也沒用。

「有分人類跟一些大致上常見的種族喔。」喵喵看出我的難處，繼續帶著微笑幫我解答，「漾漾只要記得去餐館都點人類食用的就可以了，有時候點錯東西，吃下去會死的。」

她的天使微笑有那麼一秒在我眼中看起來好像死神在招手的黑笑。

我以後一定會記得不要在外面亂吃東西。

尤其是這個世界的人很多都是神經病，搞不好我食物中毒在地上打滾還會被他們追加一擊直接把我送回我出生之前那個世界去。

「嘖，有東西就可以吃了，你們這些囉嗦的傢伙在那邊分來分去，真不乾脆！」那個最乾脆的五色雞頭當著我的面把一隻大螃蟹帶殼地咬下去肚子裡……我都不知道他的牙齒有健康到居然可以連殼咬！

不過他之前連骨頭都吃，吃殼好像也不讓人意外。

「女生要控制飲食啊，不然會胖。」一秒反駁前面那個傢伙，喵喵順便扮了個鬼臉附贈過去。

發出不屑的聲音，五色雞頭繼續回去咬他的螃蟹。

先不管那些會不會中毒的問題，在夏威夷服務生端上來正常人分量的早點後，我開始感謝喵喵的出現了。

至少這趟旅程讓我知道什麼叫作食物的陷阱了！

※

上午約九點左右，所有人重新在小木屋裡集合。

「那就是本大爺、和本大爺的僕人要過去湖之鎮～」身為交通工具提供者的五色雞頭開始點名。

還有你給我客氣一點，我已經說過很多次我不是你的僕人了！

「喵喵和千冬歲也要過去喔。」歡樂地舉起手，在報名完之後喵喵就偷偷摸摸地一直瞥向學長那邊，接著又馬上把頭轉回來，以上動作重複多次。

「我留在這裡好了。」式青抬了下手。

「不行！你要一起去！」他留在這裡我怕學長的貞操會有危機。

「你想破壞我的好事嗎！」半秒後，我腦袋裡出現了可惡的聲音。

所以我回他一個中指。

「城主熱情邀請我們一起做些學術性上的討論與研究，所以我今天會留在那邊。」只是回來拿個東西的阿斯利安這樣告訴我們。其實並不意外，因為他原本就預計今日要把時間都放在城主和公會上，如果他臨時改行程才有問題。

「我也是。」和阿斯利安同行的雷拉特隨後也表明自己的去向，然後他從包包裡拿出那個西瓜，「寄放。」

「咦～好可愛喔。」喵喵一秒就把西瓜拿過來了，讓我連阻止的時間都沒有，「好可愛喔，還有牙齒耶，可以餵東西嗎？」

意外地，西瓜居然沒有咬喵喵，而且還開始變紅了……眞是顆色西瓜！

「可以。」雷拉特點點頭，「吃肉。」

西瓜吃肉也太驚悚了！

「那王子殿下呢？」推了推眼鏡，千冬歲看向完全沒有吭聲、大概是不屑吭聲和在場所有賤民講話的摔倒王子。

「如果式青和你們一起過去湖之鎭，那麼王子殿下就會留在這邊陪學弟了，畢竟他好像也和城主合不太來。」阿斯利安搔搔臉，露出有點尷尬的表情。

我猜他大概沒辦法跟正常人合得來吧？

發出個冷哼，摔倒王子轉開頭。

「那麼就這樣決定吧，因爲去湖之鎭的都還是學生，式青先生這方面就麻煩您看顧一下了。」露出讓人無法反駁的微笑，阿斯利安拍拍式青的肩膀，「辛苦你了。」

「我沒説我要一起去啊！我要跟大美人在家裡休息啦——」式青直接在我腦袋裡發出最大聲的抗議，但是就是沒膽直接對阿斯利安喊出來。

有時候我眞的覺得阿斯利安不簡單，連式青都不敢對他幹什麼，頂多摸點豆腐而已。

不過話說回來，的確，摔倒王子留在這裡比式青留在這裡更讓人安心，至少他不會對學長發出妄想腦波，也不會偷偷做出疑似性騷擾的動作；摔倒王子只是嘴壞腦袋欠扁而已，其實人還是滿誠實的就是。

「那麼我們就先失陪了。」和雷拉特相偕使用陣法離開後，就剩下我們幾個要搭乘交通工具的小組。

「我們也差不多該出發了。」看看時間，似乎急著早點解決早點回去的千冬歲催促著眾人離開房間。

「對了，式青你不用再戴面具嗎？」

我現在才注意到他想大搖大擺地走出去。

對我破壞他好事很不爽的式青回頭沒好氣地看了我一眼，「那個東西很討厭，我不想戴了。所以我用了幻覺法術，一般人看不到我的角，除了你們以外，大概也只有城主知道這件事情吧。」

原來如此，不過其實我覺得他戴面罩也還不錯，至少可以遮掉他色瞇瞇的視線。

用行動表示生氣，式青對我白了眼之後就直接走出去。

等到其他人都離開後，我想想又折回房裡。

摔倒王子拿著一本書在看，完全沒有理會睡在另一張床的學長。

他抬起眼，冷瞪了我一眼後繼續埋首回去書本裡，連理都不想理我。

「欸……那個……」站在他面前我有點尷尬了，「就是那天那個神話故事啊……」糟糕，他都不講話我好難接。

幸好摔倒王子對神話故事有點反應，「說。」

「網路上搜尋可以找到很多！」把我想說的話說完之後就逃出去了。

天知道他會不會去找，不過如果他真的有興趣搞不好自己也會去翻書來看吧，這世界的書多到嗆，神話啥的應該都不缺才對。

「漾～你在幹啥啊！」

聽到五色雞頭喊話之後我反射性抬頭，接著整個人差點往後逃。

千冬歲和喵喵站在旁邊捂著臉，那顆西瓜好像看到什麼邪惡威脅性的東西，露出超級凶猛的備戰姿態。

「這、這是人在用的嗎？」式青震驚了，完全忘記要再對我白眼。

不過我也和他差不多震驚就是。

我覺得我好像看到那種派對上還是舞廳裡會折射出彩光的那種球……不，其實它造型好像是飛碟才對，但整個已經不止七色光了……感覺好像有種花花世界的千萬顏色……

「我回去買個墨鏡……」

這不要說搭乘過去了！光站在這裡都覺得眼睛快瞎了吧！

「這根本不能用吧！」千冬歲終於爆發了，難得一見地打破沉穩冷靜形象指著五色雞頭直接怒吼：「我忍很久了，現在我要叫我家的交通工具過來，這什麼鬼東西啊！」

看來他對於閃光飛碟不滿的程度遠遠超過我。

「啥！你對本大爺的飯店接駁交通工具有意見嗎！」五色雞頭跳下來，直接和千冬歲槓上了，「這可是本大爺的收藏之一，要不是要給本大爺僕人搭，誰想給你這個四眼仔踏上去！」

感謝你的抬愛，但是我實在是非常不想要搭這種東西啊……這實在是太超過了，比靈光飯店還要超過，絕對會被一路目送到湖之鎮的。

等等，這是你們飯店的接駁車？

我深深為搭過的客人掬一把同情眼淚。

「太好了，我也不想踏上去。」露出正中他心的表情，看起來叫他上去還不如殺了他的千冬歲馬上拉著喵喵，「我立刻讓雪野家準備新的。」

「我寧願自己跑過去也不想搭這個丟臉的東西。」式青打算自己用獨角獸型態去湖之鎮了，「還可以順便載那個鳳凰族小美女喔～」

「我們可以用蘇亞過去啊。」喵喵邊迴避著刺眼的光芒，然後讓她家的貓王跳在地面上，「而且蘇亞也不佔位置，不用再想地方停飛碟。」

「對、對了，阿利不是也說可以借我們飛狼嗎，這樣就不用用到交通工具了對吧。西瑞，如果那裡還有鬼族啥的話我們也不會打草驚蛇啊。」連忙附和喵喵的話，我這樣告訴五色雞頭，不知道為什麼他今天閃亮程度一整個增加很多，有點不太正常。

「這樣說也是……」五色雞頭動搖了。

「那麼就這樣決定吧，我告訴阿利一聲。」趁著五色雞頭還沒再發神經之前，我急忙打了通電話給阿斯利安。

不用五分鐘，飛狼以救星之姿翩然降臨在我們面前。

同時間，喵喵也讓自家的貓王巨大化，「那麼我們出發吧！」

於是，我們朝著湖之鎮，出發了。

※

我一直覺得我的人生中，湖之鎮這個地方扮演了相當大的轉折地位。

不管是在最初的時候，或者是在未來的時候。

就如同過去的那些友誼一樣，最後到這裡都終將相遇，而這裡也改變了任何一件事情。

「快到了。」

我回過神來，旁邊的式青指著下面的城鎮這樣告訴我們。

飛狼飛得並沒有很高，旁邊並行的是用同樣速度奔馳的貓王。因爲打死都不想跟五色雞頭同行，所以千冬歲和喵喵是搭著貓王前進的，我與五色雞頭、式青則是使用飛狼。

往式青指的方向看，在整片荒岩之後出現了城鎮。

當初到這裡是直接使用大競技主辦單位提供的術法過來，所以對湖之鎮周遭其實並沒有太多概念。依稀只記得這座城鎮當初在建造的時候破壞了地形，從傍晚開始一直到隔天早上都會泡在水裡，所以建築物皆是挑高的，後來聽其他人解釋，才知道除此之外建築還都是採用防水材質、並有一些術法輔助等等。

夏碎學長曾說過，不管再怎樣厲害的法術終將被自然所吞噬，只要是破壞了自然，就無法用任何力量來抵禦遲早該來的報應結果。

即使想復原，卻已經無法彌補了。

這讓我想起了瑜縭他們，還有很多在我們世界所遇到的其他事物。

「不知道湖之鎮裡面有多少漂亮姊姊～」

式青的妄想直接打斷我難得一見的思考，後頭還接上一大串我連回想都不想去想的怪異賞芳名稱和啥啥啥的條件。

眞是夠了！

「嘖嘖，本大爺的交通工具還比較快說。」另一邊是沒有搭到飛碟覺得很可惜的五色雞頭，「不過既然要深入敵窟殲滅匪方，這種犧牲也算是理所當然的！」

我有點不太想去揣測他最近又看了什麼片了。其實我一直覺得有個問題很奇怪，爲啥五色雞頭看來看去都是台灣片，而且還是那種很古早不然就是很芭樂的鄉土戲劇，我眞的很想知道他選片的依據到底是……？

在一堆問號和左右廢話夾擊中，飛狼緩緩下降高度，兩分鐘後停到了湖之鎮的入口。

一年前我曾站在這裡過。

一年後，湖之鎮的入口已經改變許多，不曉得是不是因爲契里亞城接手重整，入口處看起來光亮舒服很多，兩邊也有守衛佇立。

街道與建築大致上和當初我們進來時的感覺還是很相似，依舊是那種國外鄉村小鎮的感覺，有部分地方被重新翻修打理過，當時遭破壞的也已修補，站在外面就可以看見有人在街道中來去行走，也出現一、兩樣交通工具，不再是當時的寂靜死城。

「變了不少。」晚一點踏上這邊的千冬歲看著四周，這樣說著。

「嗯啊。」

「欸～已經改建得差不多了嘛。」喵喵蹦過來，然後左右張望著：「好棒喔，看來很快就會住滿人了喔。」

「怎麼不是漂亮的姊姊顧門啊——」對於兩旁的守衛，式青散發出強烈的不滿光波。

注意到千冬歲的紅袍，湖之鎮的新守衛很快地上前詢問我們的目的和身分，在千冬歲解釋過後，他們很有禮貌地立刻引導我們進入鎮裡。

讓同伴先一步去公會通報後，留下的守衛帶著我們往公會據點走，「這裡改變很多對吧，聽說你們當中有幾位是當初大競技賽的學生，幸好有你們和公會的協助，不然這地方到現在還會是座死城，且亡靈們也還無法安息。」

我聽帶路者表示，後來鎮裡重整後便把當初精靈大戰的舊址保留下來了，畢竟那場戰爭對這個世界來說極具意義，當初建造湖之鎮時並不知道這裡有這段往事，現在妖師的屍體起出後，整個地下世界就用公會的技術完整留存下來。

「我和喵喵先去執行任務，漾漾你們去那座遺址逛逛吧。」聽完對方講解，千冬歲立刻這樣告訴我們：「反正任務很快就會辦完，到時候我們再去找你們會合。」

「咦？可以嗎？」我看見守衛錯愕的表情。

「目前那個地方只限有袍級資格者能進去。」守衛很爲難地看了我們一眼。

「哈，本大爺最喜歡挑戰不可能！」直覺就是要幹架衝進去的五色雞頭歡樂地開始做攻擊準備，我連忙把他拖走。

「這位身上有紫袍阿斯利安的證明，另外我也認爲他有必要進入遺址看看，這部分我們會另外向公會提出報告，請您帶他們過去吧，公會點我們兩個自己會走。」邊這樣說著，千冬歲從自己身上拿出了個和阿斯利安交給我類似的東西，然後遞給我，「這是我的紅袍證明，如果他們還有問題的話就叫他們直接聯絡我就行了，暫時就放在你身上吧。」

戰戰兢兢地接過紅袍證明，我小心翼翼地將它和阿斯利安的放在一起。爲啥都要拿給我……我也很怕丟掉啊，拿給式青不是很好嗎……

「喔，有了這兩張我們就可以出入十八禁場所不會有人攔了！」某獨角獸的發言讓我一秒認知拿給我是對的。

「既然有兩位袍級的保證，那麼就沒問題了，請隨我走這邊吧。」認同千冬歲的保證之後，守衛大致上告訴他們公會的新地點後，就領著我們往另一個方向走去。

城鎮裡其實公會和來建造修補房子的人比較多，另外來看房子的就少了些。

守衛解釋了下這裡會讓本地遺族優先居住，之後再對外開放，估計明年我們再回到這裡時就會很熱鬧，說不定還會有大型家族進駐。

畢竟契里亞城在建設上不算弱，重整湖之鎮納入契里亞城保護範圍後，等於也可以免除大多危險，所以居住品質上也算是提高了一倍。

加上城主面子很大，所以未來公會撤離後，這裡還是會有紫袍和白袍等級的保護隊入駐，當然也會設立各式各樣的術法，安全性也不用太過顧慮，只要看現在的契里亞城就知道了。

邊聽著他講解，很快地我們就被帶到一個地下入口前。

已經被挖開的地下入口被整理變得很大，最要命的是我還看到旁邊有個入口招牌，上面裝著彩色閃燈。

「真是太上道了！」對正在發光的閃燈很有興趣，五色雞頭繞著花俏的招牌走來走去。

是說……你們剛剛不是才在講這裡只有袍級可以進去嗎？這種做得好像是歡迎闔家光臨的招牌是怎麼回事啊！

「整頓完畢後，未來這裡會對學院等各式學習單位開放，歡迎大家下次和同學一起參觀，門票很便宜。」守衛一秒解答了我的疑問。

好樣的，所以這裡以後會變成觀光地區是吧？

我深深覺得契里亞的城主也太會打算了。

這裡未來肯定會變得很熱鬧……衝著我家祖先的出土，絕對會有一堆吃飽太閒的傢伙跑過來進行啥妖師被殺直擊現場一日遊之類的鬼行程，搞不好還會賣個平安符什麼的。

對於自己家成爲活招牌，我都不知該高興還是難過了，應該叫然來向他們抽個成才對……

看著閃亮亮的入口，我五味雜陳。

「伸頭也一刀、縮頭也一刀，男子漢大丈夫，敢來就不怕被狗咬！」看出我的躊躇，五色雞頭一腳把我踢下樓梯。

我連罵都還來不及罵整個人就滾了下去。

還好樓梯沒幾階就有一個轉點，不然這次絕對不是在心中靠他就可以了事！

「欸，你的平衡感也太不好了點。」晚一步下來的式青把我從地上拉起，「還好樓梯不是直接下去的，不然現在就要幫你招魂了。」

你去跟我後面那個人講啊！

「嘖，這種高度還會摔倒啊？」那個踢人的傢伙根本沒有自覺地晃下來。

「我有腳，麻煩下次請讓我自己走謝謝。」拍拍身上的灰塵……糟糕，好像有點扭到腳，不過比起扭斷脖子算是好很多了。

五色雞頭聳聳肩，越過我們一馬當先地衝下去了。

式青轉過頭，我們都看見那個守衛還站在上面，似乎沒有下來的打算，「你要留在外面嗎？」

「是的，我們不能擅自下去。」守衛朝我們露出善意的微笑，「下面會有其他人能幫幾位解釋疑問。」

「是美麗的姊姊嗎？」式青瞬間眼睛發亮。

「……隨機吧。」守衛無言了。

爲了不讓守衛繼續無言下去，我一把拽住還想問下面有哪些漂亮姊姊的式青就往下走。

下面完全已被拓開，站在樓梯上差不多能將底下壯闊的景色看得一清二楚，只有一些埋在裡面的洞穴通路看不到。當初下方的排水設施已被引導到其他處，整片地下遺跡使用各種不同的術法保護著，有不少袍級在其中穿梭，當中又以紅袍最多，不停來回記錄著挖掘出的物品。

一看見我們出現在樓梯口，立刻有人迎了上來。

「欸？」

「咦？」

我愣住了，對方也愣住，我們兩邊大概都沒料到會在這種地方碰面。

「你不就是那個安地爾的同伴……不是，你搭檔被鬼族殺掉那個大競技賽的……」糟糕，我忘記他叫啥名字了，太路人的名字眞難記。

「……我是滕覺的搭檔，明風學院的默罕狄兒．費洛克。」對方臉都黑了一半，然後重新自我介紹，「今年畢業後已經進入公會進行全職任務，你叫我默克就行了。」

「欸？你已經畢業了啊？」我有點怔住，沒想到他都出社會了，時間過得眞快，搞不好再多幾年小孩都蹦出來……

「是的，其實得到黑袍資格後隨時都可以離開學校，只是爲了替我的搭檔多做些事情，才延遲了點時間，目前我在執行協助湖之鎭的任務，因爲我曾來過，對這地方較爲熟悉，公會就直接指派我來了。」稍微解釋了幾句，明風學院的黑袍看了我們一眼，「鬼族進攻時我也曾去你們學院協助過一小段時間，不過因爲各種事務錯過見面機會，看來你也還過得不錯。」

我點點頭，知道他指的是我妖師的身分。

這件事雖然在校內已不是什麼祕密，不過在公會和各種族的刻意壓制下，外面大概只有紫袍以上的人才曉得；又因爲我長得太路人了沒啥特點，所以外面的人對於妖師後裔其實沒個概念，只知道妖師一族重新出現而已。

「原來拿著阿斯利安和千冬歲的證明要下來看的就是你啊，其實你直接下來就可以了，我也會讓你通過的。」默克拍了下我的肩膀，大方說著。

愣愣地跟著回笑，我突然覺得認識的黑袍一多起來還眞方便啊。

走後門超方便！

第三話　古老的遺跡

「這傢伙已經有初體驗了……」

「噗！」我轉頭直接從式青頭上打下去，「拜託你不要隨時隨地都在鑑識……」接著我閉上嘴，因爲旁邊的默克和五色雞頭都睜著眼睛在看我。

「沒、沒事。」我總有一天會被這個該死的獨角獸害死。

「黑袍小弟，那邊那個紫袍大美女是誰啊？可以介紹一下嗎？」無視於我的尷尬，式青直接搭在我的肩膀上，露出色相盯著正在和紅袍一起做記錄的陌生紫袍女性。

「那是古歷史學家艾麗娜。」默克很好心地告訴他，「而且很凶悍，摸一下就會砍掉你的手，我建議如果有興趣最好是恢復您原本的樣子。」

式青對他比了個拇指，「你眞內行啊，小哥。」

「好說好說。」默克很老練地陪笑著，「你要去看那個遺跡嗎？我們已經將百分之九十都挖掘出來了，裡面也有些妖師一族的相關遺物。」

我立刻點點頭。

「本大爺要四處逛逛。」顯然對遺跡觀光沒太大興趣的五色雞頭左顧右盼了半晌，提出自由活動方案。

「請小心不要破壞附近的東西。」默克向其他同伴打過招呼，就原地把五色雞頭給野放了，「那麼兩位請和我一起過來吧，裡面還在進行開採，要稍微注意腳下。」說著，領著我們往比較深入的地方走去。

因爲進來的是無袍級的關係者，所以一路上其實還滿多人盯著我們看的，扣除公會袍級之外，默克還介紹了一些契里亞城的考古隊和妖精的支援人手，大部分都是具有古代歷史背景的人，所以在維護上也相當仔細用心。

畢竟精靈大戰的戰場在歷史中有極爲重要的地位，所以每個人在執行上都特別細心注意，就怕一個疏忽造成無法彌補的遺憾。

默克說其實現在並不開放任何外人進入，因爲我有妖師血緣和袍級的證明才有特例，之後他們會將裡面貴重物資移走，才開放讓一般人在外圍觀賞，與我們原本的世界差不多的程序。觀賞收益金當然是契里亞城和公會平分，這也是契里亞城會積極資助他們挖掘和重整湖之鎮的原因之一。

邊說著，很快地出現在我們面前的是當初我看見挖出凡斯遺體的那個地方。

已經沒有凹穴了，四周全是挖出被一一放好的遺物和骸骨。

「這眞是讓人不舒服啊。」看著滿地的死人骨頭，式青露出了厭惡的表情，「壞蛋的骨子裡還滿滿的邪氣。」

其實他還沒說我多少就有注意到，和外面不太一樣，這裡一踏進來氣氛整個讓人感覺很緊綳，不是很好的氛圍。

「這裡有許多過去者的殘留思念，好與壞都有。」默克這樣說著，然後遞了半片綠色水晶過來，「待久對身體有些影響。」

其實我有戴老頭公，所以這種程度還不至於中獎，不過爲了保險起見我還是收下水晶，式青大概是因爲本身就是免疫體所以沒拿。

四周的骸骨就像我之前看過的一樣，有各種不同的形狀。

「對了，一般鬼族死後不是大多會化成灰嗎？」看著地上奇形怪狀的骨頭，我向默克問出自己想了很久的問題。

「通常是這樣沒錯，不過有很多例外，例如生物並未黑化成完全鬼族，又或者他只是邪惡的協助者，例如妖魔或背叛者等等，這些的遺體還是會留存下來。」讓我看到一具被砍掉一半頭的骸骨，默克邊解釋著，「像這位也是一樣，很可能是獄界來的協助者，骨頭的特徵像妖魔，不是守世界該有的住民。」

他這樣一說我大概懂了，也就是說壞的幫壞的打過來吧？

「如果說比較值得一見的……」默克思考片刻，轉過去用通用語大聲喊了幾句話，很快地稍遠處有人回應他，幾個人朝我們這邊不斷招手，還挾著一些打鬧的笑聲。

「他們說那邊有些雕刻文字，不過還未翻譯完。」式青在腦袋裡偷偷告訴我，「而且還問小哥說你旁邊那個路人甲是誰。」

……眞對不起我就是路人甲。

「然後他就介紹說是學院的關係者。」

還好默克沒白目到當場大喊妖師降臨，不然如果因此被圍毆我就天天努力咒他吃飯噎到喝水嗆到走路還被豬踢到……

「這邊請。」差點被豬踢到的黑袍領著我們走往那片區域，途中經過幾個還在整理的地方，忙著工作的人只稍微和我們打了下招呼，便繼續進行手邊關注的事物。

我們被帶到一大面牆壁前，上面卡灰卡土的，已經被清下來七、八成左右，全都是古老的文字雕刻，因爲曾是戰場，原本以爲看見的可能是古代精靈文字，但仔細看卻不太像。

因爲我見過幾次精靈文字，他們使用的字體都很漂亮，即使是單字也很像某種藝術圖案，和這種不太一樣。不知道是不是碰巧，這面牆壁就在當初埋入凡斯處的正右方，在對面和左右邊也都有類似壁面，全都已經毀損得很嚴重了。

先不看文字的話，我注意到牆面上有個特別大的圖案，黑色的、應該是羽毛之類的東西，大致上是個三角形的主要圖騰，然後外面是一圈圓形環繞的文字。

牆面上大概有兩、三種不同字體，一種有點類似象形文字；一種與現在的通用語有點像；另外一種感覺上像是一堆線的草體，共通處是我全都看不懂。

「這是比精靈大戰更久遠的文字，我們推測應該精靈大戰前就已存在，後來可能因爲戰爭關係壁面遭到破壞，現在也僅存這面是完好的。」一位有點年紀的大叔這樣告訴我們，他的

紅袍整個綁在腰上，同時還繫著一些考古用的小工具，類似小鍬、小鏟和幾支尺寸不同的小刷子。因爲他用的是通用語，所以旁邊的默克就充當起翻譯同步說給我聽：「所以我們判斷……很可能這個地方是更久之前的人留下來的，大概有所用處，當初三王子察覺這裡的隱蔽性很高，應該可以藏匿妖師的屍體，所以才再度採用。」

「根據我們挖掘的範圍，我們懷疑這裡可能是古代祠堂，但因爲戰爭關係，時間匆促，居然沒有任何精靈將這裡記錄下來；也或許有，但收錄在精靈們自己的文獻當中，想取得十分困難。總之，現在這裡被破壞到只剩這面牆了，我們正試圖了解這面牆所扮演的角色爲何。」和紅袍一起工作的另一位大姊接著告訴我們，感覺很像在做某種歷史考古之旅。

「我認識這些字。」

與考古隊不同的聲音直接鑽進我腦子裡，有那麼一秒我整個反應不過來，只能錯愕地轉頭看著旁邊緊盯牆面的式青。

「怎麼了嗎？」默克注意到我的舉動，疑惑地詢問。

「沒、沒事。」連忙露出個笑，我假裝很好奇地盯著牆壁看，旁邊的人員也隨便我看，繼續討論起他們手上的工作。

「叫他們不要再挖了，這個下面有很糟糕的東西。」快速看完整面牆，式青立刻對我發出警告。

連忙湊近對方，爲了不被當自言自語神經病所以我很小聲地問他：「什麼東西？」

「你年紀太小，不懂的啦。」不知道是不是在配合我，式青也很小聲地靠近我說著。

「信不信我揍你？」亮出拳頭，這招是五色雞頭教的。

「知道太多對你沒有好處的，你們還年輕，應該去看看世界光明面才對，不要淨是接觸這些東西。」式青皺起眉頭，難得正經了。

到底是什麼東西會這麼嚴重？

該不會又是類似鬼王的東西了吧？

「請問這面牆有什麼問題嗎？爲什麼你們兩位從剛剛開始就一直竊竊私語？」不知道什麼時候出現在我們旁邊的默克用一樣很小的聲音發問。

我被他嚇了一大跳。

「這是封印之間，請所有人不要再繼續挖掘下去了。」式青直接這樣告訴他，「按照這種規格，地底深處一定有某族神像和邪惡之物。」

默克愣了半晌，有幾秒表情看起來有點錯愕，然後他吹了記響哨，整個地下考古隊停止手上的動作全都看向我們這邊。

霎時，四周安靜到相當可怕。

我的第一感想是——

這個湖之鎮地底下的人造資源未免也太豐富了吧！

所有人都露出了不解的表情，然後看來看去。

最後，默克代替發言，而且還改用敬語：「您對於這些文字了解多少？」

「大致都看得懂。」式青比劃了下，「這是古老羽族的圖騰，然後這是當時世界的通用語言、妖精文字和羽族共通語言，根據通用語的變化來看，這時間起碼比精靈大戰更早許多，雖然只有一面，不過這上面記錄了這裡曾是封印之間。但這面牆並未記載行使何種封印方式，僅由古代封印之間的規模來看，繼續往下挖一定出問題。」

因爲他神情太過肯定了，所以附近的工作隊全開始用不同語言細聲交談起來，大多還是抱持著懷疑的語氣。

「幸好之前在上寵物自我推銷課時有學好語言課程。」

我一秒轉頭看向式青，後者還給我吹口哨假裝他什麼都不知道！

默克皺起眉，過了一會兒讓區域裡的人都離開，淨空了空間，只留下那個把紅袍綁在身上的大叔和我們，「這位是情報班古代文化部門的隊長，沃庫，此次負責整個地下整頓事宜，也是剛剛外面那位古歷史學家艾麗娜小姐的未婚夫。」

同一秒，我聽到式青心碎的聲音，然後他就跪倒在旁邊了。

我懷疑默克剛剛是故意惡整式青的，要他自己去討好艾麗娜，還好他沒去，不然現在應該會被打擊得更徹底。

嘖嘖，果然袍級的人格都很有問題，連這個也差不多，小小年紀就不學好在拐騙獨角獸，眞是要不得。

「您好。」沃庫對蹲在地上的式青伸出友誼之手，「在破解這些古代語文上我們遇到很多困難，沒想到現在還有種族能解讀古代的羽族文字。」

含著一泡眼淚，式青表情哀怨到不想和這個未婚夫握手，不過幾秒之後他還是乖乖地搭上去了，然後讓對方一把將他拉起。

「有沒有搞錯，這大叔和剛剛那個大美女都還是……」

他直接消音了，不過我覺得我好像知道他後面要講什麼……可惡我好不想知道啊，爲什麼我必須得被強迫聽這些該死的不良內心思考！

就算是天譴我之前虐待學長，但至少我沒有光想一些大姊胸部好大之類的事啊！

「我也只看得懂一點點啦……不過通用語我就知道了，其實它三種語言都是在講同一件事情，所以只要會一個就行了。」抽回自己的手，不想被大叔握太久的式青退後了兩、三步，「而且我也去過以前羽族的部落，看過類似的東西，所以應該八九不離十了。」

聽他解釋完，沃庫也點點頭，「實際上和我們破譯的意思差不多，但我們並不知道您所說那麼深入的事，僅曉得這裡應該是古代祭祀場所，原本推測大約是袪邪之類的用途，沒想到下面會埋藏這種東西……」

「看來有必要先與公會聯絡，暫時停止動作，等待公會回應吧。」默克與紅袍很快取得共識，後者重新喚來幾個幫手，讓全部人停下工作暫時休息。

差不多同時間，五色雞頭從外面走進來。

「漾～你們還沒看完啊？」

一聽到他的語氣我就知道他差不多逛膩了，「呃、有點事情要處理。」

「啥事？幹架嗎？」整個人馬上精神來了的五色雞頭立刻左右尋找他的對手。

「不是，這個地下遺跡好像有點問題，我們先等等吧。」不知道爲什麼，我的眼皮跳個不停，似乎在提醒我某件事。

總覺得我好像漏掉什麼嚴重的東西？

爲什麼我會認爲還遺漏了某種關鍵？

就在我陷入思考的同時，整片地下空間突然震動了起來。起先是不太令人注意的小小晃動，接著越來越明顯。

五色雞頭一把拽住我，才沒讓我往旁邊的骨頭堆摔去。

整個地底劇烈晃動了起來，外面也傳來連連驚叫。

「地震？」沃庫一把扶住正在晃動的石牆，然後施下幾個保護咒語。

「不對，不是地震！」默克只錯愕了瞬間，很快恢復冷靜，「有人正闖破公會結界，已經衝進第三層了！」

像是印證他的話一樣，我們聽見外頭傳來很大的騷動，接著是兵器碰撞的聲音，闖入者數量很多，伴隨著劇動而來，立時逼近到入口處。

默克直接快速地在地上打點了幾個大型陣形，然後揮出自己的幻武兵器，「你們幾位請暫時不要離開！」話說完，他啓動層層保護區，直接蹬腳向外衝去。

畢竟外面的袍級也不少，所以騷動很快逐漸平息下來。

「漾～你的臉色不是很好耶？」難得乖乖待在保護陣裡，五色雞頭偏過頭，帶著有點疑惑的表情看我，「你該不會是暈車吧？」

「……並沒有，可能是這裡空氣不好。」被他這樣一說，我真的開始覺得有點暈眩了。

我到底是漏了什麼？

還未想出點什麼頭緒，外頭又有人匆匆跑進來，「有一些黑色種族入侵到底端防線，請先和我到公會據點避難。」

是那位帶我們過來的守衛。

「先帶這些學生離開，我們不會有事。」沃庫推著我們，「快點先出去吧！」

「等等，這個人……」

式青的疑惑聲還沒停止，那名守衛已一把抓住他的手，接著我聽到痛苦的聲音尖銳地劃開我的腦袋，原本還維持著人形的式青用力甩開守衛，硬生生在我們面前被逼回獨角獸的模樣，剛剛被碰到的前蹄冒出黑色霧氣，讓他連連發出好幾個嘶鳴不斷地向後退。

那瞬間，我想起守衛曾說過他不能下來這裡，而外面的袍級那麼多，再怎樣都輪不到他衝進來帶我們走。

「漾~躲開！」五色雞頭甩開獸爪，直接跳到我們面前擋下守衛強悍的一擊。

巨大的衝擊從前面傳來，把我和其他人撞飛四散，默克布下的結界瞬間破碎到無法湊回。

我摔在地上，看見五色雞頭撞到另一邊牆邊，剛剛幫我們擋下攻擊的獸爪全都是血，他的身上也受了很多傷，一時半刻掙扎著爬不起來。

一手掐著失去意識的沃庫脖子，絲毫沒有受傷的守衛抬頭看著那面牆壁，露出了冰冷的笑意。

那抹微笑太過刺眼熟悉，甚至就連他慣用的手法都沒變過。

正要擰斷紅袍脖子的同時，幾個細小的破風聲響打在守衛手上，迫使他不得不鬆開手讓那名失去意識的大叔掉落在地。

挑起眉，已經對紅袍失去興趣的守衛回過頭，一把抓住空氣中幾個向他飛去的細小物體，順手砸在地上。

腦袋一片朦朧之際，我看見的是一地的水晶珠子，有幾顆穿過了守衛的身體，沾上黑色的血液落在地上，然後被那些黑血慢慢腐蝕。

最後，黑暗與暈眩朝我襲來。

※

「馬上給我醒來！」

我嗅到草的氣息，深綠的顏色在我面前晃過。

「快醒！」

有人直接從我腦袋上凶狠地摜了一拳，一秒把我打得半醒過來，「唔……」我看見金色的星星和黑色的空間，身體很沉重、而且還很痛，幾乎讓我動彈不得。

白色的手掌出現在我面前，「抓著我，然後清醒。」

最熟悉不過的聲音。我掙扎了下，拚著一口氣握住那隻手。

那瞬間，四周猛地亮了起來，同時我也被人從地上拉起，空氣中充斥著含著碎冰的寒冷氣息。

「不是叫你不要在戰鬥裡睡著嗎！」剛剛把我打醒的人就站在我眼前，紅色的髮像是火焰一樣散開在空氣之中。

「我是昏倒……」昏倒和睡著其實並不一樣好嗎。

「吵死了！」

一秒堵掉我的話，不知爲何瞬間出現在湖之鎮地下洞窟的學長惡狠狠地瞪了我一眼，然後把我推到後面一點的地方，「拿起你的幻武兵器！」

我想起學長不能動氣的事，連忙拿出米納斯。定睛一看，我們所在之處已全部都結冰了，五色雞頭和沃庫身下出現了新的保護陣法，式青不知消失到哪裡，剛剛那個守衛也不見了，只剩下入口處好幾個怪異的妖獸闖了進來。

這種程度對我來說其實並不算什麼，因爲妖獸的數量很少而且等級也很低，在連續開了四、五槍之後就完全解決掉闖進來的怪東西。

接著再度進來的是同樣把外頭處理完畢的默克。他神色非常緊張，當看到學長和整片空間都結冰之後，更緊張了。

「學弟！」在默克之後是阿斯利安，他整個臉色都變了，直接朝我們這邊衝過來。

解除了我們周圍的結界之後，學長才鬆了口氣，然後捂著額際半跪下來，「沒事……」我連忙和阿斯利安一左一右地扶著他。

學長的身體很冰冷，冰冷到幾乎摸不出熱度，像是抓著一大塊冰。這種感覺讓我有點顫抖，不像是活著的東西該有的溫度，讓我害怕了起來。

「先調動公會的人重新布下結界，這底下有鬼族想要的東西……」

「閉嘴！」阿斯利安打斷學長的話，「默克會辦，你馬上給我切斷與公會的連結！」

他的臉色看起來非常緊張，對學長講話的語氣也變得很衝，簡直完全不客氣了。

兩秒後，我們旁邊張開了紅色的陣形，晚了一步到達的摔倒王子看見四周狀況後，立刻走過來撞開我，和阿斯利安一起把學長拽進陣法裡。

「我們要過去城主那邊，快進來。」阿斯利安抓緊時間催促我和五色雞頭。

「嘖！」五色雞頭沒有多餘的反抗就過去了。

「去吧。」默克拍拍我的肩膀。

因爲有點著急學長的狀況，我幾乎下意識踏進法陣裡，但在啓動之後突然驚覺不對，我不能現在離開這裡。

摔倒王子和阿斯利安一定會把學長照顧到最好。

但如果我現在跑掉，這裡誰會去找他？

不曉得是不是身體順從大腦的反應，我在最後一秒跳出移送陣，旁邊的人都錯愣了。因爲沒有想到我會突然跳開，連五色雞頭都愣住。

「我會找喵喵他們帶我回去的！」

目送裡頭錯愕的那些同伴離開之後，我轉過頭，看到表情同樣像是被鬼打到的默克，接著才想到一件很嚴重的問題，「……外面的入侵者該不會還很大群吧？」要命，我應該先確保自身安全再跳的！

「不，已經沒有了。」默克咳了聲，然後蹲下去扶起沃庫，「爲什麼你要留下來？」

這眞是個好問題。

「我要去找一下式青，剛剛他突然不見了，我有點擔心。」比起可以得到妥善照顧的學長，受傷又不知道跑去哪裡的色馬還讓我比較擔心……應該說我比較擔心他在受傷之後腦袋不清楚，到處襲擊大姊姊啊——！

這是會造成犯罪的。

「建議最好不要，我們會加派人手去找那一位，我認爲你應該也先離開比較好。」很認眞地這樣告訴我，默克皺起眉，「我們還不清楚剛剛的襲擊是怎麼回事，可能還有危險。」

「呃，我想應該不會啦……」謝絕了默克的好意，但我覺得短時間內應該不會再碰到什麼東西、應該說是危險，「而且我找他會比較快。」

雖然不知道那種認定是怎樣來的，不過我隱約有這種感覺。

「不過……」

「安啦，你先看看沃庫大哥的傷勢吧，我就在湖之鎭裡面而已。」說完，我很快往出口處溜上去。

路過其他考古區時，我邊跑邊想這裡還眞不愧是公會接手的地方。雖然剛剛被襲擊了，不過轉眼間一切都被安排好，甚至連一點點混亂都沒有出現，每個人還是在自己的位置上，並沒有因爲剛剛發生的事過於驚慌。

艾麗娜也沒有離開自己的守備區，不過她的表情明顯有點不安，應該是她已經知道未婚夫受傷的事，即使如此她還是很鎭靜地指揮自己區域的人員。

和幾個人打過招呼後，我快速跑上地面。

因爲剛剛的震動，路上行人明顯減少了，但還是有人維持著行動，這讓我注意到妖獸很有可能是直接從地下冒出來、而不是從上面跑出來的，不然現在應該會看到一堆守衛和袍級在外面維持秩序。

左右張望了下，說眞的我完全沒個底，不知道那匹色馬會衝去哪裡，畢竟他消失時我根本沒有看見。

就在想著自己有點太過衝動之際，我聽見某種細微的聲響。

小小的，從腦袋裡傳來。

「式青？」

轉過頭，這次我沒有絲毫猶豫就往小鎭外跑。

我大概知道他在哪邊。

※

說眞的，湖之鎭所在的谷地比我想像的還要大很多。

不過話說回來，仔細想想也是啦……畢竟它本來是座大湖、又是個不算小的鎭，所以所屬山區會大也是理所當然。

順著腦袋裡的聲音，我小心翼翼地走進山區裡，其實並沒有離湖之鎭太遠，大概走了十分鐘我就感覺到四周的空氣有些濕潤，接著下面傳來了小小的流水聲。

因爲往下的坡道石頭與植物都沾有水氣，容易滑腳，所以我又費了一番工夫才到最底處。

出現在我面前的是條細細的河流，不知道爲什麼兩邊充滿了大型岩石，原本應該挺大的河道給塞得只剩下一點點。

很快地我就找到要找的人……應該說是馬，非常明顯的白色就趴在旁邊一塊平台岩石上，前腳浸在水中，馬頭微微低下蹭著自己的腳。

「痛死我了……被很髒的東西碰到……」配上哼哼唧唧的抱怨聲：「而且還是個男的，真是讓人失望透頂……」

被女的碰到你就會比較高興嗎？

如果是比申這種的來你真的會比較高興嗎！

好吧，我不懂獨角獸的腦袋。

「沒問題吧？」看他好像真的很痛，我靠過去，看見了泡在水裡那隻腳上有個黑色的指痕，不過已經淡了許多，剛剛整個是像墨水一樣深沉的黑色。

「有問題，快點找個清純亮麗的十八歲美少女給我撫慰受創的心靈，我好難過啊、那個該死的髒男人！」

「……我先回去了，再見。」

「別這樣嘛……嗯……」

我聽到色馬低低的吃痛聲後轉回頭，看到他的腳抽搐了兩下，「真的沒事？」說真的，開玩笑歸開玩笑，我還是滿擔心的，畢竟那傷勢看起來不輕。

「過一下就好了，幸好不太嚴重……暗器！」

「嗄？」

還沒理解色馬想表達什麼，突然一股劇痛挾帶著匡地一聲從我腦後爆開，當場我眼前一黑，差點沒有昏死過去。

「就說暗器了咩。」色馬發出欠揍的竊笑聲。

誰聽得懂啊！你應該說後面有暗器啊！

按著後腦，我在暈眩過後才勉強回頭看到底是啥東西差點把我打到爆腦。仔細一看，我驚訝了。

落在後頭地上的是個藥瓶，而且還是我在上一站遠望者營地放下的那個醫療班限量藥瓶，完全一模一樣的款式、分毫不差。

愣了幾秒之後我馬上抬起頭，但是什麼都沒有看到。

……原來時間種族已經討厭我討厭到隨便拿個東西打破我腦袋都好的地步了嗎？

很快地我就發現瓶子有點不對勁，當初醫療班給我們的瓶子裡裝的是藥水，但我在撿起來之後發現裡面有很小的沙沙聲音，仔細一看，裡面裝滿不知是細沙還是粉末的不明物體，打開瓶蓋甚至可以看見裡頭的東西散發著微微的金色亮光。

「這是啥？」對於這世界的不明物體很頭痛，我乾脆拿過去給色馬看。

一看見那些粉末，色馬眼睛都亮了，「快點幫我倒到腳上。」他連忙催促著我，還用鼻子頂了我的手。

不知道他為什麼那麼急，我還是依照他的話把那些奇怪的金色粉末都倒在那隻馬腳上，反正就算會中毒也不是死到我。那些粉末在貼上色馬的腳後，突然開始發出更強烈的亮光，接著包覆住黑色痕跡；大約幾秒後就像乾掉的油漆一樣細碎地剝離下來、落到水中，然後被水流沖散，連點渣渣都不剩。

我目瞪口呆地看著那些神奇的變化，直到色馬的腳完全恢復純白的顏色。接著他一下蹦起來又跳了幾下，完全恢復了。

色馬就在我的眼前跑跳過去，在附近兜了一圈，「到底是哪個善心的大美人送我們這麼棒的東西，快點出來給我看一下～～」

看著他在附近轉了兩、三圈我才回過神，甩甩頭清醒之後連忙把只剩一點點粉末的藥瓶塞進包包裡，然後追上那匹還在跳的馬，「那是啥東西？」也太神了吧！那種黑色的氣瞬間變得乾乾淨淨，我記得之前醫療班明明很頭大啊。

就算色馬只有一小片……但是那效果也太強了點！

回過頭，色馬露出幾乎讓我想一巴掌賞過去的竊笑表情，「那是神聖光細末，把神族世界最純淨之地的第一道曙光放進最純淨的水晶裡，之後高階的精靈聖者再加工，就會變成那樣子，是最佳的抗黑暗物品，不過我記得這玩意早一、兩千年前就沒了，現在的環境根本製造不出這東西。沒想到居然會出現；一定是哪個心地善良的小美人看到我這麼痛苦心生不忍，所以才拿出這種一級珍貴的東西來送我……真是太讓人感動了——」

接下來後面那串是讓我聽了都想抓狂的讚美話，我很想說搞不好送你的人是個金剛芭比還是黑猩猩之類的，這樣你也好嗎！

根本沒有看過他居然可以妄想到跟眞的一樣，眞是讓人受不了，更受不了的是我居然還要聽到完——

來找他是我的錯！

下意識摸摸包裡的瓶子，我想不出來給我們這麼珍貴藥品的理由，色馬應該也不是唯一一匹獨角獸，而且他的傷勢並不太嚴重，那麼給藥的人是……？

在附近叫跳了半天，送瓶子的人始終沒出現，又跳了一下子之後色馬才死心地慢慢走回來，「眞是神祕的小美人啊，讓我想表達感謝之意的空間都沒有，是要哥哥我永遠記住他嘛？」

我想他搞不好就是不想讓你記住才不出面的。

「我們先回湖之鎭和喵喵他們會合吧，我有點擔心學長。」現在色馬這邊解決了，只剩下阿斯利安他們那邊，不知道城主有沒有妥善處理？

「好。」

又抬頭看了下四周，還是沒見到他妄想中的小美人，只好眞的死心的色馬垂著頭搖著尾巴，走在前面離開了。

正想跟在後頭，我突然覺得四周的溫度好像有點低，「誰？」有種熟悉又讓人討厭的感覺出現在附近。

轉回頭，河道附近什麼也沒有。

是我過敏了嗎？

這樣想的時候，我突然發現附近不遠的石頭亮了一下。

基於好奇心，在色馬還未走遠前我稍微繞了路先走向那顆石頭。就和其他大型岩石一樣被扔在這裡，但不同的是這顆石頭上被刻了個印記，印記上長滿青苔，而且也有點被水沖壞，我好不容易才辨認出來這個記號與剛剛那面石牆上最大的圖案有點類似。

同一個符號？

「緣分這種東西還眞是讓人驚喜。」

慢了一拍才驚覺有人站在我身後，來不及回過頭，我只感覺眼前一黑。

接著什麼都不知道了。

第四話　重逢

……為什麼他會在這個地方？

你是專程回來看我會不會動手的嗎？

對了，那時候他根本沒有注意到這件事情，就連最初的那個人都沒有察覺。

為什麼在這種重要時候他會出現在這裡？

不是，我是覺得你這樣殺死他就沒什麼好玩的事情了。

不對，他從頭到尾都沒有說過實話。

於是，那個人勾起了微笑。

而我驚醒了。

濕潤的空氣馬上讓我知道自己並沒有離開河道太遠，但四周完全是安靜的，也不是陷入黑暗之前所看見的地方。

這裡是一個洞穴、一個異常大的洞穴。

我可以看到正上方全都是岩石、四周壁面也都是岩石，而我躺著的地方雖然平坦，但也都是岩石和石礫。空間並不暗，甚至可說是亮到太不自然了，一看就知道有人使用了發光類的法術將這裡照亮。

現在我知道我遺漏什麼了，在我踏進那片地下遺跡時就該想到才對，雖然連凡斯都沒有注意到，但那時候那個人出現在那裡有多不自然。

「我該說幸運之神總是站在邪惡的一方嗎？」

冷冷又帶著讓人毛骨悚然笑意的聲音從旁邊傳來。

我一秒全身冰冷發麻，整個人僵硬到差點視線轉不過去，不過我還是看見了就站在不遠處的那個人。

連作夢都不會忘記的鬼王高手和我在湖之鎮附近重逢了。

「衰神還是在我身邊……那個守衛呢？」我還眞是夠衰的，沒想到會在這邊屢屢碰見這個傢伙，我每天都很虔誠地祈禱妖師之力可以發揮作用讓他死在隨便一個角落，看起來沒啥特別效用。

鬼王高手露出微笑，好像是在告訴我：我早就知道守衛的下場是什麼。

「褚冥漾，就算我不主動找你，你依舊還是自己來找我了，連命運都要妖師一族站在鬼族一方不是嗎？」環著手，悠悠哉哉地靠在一旁岩石壁上，那個陰魂不散的鬼王高手，安地爾露出了如同我記憶中的微笑，說著。

「……那是衰神，你們拜衰神的吧。」那個死都要惡整我的衰神絕對是保佑鬼族的大神！難道我的人生就眞的一定要這麼衰嗎？沒事出來冒險就會遇到這個死纏爛打都打不走的要命鬼族，有沒有這麼煩人的啊！

「看來你眞的變了。」安地爾勾起唇角，用不知道是不是在稱讚我的話說道：「那個只會在旁邊發抖的小妖師似乎已經改變了，看來大戰也讓你了解不少事物。」

「我了解到以後看見鬼族就要見一個殺一個。」直接掏出米納斯，我對著安地爾就是一槍，不過對方也料到我會做這種事，輕輕鬆鬆就閃開。

在我還來不及補第二槍時，安地爾的黑針已經抵在米納斯上面，「今次我們還不是敵人，收起你的武器吧，不成熟的妖師。」

「爲什麼你會在這裡？」沒記錯的話這傢伙不是說短時間不會再出現了嗎？

「我可沒預料到會在這邊遇到亞那和凡斯的孩子們。」盯著我，安地爾聳聳肩，表示這次他對我們沒有直接目的，「當然，如果你們改變心意了，我依然是歡迎的。」

看來他也沒啥變嘛……

「不可能。」站起身，我這才注意到剛剛身上的小傷口全都被治好了，沒想到眼前的鬼族居然還有做善事的心情。好吧，雖說這個鬼族每次做事情都很奇怪，讓人難以捉摸，不過遇到他神經正常時倒也還好，「請放我回湖之鎮。」

安地爾看了我一眼，還是那種讓人寒毛豎起的笑，「妖師一族再出，基於和你們和平相處的前提下，我應該要這樣做沒錯，不過既然你都已經到這裡了，就等我有時間再放你出去、或者你想自己找方法離開。」說完，他轉過頭，然後完全不理我逕自往前走。

他一動，四周的亮度開始銳減，顯然這裡的光源是跟著他移動的。

對方都已經很清楚表達不會讓我逃走了，看著空間越來越黑，我只好也硬著頭皮跟在他後頭走。因爲感覺不到對方的不善，也隱約知道他這次眞的不是針對我來讓我稍微有點放心。雖然安地爾眞的很卑鄙，不過他在某方面做事也算是有紳士風度了……大概有。

不過既然要我自己走，你沒事把我抓下來幹嘛啊！

現在色馬和千冬歲他們應該很緊張地到處找我了吧？如果有方法先聯絡上他們就好了。

走在安地爾身後，我試著用自己蹩腳的術法，果然完全無法使用，連手機都斷訊了，難得安安靜靜地不作怪。

「先告訴你，這地方原本就有古代結界會阻斷法術，並不是我動手腳。」走在前面的安地爾連頭也不回直接這樣告訴我，好像他腦袋後面有長眼睛一樣。

嘖……

盯著他的後腦勺，現在換我想要重複一次剛剛時間種族做過的事了。

「爲什麼你會一直到這個地方？」如果那時候凡斯看見的不是巧合，那麼這個鬼族一再出現在這個地方就眞的有問題。

不知道爲什麼，這讓我聯想到剛剛的遺跡。

就在剛才，守衛也闖進去過。

我實在無法不將兩件事連結在一起，這塊區域被鬼族襲擊的機率實在太大了，不管是安地爾、或者是後來的那個螳螂人。

「因爲這裡很有趣。」回過頭來，安地爾說了一句讓人匪夷所思的話，然後就沒有繼續再往下說了。

說眞的，我也不太想問他到底什麼有趣，總覺得會問到很可怕的答案……算了，反正危急的時候米納斯應該會自爆吧？

「可以，但是您要做好一起爆的心理準備。」米納斯毫不留情地傳了這句話給我。

好歹妳也先把主人弄出去再去爆敵人嘛……一般那種犧牲式電影不是都會很英勇地先護送主人離開再和敵人同歸於盡的嗎？

米納斯不理我了，正確來說我還聽到一個小小的冷哼聲，完全表現出她對犧牲式電影的鄙視。

安地爾走的路越來越小條，本來很大的空間慢慢變得有點狹窄，走到最後只剩下大約可以容納一人左右的寬度，腳下的路況也極度不好，顚簸到好幾次都讓我差點直接摔倒在地；邊走著我也注意到我們一直往下。

依照每次都會發生的慣例情節，最後我們應該會走到地底下的密室！

五分鐘後，我的論點馬上獲得正確的印證。

路又開始變寬之後，最終迎接我們的是大約有兩、三間一般教室那麼大的空間，不過和之前看過的都不同。這個空間被切割得相當整齊，乍看下還以為是水泥砌成的，但仔細一看全都是岩石，人為製造得非常精緻，甚至還可以看出曾仔細地將每一處都打磨過。

安地爾就在這裡停下來。

不過我完全看不出這裡有什麼東西，除了牆壁眞的很光滑、光滑到好像可以反光之外……該不會這裡是他的啥私人儲藏室吧？

我突然驚覺我太大意了，他要是在這裡把我剁掉埋了都不會有人發現啊！

「果然藏在這個地方。」看著四周平滑的牆面，安地爾突然露出相當高興的表情。

左右看了下，我還是只看到平滑的牆面，不知道他是根據什麼來確定有東西藏在這裡的？味道嗎？好像也沒聞到什麼臭味還是香味……

「你認為湖之鎭下方的那個古代遺跡是公會這麼簡單就能了解的嗎？」轉過來，難得心情很好的安地爾又和我多說了幾句，接著他從腰際上解下個小袋子，倒出來後是個破舊的布盒，打開之後，我看見的是一塊黑色的小石頭。

不曉得為什麼，我覺得那塊小石頭很怪異，但又說不出哪裡奇怪，「這裡該不會是剛剛那個古代遺跡的……」

「正下方。」安地爾直接解答了我的猜測，「你應該記得這個世界還有次大戰吧，遠在精靈戰爭之前。」

他說的我知道，曾經輾轉從其他人口中聽過比精靈大戰更遠、好像是三千年之前還是幾千年之前有過一次更大的戰爭，聽說那時候還沒有鬼族，而是另一種東西，不過我忘記那個東西是……？

「以伊多維亞城主爲首的最大種族抗戰。」勾起笑意，安地爾半舉起手，然後用力地握緊了那顆黑色石頭，「從千年以前我就一直在尋找這些遺跡，進入公會也只想得到更多情報，這不是很讓人興奮嗎？」

某種怪異的聲音從他的手掌裡發出，從我的角度只看見那塊應該很堅硬的石頭整個被握爛成粉末，接著黑色的粉末從安地爾手掌縫向下掉落。

但是那些粉末一反常態，並沒有落下到地面上，而是在半空中突然畫圓飄浮了起來，像是自己知道該往哪邊去一樣全都四散開來，貼到光滑的牆壁上。

短短時間後，我看見室內的牆上開始繪出了圖案與文字，其中一面牆和我在湖之鎮下看見的一樣，出現了那枚巨大的圖騰。

黑色粉末完全形成牆壁上的文字圖案後，最大的那枚圖騰開始出現了微弱的黑色光芒。

「離開這裡。」

就在安地爾站在牆邊專注於那些古老文字時，某種淡淡的聲音傳到我腦袋裡，不是色馬那種魔音灌腦，是一種淡漠到幾乎讓人聽不出情感的說話聲。

這種聲音我曾聽過。

「我幫你開啓了門，馬上離開這裡。」

下意識轉過頭，我果然在我們剛剛來的小路上看見一個泛著光芒的小型移動陣法。

「誰！」就在我看向那個陣法的同時，安地爾也注意到有人已經到這裡來了，他幾乎在瞬間便做出反應，黑色的針插在那個照理來說應該不可能會出現的陣法上。

光芒吞噬了黑色的針。

然後我看見的是那個拿藥瓶砸我腦袋的人出現在陣法之後。

那時候，他果然有拿走我給他的藥瓶。

「鬼族，離開這裡。」

淡然的聲音從黑色布料下傳出，不知道爲什麼可以在這裡使用術法的重柳族身上爬下了那隻黑蜘蛛，然後站在唯一的入口處不善地看著入侵者，「這裡不是黑色種族能夠踏足的地方，離開。」

「離開這裡。」同時，他的另一道聲音在我腦袋裡響起。

不然現在是流行腦入侵嗎？

這個傢伙也這樣、那個傢伙也這樣，他們該不會已經把我的腦袋當成中途接收站了吧！

我抗議人權被忽視！

緩慢地勾起了冷笑，安地爾微微偏著頭看著突然冒出來的陌生人，「時間種族？看來我果然沒有找錯地點……你們害怕鬼族會接手這個封印之地的力量嗎、這個古老的戰爭之力？」

我眼前一花，那個重柳族已經站到我前面了，黑色的布料完全隔絕住我的視線，讓我看不見安地爾現在的反應與表情。

「不管是誰，只要入侵封印之地唯有死路一條。」

……那你是想放我走還是想把我掛了？剛剛你不是還叫我快點離開的嗎，下一秒就不管是誰都只有死路是怎樣？

我突然有種今天眞的很衰的感覺。

鬼族的神眞的是衰神，每逢必衰。

這樣想著的時候，我突然感覺到有東西爬到我身上，一低頭差點沒被嚇到，不知道什麼時候那隻黑色的蜘蛛已經爬到我的身上，現在整隻攀在我肩膀上用那些眼睛骨碌碌地盯著我看。

這位老大，拜託你千萬不要把我當成糧食……妖師不好吃的……

「離開這個地方，所見之物不可說出去。」重柳族淡淡的聲音再度響起，站在我面前的人伸出了手，套著黑色手套的掌心攤開來。

牆面上那些黑色粉末突然騷動了起來，就像剛剛從安地爾手上離去一樣，粉末像有生命似地離開了牆面，全聚集到重柳青年的手上，不用幾秒再度變回黑色石頭，靜靜地躺在他手中。

瞇著眼睛看著青年的一切動作，安地爾並沒有表現出特別憤怒的情緒，「看來時間種族對於這個封印相當了解，或許我應該一開始就抓住一位你們的族人，也不用找得那麼辛苦。」

「那是、不可能會發生的事情。」輕輕揮動了手，四周平滑的牆面突然發出了怪異聲，接著牆面上突然迸出了許多裂痕和凹凸面，牆面像是某種節目或影片上看過的機關牆，開始緩緩擠壓移動了。

「看來今天想拿到我要的東西應該不可能了。」站在原地的安地爾依然一派悠閒自得，完全不將越來越逼近他的牆壁看在眼裡，輕鬆得好像如果他想走隨時都可以離開這裡。

基於對安地爾的認知，我也覺得這裡應該困不住他。

這個人太狡猾。

「任何人都不能觸碰古老的封印。」轉過頭，青年冷冷地看著我，好像這句話也是在對我講一樣。

然後他伸出手，在我肩膀上推了下。我往後踉蹌了幾步，一低頭看見正好踩在剛剛那個發光陣法上，同時整個陣法發出啓動的強光。

「不可以向任何人提起這個地方。」

他的警告聲再度傳到我的腦袋裡。

室內開始強烈震動，尖銳的石柱轟然穿牆而出，灰土鋪天蓋地襲來。

我隱約好像看見安地爾還在陷落的石室裡，那個重柳族的人已經看不見身影，室內的光源猛地消失、陷入了一整片完全黑暗中。

然後，我被傳送出去了。

黑暗中，我聽到細小的跑步聲。

「過來這邊。」

順著聲音，黑色的另一端出現了亮光，那裡有著淡淡的草藥香氣，然後有人背著光對我招手，「這裡。」

循著聲音，我走過去，然後看見了上次那個小孩。

他對我招手，然後在我靠近後拉著我的手走出黑暗，帶著我走進一個像是小樹屋的地方，四周放置了些乾枯的草枝，空氣中充滿剛剛那種香味。

「這裡不錯吧，是我找到的地方，不會有人找得到我們。」小孩衝著我微笑，然後讓我看放置在裡面成捆的草堆，「荒廢了，這裡是藥室，沒有人知道這個地方。」

雖然是在夢裡，但這個小樹屋也太過眞實了……不對、等等！爲什麼我會在夢裡？

我記得我剛剛應該是被傳送了才對吧？爲什麼才零點幾秒我就在夢裡了？該不會是那個重柳小人嘴巴說要把我送出來，其實直接把我送到奈何橋去了吧？

「褚冥漾，你會待在這裡嗎？」偏著頭，黑髮的小孩盯著我，「我已經很久沒有遇到其他人了，你會留在這裡嗎？」

「不好意思，我必須回去我自己的地方。」開玩笑，要是留在這裡我就眞的翹了。

「那麼，你要常常來找我。」他皺起臉，不過並沒有說出要求我一定要留下來之類的話：

「一定要來喔。」

「唔……是沒差啦。」多一個夢連結應該沒關係吧？

「說好了。」小孩伸出小拇指對著我。

同樣伸出自己的手和他打勾，在觸碰到對方那瞬間我感覺到某種暖暖的感覺，一點小小的亮光附著在我的指尖上然後消失不見。

……該不會我又在不知情的狀況下和對方締結了啥啥東西吧？

看著自己收回來的手指，我倒是看不出上面有什麼異狀。

「這樣以後你就知道要怎樣來找我了。」

※

我清醒時第一眼看見的是天花板。

「漾漾？你還好吧？」喵喵的聲音很快從旁邊傳來。

動了動，我發現自己躺在床上，而且應該不是旅館的床，天花板和五色雞頭他家長得完全不同，是一個陌生的地方。

「這裡是契里亞城主的住所。」

回過頭，我果然看見喵喵和千冬歲都站在旁邊，另外一面朝著陽台，式青不知道爲什麼掛在陽台上吹口哨。

很快我就知道爲什麼了。

「那邊漂亮的侍女姊姊快點看過來——」

一秒就把頭轉回來，在確定身體可以動彈後我立即爬起身，「我怎麼了？」記得被那個重柳族的人推出去的同時馬上切換成夢境，難道出來後我直接昏倒了？

「你摔到河裡，式青把你撈起來時你已經昏倒了。」千冬歲很好心地告訴我現在的狀況。

……我就知道那個重柳的傢伙一逮到機會就想幹掉我！居然把我丟到河裡就跑！他當我是死狗要放水流嗎！

這也太可惡了吧。

下次再看到他受傷我絕對不要可憐他了！

「對嘛，想不開不要去跳河啊，世界上還有很多美麗的姊姊可以讓你忘記世俗的煩憂～我也可以幫你介紹很多漂亮的大小美人喔，絕對讓你從此以後快樂似神仙。」式青從外面走進來，一臉很滿足地說著。

「……不用了謝謝。」我不想再被別人丟到河裡一次。轉回過頭，喵喵正在認眞地幫我診治著，確定完全沒事之後她才鬆了口氣，「對了，學長和西瑞他們人呢？」

「城主已經請來醫療班幫他們治療過了，沒事喔。」喵喵遞給我恢復體力的飲料：「就在旁邊的房間而已，漾漾要一起過去嗎？」

「等我。」

連忙把東西喝乾之後，我從床上跳起來，然後跟著喵喵他們一起走出房間。

出了房門後，外面的走廊和裝飾並沒有給人「城主住所」那種豪華富麗的感覺，僅僅就是間滿普通的大房子，有點類似有錢人的別墅，裝飾上也沒有特別花錢，簡單來說就是樸素整潔又大方這樣。

大致上都是米白色調的物件，牆上有些植物的掛畫、走廊裝飾大多是玻璃或小型雕刻，看起來這個城主應該是走節儉風格。

喵喵帶著我們走過一小段路，然後在盡頭的房間前停下來。

像是知道我們就在外面，房門幾乎同時被打開來，接著我看見了那個在五色雞頭旅館裡唱歌的女孩。

「妳——」

「幾位客人，初次見面，我爲契里亞城城主之妹，艾芙伊娃·柳。」迅速打斷我的話，用著很陌生的目光看了我一眼，女孩有點快地說著：「另外幾位客人也剛治療完畢，請隨我進來吧。」說完，她就自己轉頭先走進去了。

和那天不太一樣，當天她只是隨便穿著外出的服裝，今天看到的服裝是整套的相當正式。

光看她剛剛的表現也知道對方似乎不想讓其他人知道我們私下見過面……果然有羞恥心的人都不想被知道自己曾出入五色雞頭他家的旅館，我回去也很不想被知道。

眞的滿丟臉的。

想著等等私下再找她聊一下，在其他人都進去之後我才走最後一個、順手把門也帶上。

「漾~你醒了啊~」就站在門邊的五色雞頭一秒就看到我。

和他點了頭打招呼，我才打量整個房間，裡面幾乎沒有外人，除了艾芙伊娃之外就只有一個我沒見過的陌生青年，其他就全都是這次隊伍的人了，摔倒王子、阿斯利安和雷拉特也全都在這邊。

「這位是契里亞城主，艾里恩．柳。」阿斯利安替我們介紹了那個唯一陌生的青年。

褐色的半長髮垂在背上，以及綠色的眼睛，青年與艾芙伊娃有著很相似的面孔輪廓與色彩，整個人看起來似乎有點嚴肅，但又不到難以親近的地步，從應該是耳郭的地方伸出的尖尖耳朵是帶毛的獸耳，這點與艾芙伊娃的人類耳朵不太相同。

「歡迎蒞臨契里亞城。」微微向我們這邊頷了首，原本坐在床邊的獸人城主站起身，非常有禮貌地讓開位置讓我們走過去。

「您好。」我和喵喵幾個人先後向他也行過禮，然後我才看見躺在床上的學長，「啊，你還沒睡啊！」

下一秒，一顆枕頭差點直接把我打回黑暗裡。

我說學長……就算是枕頭，被你丟出來殺傷力還是很大的……

摀著劇痛的臉，我戰戰兢兢地把枕頭還回去。

意外地，看起來滿嚴肅的城主大人微微笑了聲，似乎覺得我們的「你丟我撿」很有趣，其他人則是一種已經看習慣不覺得有什麼的表情。

「閉嘴！」學長凶惡地狠瞪了我一眼，我馬上不敢再插話了。看他們這種陣勢，剛剛應該是在說什麼事情才對。

「漾漾，這邊坐吧。」喵喵推著我到旁邊一點，床的四周還有一些空椅子，看來是另外拿過來要給其他人坐的。

離床邊最遠的摔倒王子白了我一眼，然後繼續散發出他對每個人都不屑的氣團。

在我坐好後，艾芙伊娃輕輕在我旁邊也就座，然後朝我比了個噤聲的動作，順便眨眨眼。

「既然我們的客人都到齊了，那麼就繼續方才的話題吧。」重新在床邊坐下，契里亞城主發出了溫和的聲音，他講話的方式讓我有點想起伊多，那種讓人聽了感到舒服的感覺，「昨天在阿斯利安的請求之後，我已經聯絡上幾方城主提供訊息，或許不比公會知道的多，但是有些事情只有在城主們之間交流。」

頓了頓，他看了學長與摔倒王子一眼，繼續說著：「就在昨日傍晚我們收到沉默森林的訊息，他們似乎打算將森林中心封閉起來，因爲契里亞城和沉默森林有著友善交流，所以封閉前他們派遣使者前來告知，同時也通知了幾個同樣結盟的城主。」

「除了契里亞城，還有幾位城主收到這些訊息？」已經有點半瞇眼了，不過學長還是打起精神詢問著。

「基於安全考量，無法告知幾位是哪些城主，不過與沉默森林結盟的城市除了契里亞城，另外還有四位城主知曉這項訊息。」艾里恩委婉地這樣告訴我們，然後帶著有點抱歉的意味看向學長，「我想在這方面，契里亞城能幫上忙的恐怕很有限。」

「只要能讓沉默森林不要有敵意就行。」

「我會寫一份書信讓幾位帶著，我想沉默森林應該不會太過於爲難你們。」微笑著這樣向學長保證，艾里恩招來艾芙伊娃，輕輕地向她說了些話，後者就直接走出房間去辦理事務。

「麻煩你了。」

得到城主的幫助之後，學長就又昏昏沉沉地睡過去。

從在遺跡那時到現在起碼已經過了幾個小時，沒想到學長可以撐那麼久。

偷偷瞄了眼阿斯利安他們，不太清楚學長和城主有什麼關係，一定要親自與對方交涉；因爲剛剛城主的動作已經擺明了他就是看在學長的面子上才會講這些話的。

「這裡先交給城主和米可蕥吧，我們外面說話。」阿斯利安環顧我們全部人一眼，最靠近門的五色雞頭率先走出去，之後我們其他人也魚貫跟上。

早一步出來的艾芙伊娃已經拿著一包東西站在門口，領著我們回到剛剛那間房後，她看了我一眼就把那包東西塞給我，逕自退走了。

※

「學弟和城主是舊識，曾有短暫時間當過同學，剛剛詢問後才知道。」

在艾芙伊娃離開後，阿斯利安說著，我才發現原來不止我，式青和千冬歲他們也有差不多的疑惑，只有晾在旁邊的五色雞頭露出他大爺怎樣都好的無所謂表情。

「那個城主眞是個嚴肅的人啊……」式青自動爲自己倒了杯茶，然後在旁邊一屁股坐下。眞難得他沒有說城主是個大美人，從出發之後每個比較好看的人都被這樣講過，契里亞城主其實還滿帥的，居然沒有入選？

「雖然也是很乾淨的人，不過眞是讓人不想接近啊。」他還自己補上後面這些評語，「比較起來那個小美女可口多了。」

無視於式青的評論，阿斯利安示意後我打開剛剛那包東西。它是一條印有契里亞城城徽的大方巾，裡面有著一封信和幾枚帶有法術的水晶，另外就是幾個類似藥物的物品。

書信已經上了封緘，所以阿斯利安只是收下來，並沒有打開。

「明天早上出發。」摔倒王子直接決定了離開的時間。

「這樣會不會太急了？」千冬歲皺起眉，「湖之鎭的事情還沒處理完……」

「那不干我們的事。」直接俐落地截斷了千冬歲未竟的話，明顯就是把負責事項劃分清楚的摔倒王子冷冷吐著話：「我們目前還在執行任務，湖之鎭公會自然會有人來處理。」

千冬歲有點不太高興地看了他一眼，不過因爲摔倒王子說的是實話，似乎也無從反駁。

我想安地爾應該也不會那麼無聊短時間一直和公會槓上；而且就重柳族那人的說法，他應該暫時不能再動遺跡，所以公會短時間裡可能會查不出個所以然吧？

雖然很想這樣告訴他們，不過一想到那個重柳傢伙的話，我只好又把知道的事呑回去了。

「不好意思，雪野學弟，我想我們也須要盡早啓程，湖之鎭方面公會已經派人前來接手了，如果眞的和鬼族有關係，我想你和學妹也不要太過深入比較好，將這件事交給前來的袍級吧。」委婉地和千冬歲溝通著，後者只好點點頭，沒有表示什麼。

有點遺憾地看著千冬歲，說眞的有熟人在我比較安心，但這次狀況和以前都不一樣，千冬歲也不可能跟著我們繼續旅行，他還得回去照顧夏碎學長……雖然說其實夏碎學長好像也不用那麼嚴密地看護。

「你過來一下。」

轉過頭，我看到式青在對我招手。

瞄了阿斯利安，他們幾個靠在一起繼續討論其他事情，五色雞頭打完哈欠一臉想睡的表情也沒注意到我們，所以我就和式青並肩走出陽台。

「你在下面看到什麼？」

錯愕地看著式青，他一臉就是根本知道我不是摔到水裡的表情，「你身上有古代封印的氣息，很微弱，但我可以察覺。」

看來獨角獸果然還是有點本事的，我不該因爲他是色胚而小看他。

「你知道下面有什麼東西？」同樣壓低聲音，我還讓老頭公偷偷弄下個可以避免被聽到聲音的小結界。可惡，要說話的我眞不方便！

「廢話，我看得懂啊！」式青白了我一眼。

「其實也沒看到什麼，就是和那個圖騰很像的牆壁，之後地下就被重柳的人關閉了。」稍微形容下那時的狀況，我避開了安地爾沒講，只告訴他是普通的鬼族被驅逐走了。

聽完我簡短的說明後，式青微微皺起眉，「你看到的應該不是低階鬼族，一般拿到啓動鑰匙的大多是高階……」

「鑰匙？」

「就是那塊黑色石頭，裡面有可以打開地下的鑰匙，進去之後裡頭還會有其他封印術法，低階鬼族在使用鑰匙時就會被殲滅，所以可以使用還有自信找到下面去的一定是很高階的鬼族、有可能是鬼王階級，以後你看到那個傢伙有多遠閃多遠。」不知道自己眞的說對的式青很認眞地分析順便告誡我。

基本上就算他不講，我還是會閃遠的！

不過安地爾到底是怎樣知道那個古代封印的？還持有鑰匙？

算了，反正那個人本來就很奇怪，不要想太多對自己的精神健康會比較好。而且鑰匙被重柳族的回收了，暫時也做不了怪吧。

「反正那類型的封印都沒有什麼好東西，以後別再靠近了。」式青淡淡地給了結論，還補上一句：「就算有漂亮姊姊在那邊招手也不要去。」

你以爲我是你嗎！

就算有一整排漂亮姊姊在招手我也不會過去的啊！

……要死，我幹嘛跟他往同一方向思考啊！

連忙把腦袋中的怪想法揮掉，我鄭重地向式青說了我一定會注意的。

點了下頭，式青突然一改剛剛嚴肅的神色，接著把我整著人一搭就趴在陽台邊對樓下吹口哨，「漂亮的大美人～～有沒有興趣到附近喝杯咖啡啊！」

被他突然轉變的態度愣了下，不用兩秒我就聽到結界被撞破的小聲音，接著五色雞頭突然從旁邊冒出來，「漾～你們兩個在玩啥啊？」

「啥都沒有。」揮開了式青的手，看到下面的漂亮大姊朝我們比了中指之後我默默地縮回房間裡，很不想繼續被別人當作和他們是一道的。

回房之後，發現只剩下千冬歲和雷拉特。

「阿利學長他們呢？」

「送另一個人回旅館。」雷拉特直接回答我的疑問。

「我也差不多要去和喵喵會合了，遺跡的事有點打亂我們的任務，不過還是完成了，我們晚上會再過去找你們商量之後的一些事情。」千冬歲邊說著，邊對五色雞頭白眼：「當然，最好你們晚上改來我家旅館，我家招待一定不會輸給那家見鬼的飯店！」

他一定對我們投宿靈光大飯店很介意、絕對是！

「啥！本大爺的飯店會輸給你個四眼仔的鄉下飯店嗎！那個眞的叫飯店嗎！那種樸素到拿出去都沒啥爆點的地方根本就是住過就忘好不好！」五色雞頭馬上跳出來反抗了。

不，其實我覺得還是樸素一點好。

雖然住過你家飯店會一輩子都忘不掉，但是一輩子都不會想要再去第二次啊！

我有點想脫口而出說今天就乾脆去住千冬歲家好了，但是這樣一來又對五色雞頭有點不好意思，畢竟他準備的東西怪是怪了點，但也是很有誠意在招待我們，雖然那個誠意看起來有點像惡作劇、還有可能會死人。

「那種飯店沒有倒眞是十大奇蹟之一。」懶得和他吵的千冬歲冷冷哼了聲，沒有再繼續搭理五色雞頭的挑釁。

交談告一段落後，房門突然被人打開，「千冬歲～我們該去向公會交付任務了喔！」喵喵就站在門口邊朝自己的搭檔招手，「漾漾，晚上我們再回去找你玩！」

「晚上見。」

目送喵喵和千冬歲，最後房間裡就剩我們四個了。

「你不用去和那個啥鬼城主交換情報嗎？」瞄了一眼站在旁邊的雷拉特，五色雞頭一臉就是想要把他趕走然後自己去外面惹是生非的表情。

「艾里恩有公務。」簡單明瞭告訴五色雞頭爲什麼自己會在這邊，雷拉特把玩著不知道什麼時候回到他手上的西瓜，還驚悚地從自己的腰帶裡拿出一塊帶著血水的不明生肉塞進西瓜嘴巴裡。

聽到水果發出咀嚼的聲音，讓我感到一陣毛骨悚然。

「那我和漾漾去找漂亮的大姊姊玩吧。」一把搭住我的肩膀，式青很歡樂地這樣宣布。

「本大爺的僕人要和本大爺去做飯店採購！」五色雞頭提出讓我更心驚的事。

「其實我比較想要去睡個覺……」

砰地一聲，門第二次被撞開了，還彈到後面的牆壁上。

艾芙伊娃出現在門後。

「你跟你、請隨我來。」

我和式青對看了下，被點名了。

第五話　另外一條路

艾芙伊娃帶著我們到一間書室裡。

與剛剛的房間不同，這裡放滿了很多書架、書櫃，上面疊滿各種類型的書籍，旁邊擺放著幾種樂器，我很快就認出來其中一樣是我和艾芙伊娃初遇時她手上拿著的那個。

「請在這邊等等，我兄長馬上就會過來了，他希望與你們私下說些事情。」踏入書室之後，艾芙伊娃的表情明顯輕鬆多了，「很抱歉，先前沒有直接向你表示我的身分。」

「啊、沒關係啦，妳不用介意，我很習慣了。」反正在學校裡走路都會追撞到個王子還是公子啥的，我是真的已經完全習慣了。連獨角獸都會卡在我房間門上，我人生還有什麼讓人更訝異的事情呢？

勾了一抹微笑，艾芙伊娃讓我們兩個在旁邊位子坐下，接著才端過一些準備好的點心。

「對了，之前妳提到的六羅，也是在這裡認識的嗎？」接過精緻的點心，我也不怎麼客氣地邊吃邊問她。雖然我有點想向五色雞頭打聽這件事，但五色雞頭震驚的表情實在讓我不知道要從何開口。

「是的，在很久之前，我聽說他偶爾會到那家奇怪的飯店裡。前幾年我得了病，兄長請了醫療班的人來也治療不好，說是少了好幾種藥材。」頓了頓，對我比較沒有戒心的艾芙伊娃拿著琴坐在旁邊的位子，慢慢撥動琴弦，「後來聽說這件事，是六羅去幫忙找來那些藥材的，所以才把病給治好，我想如果您和醫療班的人很熟，應該可以查到這件事情的記錄。」

「哇喔，眞是浪漫的英雄救美。」

我橫瞪了眼旁邊的式青，就不要開口給我感動個幾秒鐘會死嗎！

「沒過多久，我聽說他要去執行家族任務，但離開後他就沒有再回來過了。」沒有注意到我的白眼和式青的鬼臉，沉浸在回憶中的艾芙伊娃只低頭看著自己的琴弦，然後有一下沒一下地撥動著音樂，「我曾私下向羅耶伊亞家族探詢消息，但都沒有辦法查到隻字片語，他們似乎將六羅的行蹤完全封鎖了……而且殺手家族眞的很難探詢消息，所以我才會經常到那間旅館，想著有一天六羅會再回到那邊。」

「好動人的故事。」式青吸了下鼻子，「快告訴她可能要等十八年。」

我現在想把旁邊的傢伙往死裡打了……你該不會和五色雞頭一樣去看了八點檔吧！還是你是被他在短短幾天裡洗腦啊！

十八年你都知道！

「不過十八年回來之後通常會帶著一家老小……」

我直接從口袋裡拿出個硬邦邦的東西丟他。

式青比我想像的更敏捷，接住了那玩意。

說眞的我只是隨便拿，但在他接住之後我才發現那個硬東西居然就是安地爾拿的那塊黑色石頭……重柳那傢伙是什麼時候把這個該死的鑰匙塞在我身上的！

「那是什麼？」已經被我們的大動作打斷溫馨回憶的艾芙伊娃完全注意到了那顆黑石頭。

「隕石！」式青一秒說出沒人會相信的屁話。

「這是封印之刻。」從式青手上拿過那顆石頭，不屬於在場任何人的聲音淡淡地說著。

我們全都愣了有幾秒，這才發現契里亞的城主不知什麼時候已經進到房裡，就站在式青身後，估計剛剛我們講的話有大半他都聽見了。

「古代羽族最常使用的一種方式，這是封印之刻的子石。」很顯然完全知道這東西由來的契里亞城主沒自覺自己的突兀，相當自然地就在旁邊的位子坐下了，還讓艾芙伊娃幫他倒來茶水，「母石拿去製作封印、子石當作鑰匙，但是你擁有的這個是複製品，羽族在封印之後通常會將子石摧毀，只有投機者才會重新製作鑰匙。」

鬼族應該算是超大的投機者吧……

「這可是我們撿到的東西，不是我們持有的原物品喔。」式青勾起一抹淡淡的微笑，然後支著下巴這樣回答他。

我才後知後覺發現城主是在針對我們擁有那顆石頭這件事。

「其實這是我一個朋友從鬼族那邊拿走、寄放在我這裡的東西。」連忙補充著說，我瞄了一眼式青，他沒有給我任何回應。

「抱歉，或許是因爲湖之鎮剛剛才發生那樣的事，所以我稍微有些敏感。」帶著溫和的微笑，城主將黑色的石頭遞還給我，「我已經確認過這上面並沒有附著任何力量，您的那位朋友已經將開啓之力破壞掉了，現在這只不過是普通的黑石。」

看來重柳那傢伙還是有善後嘛，我還有點擔心安地爾回來搶咧，現在看起來應該是不用害怕這點。

「看城主老兄好像也對古代封印很了解？」看著應對態度很自然的城主，式青直接發問。

「是的，我曾在學院中學習過一段時間，當時學習的便是關於古老的咒術和一些封印，我想這在統治城市當中是必要的。」不覺得有什麼特別不對之處，契里亞城主滿快就回答了這個問題，「在精靈大戰之前最受注目的應該是更久遠之前的聯合種族之戰，像這類的東西在守世界、原世界當中多少都還保留著，多了解一些只會有益處，在任何方面上。」

聳聳肩，式青倒是沒有再繼續追問下去。

與其說是沒有繼續，我是覺得他好像懶得再多問別的事情，整個人衝著艾芙伊娃發出垂涎的光芒。

「雖然很唐突，但是請兩位到這邊來是有另外的事情想告訴你們。」拿著茶杯，艾里恩很快地直接切入他找我們來的主題。

「你說看看吧，但是我們不一定會接受。」

式青這樣回答他。

「艾芙伊娃，請先去幫我們準備一些點心好嗎？」

微笑著，艾里恩明白地支開他的妹妹，這也讓我注意到好像有城主在的場合，艾芙伊娃幾乎都沒什麼說話，而且他們兩個很明顯有種說不上來的隔閡。

也不知道要怎麼解釋，就是相處中有種莫名的不自然感。

艾里恩很有禮貌、艾芙伊娃也相當聽他的話，但是就是很奇怪。

在艾芙伊娃離開房間後，艾里恩施下了個小結界，將這裡與外面隔絕之後才轉回來看著我們，「很抱歉，但是城裡有許多間諜，所以正式交談時必須如此做。」

我想起剛剛我們做這件事時是爲了預防五色雞頭他們衝進來搗亂。

「所以你想找我們講什麼事情？」式青環著手，露出了有話快點講完的表情，「其實我比較想和漂亮姊姊關在一個房間裡面，不是和可以看不能摸的臭男人關在一起。」

偷偷用手肘推了式青一下，我發現他似乎莫名地對城主不太客氣，一直有種很厭煩的態度。

他不是最喜歡漂亮的人嗎？

對式青的態度不以爲意，艾里恩將椅子上的琴放回原位，「其實我原本是想找您、幻獸的式青閣下，但是意外地讓我發現了您與這位妖師後裔有所聯繫，只好兩位一起請來。」

式青馬上和我對看一眼。

「無線電波被敵人攔截了！」

這種場合可以麻煩你正經一點嗎！

很想一巴朝式青的後腦巴下去，我還是硬生生忍住自己的手了，同時也開始對不遠方的學長默默懺悔。

「請不用驚訝，因為我們原本對這種術法聯繫就比較敏感，並沒有什麼惡意。」淡淡看著我們，艾里恩只是簡單解釋了下，很快就回到剛剛的話題上：「我想兩位也知道湖之鎮採出了古代封印……」

「如果你是對那個地方有興趣，那我勸你最好打消念頭，對於古代封印我知道的並不多，但是我們幻獸一系流傳著古代封印都不可碰的說法，那裡面封印的是聯合種族之戰的黑色之物，不管是誰都不能輕易觸碰。」直接打斷了艾里恩的話，式青瞇起眼，然後站起身表示想要結束對話。

「您誤會了，我並非想要打開古代封印。」阻止了式青的動作，契里亞城主再度邀請他坐下來，「兩位應該知道最近夜妖精的騷動吧，由我們自己的情報網中知道一些相關事宜，因此我懷疑鬼族或是某種黑色的種族在近期內會有動作，而這個動作可能與古代封印相關。夜妖精並不和任何人交涉，也無法硬逼他們配合我們，但是如我們這樣的城市必須保護我們的居民，在這種時期，湖之鎮採出了古代封印，所以我想請問幻獸一系是否能提供任何情報。」

「幻獸不會輕易和其他種族有所交流，不只人類，任何種族都有著自我的私心。」按著我的肩膀，式青搖搖頭，「你們有許多方式可以取得情報，但是不要將希望寄放在幻獸身上，幻獸並不是賢者也不是最佳的情報網，只是生存在過往時間中的生命；你們能夠求助公會，而不是私下交換自己的意見。如果你們爲了居民好，請盡快讓問題浮上檯面，而不是自己按著私下處理，讓公會無法插手。」

愣了一下，艾里恩沒有接上話。

「我的忠告就只說到這樣吧。」一把將我從位子上拉起，式青拋了個媚眼給仍然沒講話的城主：「如果不是這種事情的話，歡迎再來找我們聊天喔。」

說完，他就拉著我走出書室了。

打開門時我們看見了艾芙伊娃站在門外，我只來得及和她打個招呼，就被急急忙忙的式青給扯走了。

像是很熟這裡的構造，式青一路把我拖出城主的住所。從外面看起來就是像好野人住的別墅，其他就沒什麼特別的地方了。

他又拉著我走了有段路，才停下過快的腳步。

「怎麼了？」除了看到前方幾百公尺處有個絕世漂亮的大姊姊之外，我還眞不知道他有什麼裡由這麼匆促地衝出來。

該不會有個脫光的大美女在不遠的正前方吧！

「你是眞傻還是假傻！那個城主一直在刺探我們耶！」

……對不起我是眞傻，因爲我完全聽不出來，而且之後還莫名覺得他講的沒啥不對就是。

白了我一眼，式青在附近買了點飲料，才帶著我往旅館方向走，「一開始就很怪了，沒有種族可以輕易察覺聯繫、尤其是獨角獸的聯繫，所以他根本是有目的偵測了我們。」

喔，這個我大概有點知道，畢竟學長連接我那麼久了，也沒人發現，只覺得他是在對空氣說話而已。

「而且他又說他曾在你們學校學過古代遺跡的相關東西，你們學校不就是和公會有最大相連的地方嗎，既然學校有、公會一定更多，他不問公會來問我，肯定有鬼……啊，反正就是問題很大啦，不要跳下水會比較好。」式青用很慎重的口氣告訴我剛剛那些話的嚴重性。

「喔……」我點點頭，多少知道式青剛剛態度不友善的原因了。

「如果那個城主找你，就藉口推掉好了。」式青頓了半晌，然後想了想，又看了我一眼，「還有，那個小美女和那個城主沒有血緣關係，如果你想把馬子，要注意一下那個城主。」

「噗！」

我的飲料從嘴巴裡噴出來了，「我才沒有那種想法！她是想打聽六羅的消息……等等，你剛剛說什麼？」似乎聽到了一個很大的爆料。

「那個艾芙伊娃和城主沒有血緣關係喔，雖然是同族的，但是沒有感受到相同的血緣脈動，我想應該不是親人？」瞄了我一眼，式青嫌惡地看著噴出來的飲料。

我想式青講的應該不會有錯。

但是……

「你要小心那個人。」

※

回到旅館時，裡頭正在騷動著。

「怎麼了？」

我抓住從我面前跑過去的西裝男，他臉色慘白到好像胃都快爆掉一樣。

「那個、那個。」站在一旁的式青用一樣鐵青的表情要我轉頭看旁邊。

在我轉頭那一瞬間我真的被嚇到，還是被嚇到有幾秒反應不過來，眼前整個白花花一片，不確定我看到的東西是真的還是假的。

如果你看到電子花車和上面有神像在牆邊轉及幾百顆彩色燈泡閃閃發亮，我想你應該也跟我一樣會有那麼幾秒講不出任何話來。

電音三太子的音樂好像從另外一個世界飄過來一樣充滿了整座大廳。

沒錯，就是你現在想的那種東西。

「……新的？」我面無表情地轉過去看著已經快痛哭出來的西裝男，他抱著胃萬分悲苦地點了頭，表情充滿了完全不願意、也不想承認電子花車出現在大廳的這個事實。

看著正在打圈的電子花車，我默默拍了拍他的肩膀，「人要勇敢地活下去。」實在是找不到什麼好話來安慰他了。

西裝男眼淚都出來了，然後用一種很想拜託我去關說把電子花車撤掉的表情看著我。

我連忙把視線轉開，「呃、我還有點事情要先回房間了。」

「我只能靠你了！」西裝男一把抓住我的肩膀，「只要這個、這個就好，這個可以撤掉的話我一定會幫你刻牌給全部的人拜、報答你的大恩大德……這個眞的太過分了，我們僅有的客群一定會被嚇逃的。」他開始啜泣了。

「拜託你不要刻牌，眞的不喜歡的話你們應該和西瑞溝通啊，雖然他是有點不講理，但是好好講他還是會聽進去啊。」

聽到我這樣說，西裝男整個沒形象地痛哭了，「我有好好講……小少爺也聽進去了，所以他把本來要放在這裡的金面大佛放到屋頂去，變成這種東西了……」

我沉默了。

搞不好放金面大佛其實還比較好。

看著電子花車，我眞的深深這樣覺得。

五色雞頭果然還是有把別人的意見給聽進去，但是他的品味實在是——說不定下次有廟會找他去，他會很喜歡？

看著正在發出閃光的電子花車，我眞的這樣認為。

是說他到底是去哪裡弄來這種電子花車的？

「漾～」

就在我沉思時，電子花車的萬惡凶手從裡面出現了，「本大爺專程去弄回來的，很漂亮吧！」

望著五色雞頭，我熊熊不知該怎樣回應他。

「本大爺原本要對方交出做醮用的那種檯子比較多層，氣勢才夠！結果對方只有這種的，真是太沒意思了。」五色雞頭環著手看著在角落很熱鬧的電子花車，這樣抱怨著。

如果你真的去弄那種回來，我相信你們的飯店真的會打破不倒傳說、瞬間倒下去吧。

請先搞懂那玩意的意思再來擺啊！

站在旁邊的西裝男推了我一下，然後用哀求的目光盯著我看。

「這真是……太驚人了，我不想看了。」另外一邊的式青過了很久很久才回過魂來，然後捂著臉逃逸了。速度之快，讓我連想抓住的時間都沒有。

「怎樣？有啥感想？」興致勃勃的五色雞頭很歡愉地轉過來看我，眼神期待到像隻搖尾巴的雞在等人告訴他真的很讚之類的。

「呃……我很少參與民俗活動，對這個不太了解。」咳了聲，說真的看歸看，我是真的不會想要把這種車放在家裡就是，實在是太驚人了，搞不好晚上起來還會被自動人偶嚇到。這個還是在遊行時出現會比較好。

「嘖，你們這些人都不懂這東西的好！」五色雞頭白了我們一眼。

其實我才想問哪裡好！

眞的有人會放一排電子花車在飯店裡面嗎！

有那麼一秒我覺得閃光飛碟被比下去了。

「是說西瑞……你不覺得這個比較適合放在花園嗎？有那種小橋流水啊、也有一點場景可以相輝映。」失禮了老兄，我大概只能幫到這樣的忙。

「花園好、眞的花園比較好。」不想要門面被看笑話的西裝男連忙附和我說的話。

「嗄？」五色雞頭露出很不想移到花園的表情。

「你看花園眞的會比較適合放，而且花園比較大啊，人家可以慢慢參觀。」我是覺得放到花園之後那座花園可能會變成傳說中的荒廢庭園。

踏進去的人一秒就逃出來。

「花園好像可以放比較多台——」五色雞頭眞的動搖了。

聽到他要放比較多台之後，西裝男的臉又開始慘白，然後一直推我，希望我再多講點啥。

老兄，我眞的盡力了。

放比較多台總比放在大廳好吧！至少你們可以趁五色雞頭離開之後總體進行封印還隱藏法術啥的比較不會嚇到客人啊。

「人家雪野家族集團也沒有這樣……」

西裝男的聲音雖然很小聲，但是好死不死五色雞頭卻聽到了，「你說啥？」他整個朝西裝男瞪了過去，眼神都快可以殺死人了。

「他是說千冬歲他家門面好像沒有這麼氣勢磅礡，你也要留一點生路給人家走。」硬是把話給拗過去，我連忙揮手叫西裝男快點去忙自己的事，再繼續多講下去我都怕那台電子花車會用來紀念他了。

這次五色雞頭眞的認同了，「說的也是，那個四眼仔的旅館啥也沒有，眞是爛到讓人完全不想進去住一晚。」

「嗯，所以你就不要在大廳放太多東西了，把一些放在裡面給人家參觀也很不錯啊，這樣才叫有內涵。」糟糕，我講到自己都想吐了。沒想到我胡說八道的話還這麼多，自己都開始覺得自己變厲害了。

但是這次五色雞頭眞的出乎我意料了。

「……看在本大爺僕人的面子上，把那台花車送去雪野家的爛旅館吧！」五色雞頭一講完，我幾乎可以聽到西裝男的歡呼聲了。

我錯愕地看著五色雞頭，「西瑞，你在發燒嗎？」還是我剛剛耳鳴聽錯？

「你不是說要留條生路給人走嗎？本大爺就是看那家破爛旅館啥也沒有，所以念在他是本大爺僕人朋友的面子上才給他有個充門面的東西，不用太感謝本大爺了，做人就是要成功一點。」五色雞頭很慷慨地拍拍我的肩膀，吆喝手下把花車開出去了。

我覺得腦袋一昏，只想到一句話。

——千冬歲一定會擰死我！

※

拖著腳步，我回到了房間裡。

一打開房門，摔倒王子和阿斯利安都在，式青不知去哪邊了沒看到人也沒看到馬。

「學弟，你的臉色好像有點不好？」阿斯利安轉向我，有點關心地問著。

「沒事，有點人生被打擊到……」我估算千冬歲晚一點就會來掐死我了，當他看到電子花車出現在他家旅館之後絕對就會來。

爲什麼我的人生要因爲一隻雞而頻頻遭受莫名的打擊呢？

「什麼？」愣了下，阿斯利安有點錯愕，大概以爲他聽錯了所以又問了一次。

「沒有，沒啥事啦。」揙揙手，我示意他不要再繼續追問下去。繼續追問下去悲哀的還是我。

摔倒王子用種近乎白眼的表情看了我一眼之後，兩個人繼續說著被我中斷的話。因爲他們沒有避開我，也沒有要我出去，我就直接在旁邊聽他們討論，還順便從冰箱裡幫大家拿了飲料和點心出來。

「我想我的感覺應該沒錯。」微微皺起眉，阿斯利安很難得和摔倒王子有比較長的討論時間，「一開始接觸時還好，但經過剛剛之後、我確認多少有些問題。」

「嗯。」摔倒王子同樣認同他所說的話。

「學弟認爲那個城主如何？」

話題一下子突然丟給我，我差點被飲料嗆到，一口飲料吞下去後馬上抬頭看他們：「什、什麼東西？」我連他們在討論啥都不知道吧？

「你耳朵沒挖乾淨嗎！」摔倒王子居然用新詞罵我了。

「呃、你們是在討論那個城主嗎？」我剛剛好像有聽到他們在講契里亞城主的事情。

「是的，我們認爲在湖之鎮遺跡出現之後，城主的態度上有些問題，似乎想隱瞞我們些什麼，但是剛來那天並沒有這種現象。我詢問過亞學弟，他對於城主的底細也不太了解，只告訴我們契里亞城主當初進入學院後對於古代研究方面相當有熱誠。」阿斯利安簡單地將他們正在討論的內容告訴我，「你認爲城主有沒有什麼不對勁的地方呢？」

想了想，我還是把我和式青遇到的事告訴他們，不過關於鑰匙和鬼族我自己刪掉了，摔倒王子和阿斯利安明顯對幾個斷句感到有疑惑，但是沒有進一步追問我，只是靜靜地聽我把所有的事情說完，包括艾芙伊娃不自然的舉動與式青的猜測。

聽完我的話之後，阿斯利安和摔倒王子對看了一眼，兩人突然都開始整理東西，「我們提前今晚離開這裡，趕快把東西準備好，然後去告訴西瑞學弟。」一邊這樣說，阿斯利安很快地把幾樣東西打包好，放在一旁。

「咦？」

看他們的模樣不像在開玩笑，我連忙打開門，看見我要去找的五色雞頭剛好也要走進來，一撞見我們在打包之後就咧了嘴，「嘖嘖，本大爺才在想說你們應該不會那麼後知後覺吧，到現在還在度假。」

「羅耶伊亞家族收到什麼情報？」阿斯利安頭也沒回地問著。

「有批陌生人入城了，而且是沒登記過的，守衛直接睜隻眼閉隻眼讓他們在鎮上入住，我家的人去幫我把電子花車開回來還被查詢咧。」五色雞頭一臉就是對守衛查詢的意見很大。

說眞的，我覺得電子花車應該比可疑分子還要可疑吧，如果是我絕對也會先查電子花車而不是先查可能是觀光客的人。

「果然。」嘆了一口氣，阿斯利安搖搖頭。

「要先和千冬歲他們聯絡一下嗎？」我拿出手機，想著如果有問題還是先和喵喵他們說一聲會比較好，因爲今天晚上他們原本要過來找我們。

「等我們先離開這邊再告訴他們就行了。」阻止我的動作，阿斯利安微微皺起眉，「不要讓太多人知道。」

看了眼五色雞頭，他拍了我一下，順手把手機塞回我的口袋裡，「要知道突擊敵人能成功就是不要讓敵人知道你的行動！懂嗎！」

問題是我們並沒有要去突擊他啊！

「可是我們出去一定還是要經過契里亞城大門吧？」經過守衛的話行蹤一樣會被知道，雖然我不知道他們爲什麼會突然警戒度變這麼高，但如果要偷偷溜走，這座城市的大門也都還有衛兵看守著吧。

「誰說要經過門的。」五色雞頭突然哼哼兩聲挺起胸，「本大爺羅耶伊亞家族可不是幹假的！地道那種東西隨隨便便也挖了十幾條，看愛怎樣進去出去就怎樣進去出去，本大爺來去一陣風，不是那些宵小鼠輩可以擋得下來！」

你們爲什麼隨便在人家城鎮下面挖地道啊！

「這派得上用場，就麻煩你安排了。」阿斯利安一秒同意使用那些違章地道，「另外我想再拜託你件事情。」

「啊？」

五色雞頭一臉問號。

「就當是幫你們的旅館宣傳吧。」紫袍的狩人突然笑得異常燦爛。

在聽過阿斯利安的計畫之後，五色雞頭差點爽翻了，一直說阿斯利安眞是夠義氣的好朋友，然後摔倒王子一臉「在這種隊伍很衰尾」的表情，完全不想靠近我們了。

我們的東西並不多，原本五色雞頭還說要弄個伴手禮啥的，被我們一致否決，所以在傍晚之前連同之後才歸來的雷拉特和式青，全部人已經準備好可以馬上離開。

那個好不容易把電子花車噩夢弄走的西裝男歡樂地帶著我們去到小花園裡，然後指示我們花園造景後面的密道，還偷偷告訴我這是五色雞頭指定要蓋的地方，說啥歷代君王都會蓋在那裡，眞不知道是又看了哪齣電視劇想到的。

在我們都進去密道之後，已經開始染上黃昏色彩的天空猛地發出巨大聲響，接著整間大飯店上開了煙火陣，轟轟轟地震得整片天空都是那種巨大的聲音，漫天煙花亂射立刻讓外面騷動起來。

然後我聽到電子花車和花車女郎的音樂聲在外頭響起，閃光飛碟還詭異地穿梭在那些煙火裡，七彩的霧氣在整片天空上面寫出：「靈光大飯店歡迎闔家光臨」之類的字眼，還有什麼本區最大溫泉經營、今晚下殺八折等等的。

「這個太讚了！」五色雞頭直接朝西裝男比了個拇指，「本大爺要的舞龍舞獅團呢？」

「已經安排好了，我們一共叫了二十隊進攻契里亞城的大街小巷，還調來了民俗團和進香團，煙火陣會連放一個小時，晚間還有流水席與鋼管秀，絕對讓飯店的名聲一次打到最響、幹掉雪野集團！」很亢奮的西裝男拇指回去，其實我很想告訴他這種名聲可能還有壞的名聲，人家以後會覺得你們比較像靈骨塔還是啥啥寺廟的而不是大飯店比較多。

爲什麼飯店宣傳企劃會變成這樣啊！

我深深覺得這個西裝男其實已經被半洗腦了。

你們找進香團來幹什麼啊我說！

「好了，我們快趁外面起大騷動時離開吧。」阿斯利安催促著我們，然後提著燈走入黑暗的密道當中。

完全不想待在這種氣氛中的摔倒王子扛著學長很快跟上去，雖然對外面很有興趣，不過雷拉特也沒有多加留戀，最後，五色雞頭跟著我的腳步踏上黑色的道路。

「各位下次再到契里亞城時，歡迎再度光臨靈光大飯店。」西裝男的聲音最末消失在辣妹唱的脫脫脫脫和鞭炮聲之中。

暗門轟地一聲被關上，四周全部安靜下來。

第六話　訊息與疑惑

「這裡大概有多長？」

大約走了五分鐘，小小的密道幾乎連一點聲音都沒有，我走著走著自己先打破沉默，這樣大家悶頭一直往前走實在是有點壓力。

「本大爺也是第一次走。」後面的五色雞頭這樣送我一句。

你是沒有先問嗎！要是這樣走了一個半月要怎麼辦！

「反正走到底就會出去啦！」樂觀異常的五色雞還補上這句讓我想回頭打他的話。

「這裡一直有風，所以應該離地面不太遠。」比較前面的阿斯利安傳來聲音，他們移動時幾乎沒有腳步聲，如果不是領路的燈有微微晃動，還滿像有鬼的，「依照這種深淺度來計算，我想很快就能走出去了。」

「安啦，出不去就打爆它就行了。」完全忘記我們是祕密離開的五色雞頭這樣說著，「這種程度還難不倒本大爺。」

「呼呼呼呼……我不是跟他一路的我不是跟他一路的……」式青準備逃避現實了。

「……」雷拉特完全沒有發表自己的意見。

我們又默默走了一段路，就如同阿斯利安所說，大約十多分鐘後，我們就走到底了。

停下腳步，阿斯利安的燈照亮了盡頭的一扇石門，上面有個像是野獸的爪印，後來五色雞頭才說那是他家的記號，代表這裡都還是安全範圍。

不過看起來還真像某種野獸的地盤痕跡。

在五色雞頭打開了祕密通道盡頭的門之後，最先竄進來的是一股相當清涼的風，接著是連連的蟲鳴聲。

阿斯利安熄掉燈火，我們在出了地道之後發現其實外面不太需要照明。

黑色的天空掛著一輪巨大圓月，大到感覺好像快要垂落地面，有生以來我第一次看到這麼大的月亮，銀亮的光澤幾乎把地面都給照亮了；而四周全都是樹木，地面上散落著一些會發光的花。

這種花我在學院裡也看過，應該說學院裡多得是類似這些會發光的植物，所以晚上不用點燈也可以在校園裡四處行走。

「原來是通到山下的道路。」打量了四周，阿斯利安很快確定我們現在身在何方，「走過發光荒野就可以先暫時在下一座小村莊裡稍微休息，接著繼續使用拉可奧往前走即可。」

「等等。」雷拉特阻止我們的行動，然後站起身左右張望了一會兒，「有人。」

「追兵？」摔倒王子一臉如果是追兵就會讓他們化成灰變成大氣的猙獰表情。

「不、不是，普通旅人，沿著發光荒野想進入下個村莊。」

雷拉特一確定，其他人紛紛鬆懈下來。

大約過了幾分鐘，果然有著全身包緊、從頭髮到腳趾完全裹著只露出雙眼睛的人從樹林裡走出來，一看到我們這麼大票人也嚇了跳，然後警戒地把手按在腰際的刀柄上死死盯著我們。

「請不用緊張，我們同樣只是旅人，我爲信奉式格泰安之使者，在天空之下只要是良善者都是朋友。」先釋出善意的是阿斯利安，他將雙手交放於胸前，做了個禮貌的招呼動作。

那個旅人嚕嚕嚕了幾聲咕噥之後，發出了連我都聽得懂的聲音，「天空之下的良善都是朋友，我爲尹格爾的信奉者，狩人朋友，請問罕見種族的幾位也是要前往前方的小村落嗎？」邊說著，他慢慢將手從刀柄上移開，回應了阿斯利安的善意，「眞是難得看到遠望者和狩人一族、妖精、人類、獸族同行……還有睡著的那位是獸王族嗎？」

「是的，我們隸屬於公會的探險隊伍，打算先往前方的小村莊稍作休息，請問尹格爾的朋友一路過來時有聽聞什麼比較特別的消息嗎？」邊說著，阿斯利安示意我們可以一邊移動，那個人也很快地跟進了我們的隊伍裡。

聽見是公會後，旅人的戒心也差不多都解除了，「在鬼族被驅趕之後暫時安靜許多，像這樣出來短期旅行也安全不少。」跟上我們的腳步，旅人拿下綁在臉上的布塊，出乎意料之外是個有點年紀的大姊，大概三十多歲左右，臉上有幾道疤痕卻也沒讓人覺得醜，反而有種很強悍帥氣的感覺，「尹格爾的族群沒有到處走走就會渾身不舒服。」

「信奉尹格爾的種族每個都是流浪漢。」卡在話之後，式青還不忘對我挑挑眉，「本大爺第一次看到連化糞池都想鑽的就只有這個種族。」

……你可以用好一點的形容吧？

所以你看到帥大姊沒有反應是因爲怕她進去過化糞池嗎？

「本大爺也很喜歡浪跡天涯！」不知道爲什麼突然插進人家對話的五色雞頭很豪邁地這樣說著。

「果然就是要趁著還能動就到處去將世界看個過癮比較好對吧。」大姊也很爽快地回應了五色雞頭，「每到一個陌生的地方就會讓人有莫名的興奮感！」

「沒錯！打下來當自己的地盤心情就會更好了！」完全就是攻佔主義的五色雞頭完全扭曲了到處旅遊的意義。

是說人家旅遊應該是探索自我發現新生命吧！

「或許是如此呢，每趟旅程總能發現點什麼。尹格爾保佑，我想起些事情或許能夠提供幾位公會朋友。」旅人大姊拉開了厚重的外套，從裡面抓出了張破舊的地圖邊走邊看，「我想想，是在半月前到達多洛索巨山附近的城鎮時，在那邊的旅人休息站聽見的，聽聞山妖精們四處騷擾住家和旅人。」

「我們也是從多洛索的巨山一帶過來的，因爲山裡出現了鬼族才造成山妖精的異動，目前已經處理妥當，且也請遠望者的族人爲他們暫時安排居所。」大致上講了下當初我們遇到山妖精時的情況，阿斯利安將盒子的事保留下來並沒有透露。

意外地，旅人大姊越聽眉頭越皺，「山妖精們告訴你們是鬼族在山裡挖洞的？」

「請問有什麼不對勁嗎？」聽出了她的語氣不對，阿斯利安很快詢問了。

「不，因爲我在旅人們使用的休息站聽見的是，有一陣子山妖精們不知道怎麼了性情大變，頻頻出現騷擾一般人們，好幾位風族的旅人也都看過山妖精在山中比較荒涼的地方不停挖著地面，之後才有人感覺到多洛索的巨山出現了邪惡的氣息。」露出疑惑的表情，旅人大姊看了下我們，「我以爲旅人們有將情報帶給公會，看來是因事耽擱了。」

同樣察覺到異樣，阿斯利安和摔倒王子對看一眼，「公會的確沒收到這樣的訊息，可能是情報班方面發生了問題，請問旅人們知道山妖精爲何會在多洛索的巨山不停挖掘地面嗎？」

「這我們也不曉得，只知道山妖精異常的時候就會挖洞，正常時就和平時一樣。」旅人大姊聳聳肩，也沒辦法再多告訴我們些什麼了。

有一小段時間，幾乎都沒人講話，每個人似乎都各自想著事情。

而我想到的是那個奇怪的山妖精，不曉得是不是就是她說的那種不正常？

因爲我一直以爲山妖精怪怪的樣子應該是被鬼族影響的，但現在如果旅人大姊說的訊息是正確的，那就眞的有問題了。

但是我們已經離開那裡。

「我想那時候山妖精應該沒有對我們說實話。」似乎也想到某個不對勁的癥結，阿斯利安在移動中打破了沉默，「當時只想著路線和自己私人的情緒問題，山妖精告訴我們落下的是黑光，但他卻帶著我們找到了破邪之物，可見他並沒有眞的對我們說實話，也未帶領我們尋找到正確的東西。」

「但是挖出那個保險箱時他們也很驚訝，可見他們應該不知道保險箱的存在……那就奇怪了。」式青撫著下巴，加入了大猜謎的行列中，「我就說長毛的傢伙一定沒啥好心，你看奇歐的那個旅行者不是也消失在那邊嘛，肯定百分之三千有問題。」

你還在為了長毛的少女一事記恨嗎？

「我會發信息讓遠望者和樹人警戒那批山妖精。」雷拉特這樣告訴我們，「必要時我可能必須離隊。」

阿斯利安點點頭，所有人再度陷入了沉默之中。

然後，不久後，出現在我們面前的是座小小的村落。

✻

信奉尹格爾流浪神的旅人大姊後來才告訴我們她叫作穆芬，只是一個過客。

那是在我們進入村莊找到小旅館之後的事情了。

與契里亞城不同，這座村莊非常小，小到旅館就只有這麼一家，旅館樓下附設的酒館裡，客人全都是自己村莊的人。

穆芬告訴我們這是因為附近有契里亞城，之前還有個湖之鎮，一般旅行者都會去投宿那兩座比較大的城鎮以獲得較多的補給與休息，所以像這種村莊幾乎沒有人會造訪的，即使有也是相當久才偶爾一、兩次。

因爲我們人數頗多，所以進到村莊時引起了小小騷動。

我注意到村莊裡外都有一些保護術法和類似隱藏行蹤的咒語，大概是害怕有盜賊和鬼族之類的東西吧？

在保護系統上算是做得很完善了。

「這座村莊有很多人也是信奉尹格爾，所以會保護旅人的足跡，我們可以在這裡安心地先休息。」將學長安置好之後，阿斯利安這樣告訴我，同時也解開了我的疑惑。

因爲他們一開始很像要偷偷摸摸地逃跑，卻又在附近停下來這點有點怪，不過如果是會幫忙的村莊，我大約也知道爲什麼了。

「嘖嘖，這間旅館比本大爺的飯店還要差了點。」坐在會發出聲音的木頭床邊，五色雞頭還故意晃了好幾下。

老舊的小旅館大部分都是木製品，看起來有種懷舊感，與很像原世界的契里亞城不太一樣，現在我眞的覺得很有冒險隊伍的感覺了。

書上說冒險者就是要住這樣的地方嘛！

因爲人數頗多，加上阿斯利安要求希望可以盡量排在同個房間方便行事，所以旅館老闆給了我們最大房和通鋪，給了穆芬一間單人房。

這樣一來，不爽的又是摔倒王子了。

「今晚先在這裡好好睡一覺吧，尹格爾和忒格泰安都是屬於荒野上的被祟者，兩方信奉者對彼此相當友好，他們會幫我們隱瞞行蹤，契里亞城城主暫時追蹤不到我們。」拿了不少食物進來，阿斯利安讓雷拉特從旁邊拖來小木桌，示意所有人一起用餐順便討論，「但是我想僅能瞞過一點點時間，所以休息補充完後我們還是得快點出發。」

看著眼前幾個人，我終於舉手發問了，「爲什麼契里亞城主要追我們？」而我們還要逃給他追？

「漾~你眞的很不知道人心險惡耶。」五色雞頭一把搭住我，嘖嘖了兩聲之後用一種好像他已經歷盡滄桑的口吻跟我講話：「本大爺的僕人這麼愚蠢還得了，要是哪天被害死了你大概都還會感謝他。」

「……你如果現在先告訴我原因我會比較感謝你。」而且我覺得被你害死的機率可能比被別人害死高很多。

放下手上的木杯，阿斯利安拿過水壺，然後微微嘆了口氣，「原本我們認爲城主應該沒有問題，但湖之鎭發生事情之後他有了轉變，一開始我們和他交涉時相當快速且方便，但後來學弟追問他情報時，他不太願意說，加上他試探了你和式青，我們認爲他似乎想要湖之鎭下面的遺跡……以及式青，所以才連忙離開。幸好，他給我們寫的信件和水晶是沒問題的，可見他還是看在學弟的面子上不敢在這部分動手腳。」

偷偷瞄了眼躺在床上的學長，我突然想到如果契里亞城城主在學長要求的東西上做手腳，依照學長可怕的個性，等他恢復之後那個城主一定怎樣死的都不知道……所以才沒有被動手腳的吧？

「唉，爲什麼大家都愛我呢～唯有漂亮的姊姊嫌棄我。」跪坐在旁邊，式青撫著胸口露出被打擊的表情，接著還自動拿過檯燈放在旁邊打光，表現出他的高度哀傷，「如果包圍我的都是漂亮的姊姊就好了，怎樣我都甘願啊——」

你不是才剛說過就算有一排姊姊在那邊也不能跳下去的嗎！

自己先跳了是怎樣！

摔倒王子看了看自己的腳，好像想把跪在他旁邊的式青一腳踢下去，但終究還是沒踢。

「女性的旅人沒問題嗎？」雷拉特似乎對穆芬抱有警戒。

「應該沒問題，至少到目前爲止都還感覺不到惡意。」停頓了下，阿斯利安繼續開口說著：「我很介意山妖精的事情。」

他一說出來，所有人都沉默了。

咬著葡萄乾麵包，我想我果然也還是一樣對那些山妖精無法釋懷，尤其聽完了穆芬帶來的消息之後，讓我再度想起了那個奇怪的山妖精。

看見雷拉特搖著已經空掉的水壺，我連忙接過來，「我去和他再要點水。」

匆匆離開房間後，我踏在老舊的走廊上，每走一步都會發出一點小小的聲音。

四周非常安靜。

這間小旅館裡似乎只有我們這些客人住宿，沒有其他人。

從每扇房間門板後面傳來的都是死寂的安靜。

「這裡……這裡……」

某種細小的聲音突然直接傳進我耳朵裡，幽幽的讓人有點措手不及。

「誰？」

左右張望著，我只感覺到附近好像有其他東西，但是毫無動靜。

「你說過你會再來的。」

下一秒，我直接失去意識。

※

他和我在互瞪。

「這是你幹的嗎？」看著前一秒還在走廊、後一秒已經在樹屋的四周景色，然後站在我前面的小孩才微微地點了下頭。

「你說可以再來的。」他有點心虛地說著，而且還把視線轉開了。

「你可以在我睡覺的時候找我去，但是現在並不是休息時間啊，而且我覺得你根本是故意的。」沒事我走在走廊上也會瞬間睡著，這被人看見了還得了！

希望我不是睜著眼睛就這樣站在走廊上。

但是話說回來，爲什麼他在抓我的時候會這麼順手？

學長和羽裡就算有事情找我也不會這樣讓我一秒昏睡在某個地方，而是等我因故睡著或昏倒才會來。

說起來還眞有點被鬼纏身的感覺。

「但是我一直沒見到其他人。」小孩眨著大眼巴巴地望著我，用一種好像他很無辜的表情說著：「這裡只有你會來。」

無奈地抹了把臉，我深深有種好像都被這種人吃死的感覺。既然已經被拖進來，我也只好在樹屋裡隨便坐下，「你不能用這種方法多去抓幾個人回來嗎？反正你都可以把我弄到昏睡，那多找幾個來陪你應該也不難吧？」

重點是要是再多被拖幾次的話我還要不要活啊。

現在是在走廊上還好，如果是在懸崖邊、鱷魚潭……算了，不要想對自己的精神比較好。

「不行，這裡只有你會來，我捕捉不到其他人的感覺，也沒有人知道我在這裡。」委屈地這樣說著，好像眞的有這樣想過的小孩一臉就是他只抓得到我、他也沒辦法地說著。

敢情還要夠衰才會被你抓到？

不、不行，現在不能想衰了，不然會眞的越來越衰，我每次想好的不靈壞的都常常靈，還是不要亂想比較好。

「你在這邊待多久了。」打量著樹屋，這裡已經比上次乾淨許多，可見小孩眞的沒事幹，自己把這裡給整理過了，短短時間裡已井井有條，每樣東西都放置在適當的位置上。

「我也不曉得，但是從我有記憶以來已經有一段時間了。」有問必答的小孩逕自倒了杯茶水，禮貌地遞給我，「可我覺得我不應該待在這裡的，似乎還有其他認識的人，但是我想不起來。」按著額際，他有點苦惱地這樣說著。

「沒有名字、但是其他的人究竟是……？裡面會有我的朋友嗎？爲什麼我無法連結上他們呢？」

這種問題我也無法回答他。

張望了一會兒，我隨便找個話題轉開原本有點沉重的氣氛，「這個杯子也是這裡本來就有的嗎？」摸著手上帶有紋路的木杯子，我這樣詢問著。

自己講完之後才發現，木杯上的紋路其實不太簡單，上面刻畫了好幾種怪異的細緻圖騰，每個都精巧到讓人覺得這一定是出自於高手的作品。

拿去賣應該可以賣到很高的價位吧？

邊這樣想著，我邊把杯子仔細地看過一遍，包括杯底也都有小小、類似印記的圖案。

「是的，這裡面原本就有了，也有一些餐具，都是長這樣的。」小孩拿來好幾個盤子和碗，也都是木雕刻的，上頭有著與杯子類似的紋路，「也有一些是還沒刻完的。」他指著樹屋比較深處的角落，那裡堆著幾個小碗盤。

看著這些紋路，不曉得為什麼我覺得有點眼熟，但是一時也不確定有沒有看過。畢竟這個世界圖騰紋路太多了，走到哪裡都會看見，大部分我都無法辨認，不像阿斯利安他們可以在第一時間反應過來。

「對了，你到底找我要幹什麼？」他如果敢回答真的是太無聊了沒事幹，我一定會先揍他一頓再說。

「那個。」小孩指著我口袋，「請把那個東西給我，那是不好的東西，對你沒有好處。」順著他指的地方，我摸進去，再拿出來時發現手上放著的是那顆黑色的複製子石，因為沒什麼用處，所以我幾乎忘記這東西還塞在我的口袋裡。

伸出小小的手掌接過那顆黑色石頭，小孩瞇起了漂亮的眼睛，用像是恍惚的表情看著石頭一小段時間，就在我以為他很喜歡這顆石頭時，他突然收緊手掌，那顆黑色石頭在他的手掌中發出了怪異的聲音，瞬間變成碎片。

……現在的小孩子握力都有這麼強嗎？

「雖然已經沒有力量了，但上面附著了小型的追蹤法術，這是你在哪裡拿到的呢？」小步跑到門邊，將手上的碎片全都往外丟後小孩才轉過頭來看著我。

「追蹤法術？」我可不知道有這種東西。

「是的，相當微弱，沒有仔細看無法察覺。」

誰會沒事追蹤我？

重柳那個傢伙……不對，他幾乎都跟在附近，跟蹤狂般的行徑根本讓人覺得他跟鬼一樣附身在我背後了，所以他沒有必要沒事丟個追蹤法術在我身上，根據城主說的，重柳那傢伙已經破壞石頭上本來有的法術，所以也不是安地爾那個無聊的傢伙……等等，契里亞城主？

我想起一個摸過這東西、同時現在也跟在我們屁股後面的傢伙。

沒想到那時候他就已經暗地動手腳了嗎？真是個不能輕易忽視的傢伙，不過他到底想要幹什麼啊，明明看起來就不是那麼壞的人，居然也想要不屬於自己的東西？

「要小心喔，這個世界很危險的。」小孩微笑地說出了和五色雞頭類似的話，讓我有點想哭了。

難道我眞的有這麼愚蠢嗎？

「對了，你還是不知道自己的名字嗎？」默默地哀傷之後，我想起另一件事，總不能每次看到這個小孩都叫你啊你吧？

小孩搖搖頭，嘆了口氣，「不知道耶，不然你隨便叫好了，我很隨性，不會介意這種小事的。」他揊揊手，表現出怎樣都無所謂的態度，讓我有點想一巴從他腦後打下去。

「阿貓阿狗你也接受嗎！」如果他眞的接受我也敢這樣叫。

「呃……」

「囧市囧腰你也可以嗎！」如果他說可以，我還可以問他要不要招弟跟福旺，比較吉利啊！

「對不起，我錯了，可以想一個比較不錯的名字嗎？」顯然有點無法接受的小孩倒縮了。

「……你聽得懂罔市罔腰？」他居然沒有回問，那一秒我也覺得很奇怪，我還以爲他應該會對這兩個台語名字好奇。

小孩環起手，露出有點苦惱的沉思表情，「我總覺得我以前聽過，而且還是常常聽……」要在什麼環境下才會常常聽到這種名字？

我無言了。

這世界果然到處都充滿意想不到的事。

「你有比較印象什麼名字嗎？」說不定他還有一點點記憶？我抱著微小的希望問他。

歪著頭想了半天，小孩擊了下掌，「我好像記得某個滿重要的名字，不過大致上都忘光了，隱約好像有個烏字、烏漆墨黑的那個烏。」

「嗄？」有人名字是那種的喔？

「嗯！」用力地點了下頭，小孩仰起臉對我說道，「不然叫烏鷲？我印象中好像有這個的樣子。」

「眞是怪異的名字。」不過既然是他自己選的，我也只好點了頭。

確定名字之後小孩高興地發出歡呼。

「那你可以先讓我回去了嗎？」我只是說要出來要個水，就這樣莫名趴在走廊上，都不知道會不會嚇到人。

烏鷲轉過頭來看我，金色的眼睛裡出現了猶豫，「可是，那邊現在是危險的。」

那一秒我真想掐他脖子。

是危險的你居然還讓我昏在走廊上！你是打算讓別人不費吹灰之力給我最後一擊還是怎樣！

你跟我有仇嗎？

「先讓我回去再說！」我可不想不明不白莫名就被人捅死在夢裡。

點了點頭，烏鷲拉住我的手。

「下次要再來喔。」

第七話　缺少的兄弟

那時候的我並沒有注意到那個名字代表著什麼。

應該說，那個時間的我並沒有聽過那樣子的名字與比喻，但是那個如同死亡象徵的名字卻早已流傳在這個世界當中。

如果當時知道的話，或許我就知道那個小孩和我認識的人有什麼關聯。

但是那時候的我還不知道，就如同其實很多事情，一開始我們都不會曉得。

僅此而已。

醒來的時候，四周一片黑暗。

「這是——」

正想爬起身之際，旁邊突然有人用力把我壓回去、還順便把我的嘴巴給捂起來，我一整個緊張了起來，正想掙扎，那個人先發出聲音：「噓，有人在找你們。」

我認出是穆芬的聲音，也聽見了一些騷動，因爲老旅館的木板隔音並沒有很好，所以可以感覺得出來樓下有很多人進來。

這裡不是我印象中的走廊，應該是穆芬的個人房間。

在確認我眞的閉嘴之後，穆芬指了指地板下，我才發現她的房間靠一樓大廳很近，所以仔細聽稍微可以聽到下方傳來的聲音。

「……這邊沒有那種人……」

「尹格爾在上……這眞是好笑的笑話……」

「您可以用法術搜索……這裡沒有那種客人……」

「唉呀唉呀……吃個飯還得被檢查啊……叫守衛過來攆走這些人……」

「太騷擾人了……」

聽起來有很多是旅館下吃飯的客人發出的鼓譟聲，顯然村莊的人並不是很喜歡這樣被搜查，有志一同地拚命排外；同時也如同阿斯利安所說，這裡會隱匿旅人的蹤跡，他們非常團結地沒有透露一絲破綻，眞是同心到有點可怕了。

下面整個鬧哄哄的一片，大概是被村莊的居民堵得不敢上來，我感覺到下方有人僅用了搜索系的法術將整間旅館掃過一遍後沒有得到結果，就領著其他人離開了。

「放心，旅館裡有遮蔽術法，他們找不到的。」感覺到我瞬間的緊繃，穆芬輕輕地說，然後拉著我慢慢移往窗邊。

黑暗中，我看到大概三、四個人從泛著光亮的旅館門口走出去，每個人都披著黑色披風，上面什麼圖案都沒有，大概是怕人認出他們是哪邊來的人。

他們站在旅館外低聲說了會兒話，在旅館老闆又跑出去轟人後，才慢慢消失在黑夜中。

那些是契里亞城的人？

穆芬轉過頭，我們後頭的木板門被敲了幾下，打開後外面站著阿斯利安。

「都走了。」她這樣說著，然後讓阿斯利安進到房裡，「這位小朋友剛剛似乎在走廊上摔了一跤，你們可能得賠償那個被水壺敲出一個小洞的地板了。」

「很抱歉，麻煩妳了。」微微點頭道謝，阿斯利安露出微笑。

「這沒什麼，旅行中沒有麻煩就不叫旅行了，不過那些人應該是從契里亞城過來的，幾位的任務看來應該會相當麻煩。」並沒有詢問是什麼任務的穆芬拍拍我們的肩膀，「尹格爾會守護任何旅行者，友好的忒格泰安信奉者，如果路上被耽擱了，請到旅人們聚集的地方求助，穆芬四散在各地的族人也會幫忙你們。」

再度向穆芬道過謝之後，阿斯利安才把我領回房間去。

踏進去時，式青正在重新將整個房間給弄亮，八成是剛剛那些人來的時候他們也和穆芬一樣先熄燈避免被盯上。

「漾～你拿個水拿到女生的房間去喔？」一看到我被抓回來，五色雞頭促狹地說著。

「沒有啦，明明就是不小心跌倒而已。」造成我跌倒的那個元凶還藏在夢裡沒有辦法拖出來向大家證明。

「呼呼呼呼……沒想到你的菜是流浪民族。」

如果不是因為沒人知道我聽得到式青的腦殘，以至於不方便動手，我真想現在就衝過去擼他的頭再去卡一次牆壁。

「人走了？」雷拉特看著我們，順口問了句。

「是的，已經被這座村莊的人驅逐離開，我想他們搜索不到之後應該會認為我們連夜趕路，繼續往前尋找。」重新在桌邊坐下，阿斯利安呼了口氣，「沒想到他們感覺也眞準，馬上就找進村莊裡來，我還以為大約會夜半才到。」

……那是因為我身上有個被用了追蹤法術的石頭。

下意識摸摸口袋，我發現東西已經不見了。

所以它眞的在夢中就被烏鷲給破壞掉了？那裡的世界可以直接碰到這邊的東西？為什麼我好像覺得哪邊不太對勁。

羽裡他們也可以做到類似這樣的事情嗎？

「漾～你怎麼了？」五色雞頭搭著我的肩膀，在我回過神來時甚至還看到他的手在我面前揮來揮去，所以我直接往後退開了。

其實我比較想一巴打開，不過又怕被報復所以還是算了。

「沒事，我想下去打個電話給千冬歲他們。」什麼都沒有講就跑掉，我想千冬歲和喵喵現在一定很訝異。

「你可以向旅館的老闆借電話，他們的通訊方式也有著防止被探查的保護。」阿斯利安點點頭，這樣告訴我。

因爲感覺到他們好像還要講什麼比較重要的事情，所以我就自己先退出房間了，那個無所事事的五色雞頭一邊嚷著沒事可幹也一起跟出來。

我總覺得打過去的話千冬歲肯定不會給什麼好語氣。

不過還是得打，否則下次回學校大概會被千冬歲給狠狠整理一頓，而且喵喵還有可能會攜手合作。

走到大廳時，店內用餐的客人只剩下兩、三個了，桌面上還擺著啤酒杯，正用著陌生的語言大聲聊著我聽不懂的內容。看見我們出現，幾個人對我們抬起酒杯吆喝了聲，雖然我聽不懂，不過我想應該是在打招呼之類的，所以就回以早些時候阿斯利安教我的招呼方式。

「尹格爾在上，保佑村子充滿良善。」

一聽完我說的話之後，幾個大人又鼓譟了起來，然後大笑幾聲，對我們又舉起酒杯說了一堆我聽不懂的話才又回頭繼續他們的聊天。

與五色雞頭一起湊到了酒館的吧台邊，我向裡面的老闆借了電話，他也沒刁難我們，很豪氣地就把電話從櫃台下抬出來給我用。

坐在旁邊的五色雞頭開始點食物了。

按著手機上的顯示號碼，我撥給千冬歲，這次對方的手機不用半秒就被接通。

「千冬歲？」

「……漾漾，叫他們把那台鬼車開來我家旅館的就是你嗎！」

我感覺到電話那頭傳來寒冷的殺氣。

我就說，遲早有一天我一定會被五色雞頭給害死。

然後當我掛了之後他本人還不知道我為什麼會掛，肯定就蹲在旁邊說本大爺的僕人超不耐操之類的混帳話。

「不是！」我一秒反駁了千冬歲的問話。

「開車來的人說是他家主人那個人類朋友要送我的。」

我覺得我都可以清楚看到千冬歲頭上有青筋、手上快捏爆手機的樣子了。「那是西瑞自己誤解了。」壓低聲音，還好旁邊的五色雞頭吃得很歡愉沒注意到我講什麼，我悄悄又移動些位置才繼續講，「本來要叫他開去藏好的，不然會嚇到客人。」哪知道那傢伙自己神經搭錯線……直接要送去給千冬歲。

等等！這該不會是五色雞頭對於同學友好的表示吧？

我現在才注意到這點，基本上五色雞頭是不太會送人東西的，更別說他好像很喜歡花車。所以說其實他還是很照顧自己班上的同學？我這樣解釋不知道是不是正確的，不過我希望是，不然我只覺得五色雞頭想整我而已。

「我家旅館像是可以藏這種車的地方嗎？」千冬歲的語氣一整個平板到像極了直線，完全沒有起伏，讓我一邊聽一邊發毛，連冷汗都滴下來了，「該死的不知道的員工還以為我們和殺手家族結盟了，對方連花車都送到門口！還有那個詭異的慶典是什麼！爲什麼會有奇怪的舞龍舞獅和民俗團衝進來我們旅館裡亂跑亂跳還要添香油錢！」

邊聽我都不知道要不要難過了，五色雞頭他們居然可以實踐得這麼徹底，連要香油錢這種都來！

這讓我想到以前我家附近有個奇怪的謎之團體，常常一、兩個人拿著有點像小玩具的舞獅頭就去店家要錢，不給錢還會給臉色看，結果有次剛好冥玥在店家裡吃東西，剛好被她修理得逃出去。

後來我阿母才和我說那是遊手好閒的人假借廟裡的名義去要錢——

重點是，五色雞頭沒事去注意這種小細節幹嘛！

他可以不要添香油錢的啊！

「呃、你就當成是難得一見的奇觀吧。」我估計靈光飯店之後應該也不會常搞這一套，因爲再多兩次他家旅館都不知道能不能營業下去了。

「我決定他們要是再來第二次我會讓他們成爲永遠的絕響。」冰冷的語氣連我這邊的空氣都快結冰了，我完全可以想像千冬歲在看到花車之後又被舞龍舞獅衝進去要香油錢時氣得有多嚴重。

嚴重到我覺得搞不好靈光飯店的人下次去他家會被他當活靶射成刺蝟。

「……麻煩你手下留情，那也不是什麼不好的遊行，其實還是很熱鬧的。」是說他們那種古老的家族不是也常常辦祭典什麼的嗎？怎麼千冬歲會被嚇到？

電話那邊沉默了有一下子。

站在吧台後的老闆推過來一個杯子，我看見裡面有正在冒著泡泡的巧克力牛奶，連忙向他道謝，順便也看見把千冬歲氣到快抓狂的元凶正在把有他頭顱那麼大的蝦子往自己的嘴巴裡面塞。

千冬歲再次開口大概是快一分鐘之後，時間久到我在猜他是不是跑去先用冷水洗把臉消火了，「算了，你們現在人在哪邊？」

「這個不方便說，剛剛來追我們的人才離開。」多少有點忌憚，我選擇不告訴千冬歲我們的所在之處。

沉默了幾秒，他再度開口，「我知道你們在哪邊了，剛才我去飯店要找人算帳時，發現飯店被契里亞城的守衛包圍，理由是因爲他們引起了大騷動，但是我想應該是城主想要問你們的下落，既然你們沒有事情，那就好了。」

「咦？那飯店裡的人沒事吧？」我有點擔心西裝男的安危。

「……守衛踏進去時被飯店嚇到，有一半的人摀著眼睛衝出來，另外一半的人把旅館全都搜過一遍之後就離開了，飯店裡沒有什麼損傷。」似乎早就知道我會這樣問了，千冬歲把整個狀況告訴我，「畢竟羅耶伊亞家族的勢力很大，就算是契里亞城城主也不會明目張膽地和他們對抗，這方面你可以安心。」

聽見飯店沒事我鬆了口氣，「那麼我會找個方法把紅袍的卡片送回你身邊。」我想，再趕一段路後應該就可以請阿斯利安幫我這個忙。

「那個不用急，等你們到達安全的地方再說吧。」

就算千冬歲沒看見，我還是下意識地點了點頭，「那你再和喵喵講一聲，不好意思，因爲那時候情況……」

「好了，就先這樣吧，剩下的等你回到學院裡再說。」千冬歲猛地截斷我的話，然後語氣完全轉變，「還有，萊恩，小心一點不要再被你那個死老弟給拖累了，你那個鳥任務是要做多久才要結束啊！」

我整個愣了下，「千……」

某種細微的聲音從手機那端傳來，不像是千冬歲發出的，而是類似第三人的金屬碰撞聲。

就在那瞬間，另外那端的手機中斷了。

聽著話筒傳來空蕩的聲音，我突然打從心底發寒了起來。

「安啦，那個四眼仔的家族勢力也不小。」隔幾個座位上的五色雞頭突然吐過來這樣的話，「拜託，那傢伙好歹也是神諭家族的繼任者，契里亞城主不敢一次槓上雪野和藥師寺兩家的啦，那個四眼戀兄癖的老哥也不會傻傻看他阿弟吃悶虧咧。」根本就是從頭竊聽到尾的彩色殺手用一種我驚嚇太早的語氣說話。

我看了下五色雞頭，有點想打電話給夏碎學長，但又怕千冬歲那邊出問題會再度追來這座村莊、害到其他人，立刻陷入了兩難境地。

「男子漢大丈夫，既然擔心就殺回去！」五色雞頭突然整個人站起來，還一腳踏在旁邊的椅子上，「本大爺來一個殺一百！讓那些傢伙在今天之後永遠變成傳說！」

我並沒有要去屠城啊！

「西瑞，我想千冬歲會自己處理的。」勉強擠出個微笑，爲了避免五色雞頭又過度興奮，我還是選擇相信千冬歲會有方法的。

畢竟千冬歲腦袋只要不故障的話，向來都很厲害的。

「嘖，本大爺也不是要去幫他啊！」五色雞頭用一種很沒意思的表情把腳放下來，繼續坐回去咬他的肉餅。

對啦對啦，我知道你是要去屠城的啦。

坐在旁邊喝著飲料，不知道爲什麼五色雞頭點的東西堆成了一座小山，明明他剛剛才在房間裡吃過不是嗎？

默默地等他吃完，時間也已經變得很晚。

酒館裡的客人幾乎走光了，老闆也把大廳打掃乾淨，五色雞頭還是兀自地在塞東西。

走回吧台，旅館老闆泡了壺熱飲放在檯面上，告訴我們要記得鎖門之後就走進店後面的其他房間。

我想，他應該是要把空間留給我們的意思。

整間店變得很安靜。

咬了好一會兒不明的肉，五色雞頭才把最後一根骨頭丟到空盤子上。因爲他吃東西的樣子有點反常，所以我並沒有打斷他。

或許，他大概有事情想要告訴我。

※

時間的指針繼續往前移動。

「六羅．羅耶伊亞是我家老四。」

有那麼一瞬間我被他的話驚到了，「呃、九瀾大哥下面的……」我沒記錯的話，黑色仙人掌好像是老三吧？

「同母兄弟，是本大爺上面的異母四哥。」五色雞頭用一種那點關係沒什麼的態度說著。

你家的血緣關係也太錯綜複雜了吧？如果我沒記錯好像他之前也曾說過他家誰誰和他是同父異母，結果他老爸娶了一大堆老婆嗎？

既然他想說開，那我應該也不用客氣了，畢竟先提起的是他，代表我也可以問了，「所以艾芙伊娃找的那個人眞的和你們有關係對吧，爲什麼你家會全面封鎖這個消息？」該不會是這個老四有另一面特別凶殘吧？

認識了五色雞頭和黑色仙人掌之後，我實在很難不朝奇怪人格的方向去想。羅耶伊亞家族搞不好都專出怪胎，血統都不知道是怎麼回事了。

「老四已經死了。」

酒館裡使用的照明水晶突然閃了下，那瞬間我好像看見五色雞頭的臉上有抹悲哀的神情，但很快就消失了，快到讓我以爲剛剛是我看錯。

沒有搭理我的訝異，五色雞頭自顧自地繼續接下去說：「老三和老四他媽是鳳凰族那邊的人你應該也知道了，當初鳳凰族的人都反對他媽和我老子，所以二媽就與鳳凰族斷絕關係、和我家老子跑了，才生下老三和老四。」

黑色仙人掌的母親是鳳凰族這點我知道，當初他會有藍袍資格好像就是因爲那一半的血緣，不過我真的沒有聽過他提起他還有個同父母的親兄弟。

「這樣算起來六羅應該只比我們大一點吧？」九瀾大了我們七歲，這樣算下來，六羅應該也沒有年長多少。

「如果老四還在的話現在應該是聯研部，多我們四歲，聽說之前好像也是我們班導的學生。」不自然地抓抓頭，五色雞頭像是在找適合的形容方式。「而且和那個光頭相處很好的樣子，老三有講過那個光頭本來要推薦他去考袍級。但是我們家的傳統就是本家一定要出過任務才行，本大爺是覺得很有趣啦，不過聽說老四幾乎沒有出過任務、就算有也不是去殺人的。」

這樣聽起來，那個六羅好像是正常人？

「所以我老子快被氣瘋了，逼他一定要出去一次，不然就不算是羅耶伊亞家族的人，於是交給他一個難度很高的工作。」皺起眉頭，五色雞頭開始有點焦躁地用手指敲著桌面，「老四和我們不一樣，他一定是鳳凰族的血太多了才跟我們不像。本來我家二姊和我們要一起槓上我老子，逼他退讓、讓老四離開家族，結果還來不及修理我老子，老四就去出任務了。」

後面的事我大概知道了，六羅一定是經過這裡，然後順便幫了艾芙伊娃，之後才行蹤不明。

我想艾芙伊娃想知道的就是這之後的事。

「之後，任務目標還活著，老四就失蹤了，那個多事的光頭拿來的命燈一整個熄掉，我們家族的人也回報發現一大灘血跡和老四所使用的兵器、身上帶的東西，血跡也證明是老四的無誤。我想屍體如果不是被目標物帶回去就是被毀滅了，畢竟那種東西是可以分析出很多情報，尤其對於我們家族，想整垮我們的多得是，一拿到屍體肯定不會再讓我們有機會要回去。」

看著五色雞頭，他很不自然地抓抓臉，然後自己倒了杯熱飲，只捧著也沒有喝下去，就是盯著飲料的熱氣看。白色的霧氣慢慢消散在空氣中，傳來了一陣甜膩的味道，「那已經是幾年前的事情，現在大家根本不提這事了。」

聽完他簡短的描述後，不曉得爲什麼我打從心底同情起那個從來沒見過面的六羅。生在殺手家族應該不是他想要的，就如我原本也不會想要在妖師一族裡一樣。

那不是我們可以選擇的，只是他還來不及接受或退出，就先永遠離開。

聽完五色雞頭的話之後，我想起了我在黑色仙人掌那邊看見的那盞燈，那時他沒有明講，現在仔細想想，那盞引路燈應該就是六羅的吧？

「上次我在九瀾大哥那邊有看到你說的燈，但是他好像在鬼族大戰時突然亮起來了。」五色雞頭突然一秒轉過來看我，顯然並不知道有這回事。所以我稍微形容了下那盞引路燈亮起的詭異方式，「九瀾大哥說他也不知道是怎麼回事，只有提到說會再去問給燈的人這樣而已。」現在我知道那個人是班導，不曉得可不可以私底下偷偷打聽看看就是。

說不定問班長會比較快？

「哈，就算活著也不要回來、對他會比較好。」五色雞頭說出了類似黑色仙人掌曾說過的話，「我家只會讓他很痛苦而已，老四做人太好了，還是別回來比較好。那傢伙甚至連殺個眞的該死的渾蛋都還要幫對方找理由，連兔子都放給牠走，他不適合我家那個地方。」

我不清楚六羅的爲人，但我覺得如果他還活著，應該會想辦法回家吧？依照他們的敘述，六羅應該不是會和家裡完全斷絕關係的人。

但是，他也不是能夠適合殺手家族的人。

如果時間能夠往回走，我眞希望可以認識他。

可是已經不可能了。

我和五色雞頭對望了一眼，沉默無言。

然後我們只能拿杯子互碰了下，讓聲響迴盪在空蕩蕩的酒館裡。

敬那個我從未見過面的善良殺手。

還有並未對我保留的五色雞頭。

※

那天晚上我們都睡得很沉。

我甚至連個夢都沒有作，烏鷲沒有找我，學長和羽裡也沒有找我，一躺下去之後意識都是黑色的，直到第二天清晨被摔倒王子給踹醒。

「出發了。」收回腳，摔倒王子冷冰冰地丟給我這句話。

你好歹也用個比較好的方式叫醒我吧？我可以接受被推下床還是呼兩拳，但就是不要踹醒我啊……一大清早就看見別人的腳底板，那種感覺真的會有點不爽。

「漾～你也睡太久了吧～」

經過一個晚上的睡眠時間，根本完全恢復原狀的五色雞頭咧著嘴看我，前一晚那種感性時刻蕩然無存，現在看起來就還是和平常一樣是隻欠揍囂張的雞。

一邊打哈欠一邊從床上爬起來，我看見時間是清晨五點。

昨天與五色雞頭在酒館裡一直坐到兩點多才回來睡覺，其實根本沒有睡到多少就又要趕路了。睡眠不足讓我一整個很疲勞，腦袋也昏沉沉的。

「呦、半夜不睡的壞小孩還沒清醒嗎？要大哥哥送你一個早安之吻嗎？」

我一秒就把坐到我床邊的式青給踢下去，「我醒了。」拖著疲憊的身體，我緩慢地爬下床，把自己的背包收好，跟著其他人一起下樓。

早早便已開張的酒館裡坐了幾個早起的村人，昨天被五色雞頭吃得亂七八糟的吧台完全被整理乾淨，都不知道老闆有沒有睡覺……居然一大早就醒了，還可以兼賣早餐。

阿斯利安向我要回紫袍卡片之後就去櫃台結帳，順便再弄了些早餐讓我們填飽肚子。

「今天我們會直接進入沉默森林，中途不會再做任何停留，所以如果還有缺什麼得快點在村裡補齊。」阿斯利安這樣告訴我們，「沉默森林是夜妖精的領地，所以必須很小心，我想大家應該都還記得夜妖精很棘手，雖然不久前襲擊公會的是霜丘夜妖精，但是也得提防沉默森林當中的。」

說到沉默森林我就想起了那個黑嚕嚕的夜妖精，現在我們要直剿他的大本營了，真不知道那種人的根據地是哪樣子？

該不會也全部都是那種感覺吧？

一想到裡面有哈維恩×N，我就有某種反胃感。

「我會跟著你們進沉默森林，然後再離開。」一開始就說過只會陪我們到沉默森林的雷拉特邊說著，邊把吃剩的骨頭都倒進西瓜的嘴裡。

「非常謝謝遠望者這一路的幫忙，您帶我們避開了很多不必要的危險路段。」

誠心地向雷拉特道謝過後，在全部人吃得差不多的同時，阿斯利安在櫃台買些乾糧先出去外面準備飛狼了。

摔倒王子的視線一直盯著走出去的阿斯利安，表情上似乎像是想講什麼話，不過沒講出來，就繼續默默地咬著自己的早餐了。

我發現他偶爾會這樣陰陽怪氣的，不知道到底想要幹什麼。

大約上午六點左右，我們正式啓程離開了這座小村莊。

飛狼起飛後，我看見了穆芬在窗台上朝我們揮手道別，然後她的身影逐漸變小，直到完全看不見。

「眞是個身心堅強的好女人。」陪飛在旁邊的色馬嘖嘖地惋惜著。

你不是昨天才剛說人家是流浪漢種族嗎？今天就變回了身心堅強的好姊姊啊？都不知道你到底是用什麼當標準在選人！

「對了，沉默森林只有住夜妖精嗎？」打起精神，我決定先把該問的問一問再去睡死。

「是的，和霜丘相同，沉默森林爲夜妖精的住所，雖然有其他小種族，但大多爲動物和幻獸。夜妖精非常不喜歡隨隨便便和其他種族有所牽扯，所以住所大多都是與其他種族相隔很遠的地方，同時他們也不歡迎訪客。雖然我們手上有契里亞城主所寫的信函，卻也不一定能夠順利被他們接受。」微微瞇起眼睛，讓風把頭髮吹得四散的阿斯利安看起來有點享受清晨冰冷的風，「所以，進入沉默森林之後千萬不要離隊，不管發生什麼事最好都是大家一起行動。」

我聽見旁邊的摔倒王子發出了某程度的不屑冷哼聲。

「夜妖精那種東西算啥，本大爺才不怕那種只會躲在黑暗暗地方的傢伙！」整個腦袋裡面大概只有「槓上槓上再槓上」的五色雞頭挑明了他到那邊會見一個殺一雙的傾向，「之前的帳還沒和他們算完咧。」

我打了個哈欠，看向旁邊那個是非不分的老兄，「襲擊你家的好像是霜丘的喔？」聽說夜妖精自己的族系也都分得很清楚，有必要把別人的帳算到不相干人的頭上嗎？

「哈！只要是黑的，本大爺全都照打不誤！」

你就是這樣才會被別人照打不誤！

難怪這個世界裡每個人一聽到殺手家族，臉上都會露骨地出現「揍他揍他」這樣的字眼，你們家的教育眞的很差。

「如果你很想睡覺就再睡一下吧，拉可奧就算不休息，從這裡到沉默森林也要好一段時間。」注意到我整臉很疲憊的樣子，阿斯利安人很好地建議著，「這段時間好好休息才能有精神繼續接下來的事。」

旁邊的摔倒王子再度冷哼了聲，「反正也沒用，多睡少礙事。」

……我決定不跟他那張爛嘴多計較。

因爲眞的很睏，所以我也不違抗阿斯利安的好意了，哈欠打完之後就擠到學長那邊比較平坦的地方直接倒下去睡。

隱約可以感覺到五色雞頭一邊咕噥著，不過還是一邊把我固定好避免我摔下去，所以我也很安心地直接入眠，反正就算摔下去也會有人救我……大概吧？

我想他們應該不會見死不救吧？

至少還有個阿斯利安有點佛心來著。

而在睡著之後，還有人在另一邊等我。

※

其實在睡著之前，我一直以為我會再回到那間樹屋。

但出乎我意料之外，這次我踩著的是羽裡那片深綠色草地。

「總算可以安心連上了。」看見我出現在夢裡，一直在草地中間的羽裡呼了口氣，「要小心不要被契里亞的人察覺，我們可是忍了一天才再連上你夢境的。」

難怪昨天我會一夜好眠，因為會作怪的都沒找我。

好吧，就算有作怪的也已經找過我了，大概是不好意思在短短三個小時內騷擾我第二次才沒有再夢到他。

「沒想到艾里恩也敢動手。」依舊站在羽裡旁邊的學長只講了這句話，光憑這句話我就知道那個契里亞城主絕對會被秋後算帳了。

「我總覺得他好像沒有那麼壞……」看著學長和羽裡，我不由自主地只想到這句話。

「或許沒那麼壞，但是他隱藏了許多事實是眞，同時也妨礙到你們的旅程；一個代表所有城鎭的城主不該有此行爲。」學長微微瞇起眼睛，表示出他會公事公辦的決心。

因爲不知道城主的爲人，在這點上我也不敢多說什麼，「對了，學長，我一直很想問你們一件事。」從上次之後我就一直覺得很奇怪，但是沒有機會好好詢問。

學長挑起眉，擺明就是如果我亂問他就會先把我種在草原裡。

「……該不會你們在這裡可以把我們那邊的事情看得一清二楚吧？」上次那個山妖精是這樣、這次城主也是。我有種好像被人偷窺的感覺，而且還是不知道用什麼方式。

糟糕，這樣的話我眞的要很謹愼。

「並沒有，如果眞的要看得一清二楚，就要幫我收屍了。」負責夢連結的羽裡揮揮手，「只有一小部分，現實世界裡會有一部分流進夢世界中，所以我們可以知道、運用點小小力量了解大約六成的事情，但是並不是完全曉得。」

我看著學長，有點無言。

所以就是你們那六成看到的是我在幹無聊的事情，例如叫山妖精敲昏我嗎？

也眞是太無聊了吧！

下一秒，學長直接在我腦袋上摜了一拳下去，「你是又在腦殘什麼！」

那力道讓我覺得好像腦袋會被摜爆，摀著頭，我整個人有幾秒頭昏眼花得腦袋裡都是星星月亮，過了好半晌視線才回復清晰。

「學長……你不是說過已經沒有聽我在想啥了嗎……」又拐我！

「光看你的表情也可以猜得到。」高高在上地對我發出了鄙視的目光，學長冷笑了一聲，「你腦子裡沒營養的東西也就只有那些吧。」

……眞抱歉我腦袋裡面沒營養！

總比有人腦袋裡面都是美女大全的好吧！

我突然覺得我算仁慈了，如果當年學長聽到的是式青的心聲，他一定不用三天就把式青分屍剁完埋在學校裡當肥料。

跟式青比起來，我覺得其實我的腦袋算很善良了。

「你又在想什麼？」對我露出恐嚇的拳頭，學長紅色的眼睛掃過來，我連忙拚命直搖頭。

「沒事，眞的沒事了。」每次來到這邊我都覺得遲早有天我會被打死在夢裡，突然感覺烏鷲那邊算是天堂了，至少他不會打爆我腦袋，還會給我茶水。

「我們這次找你來的時候發現了一件奇怪的事情。」在我們兩個吵了一個段落，羽裡才插話進來，「你身上有兩條夢連結的通道，你自己知道嗎？」

那瞬間，我心裡驚訝了下，不過第一反應就是：「那是啥意思？」

學長和羽裡對看了眼，由後者繼續開口：「如果你不知道就算了，只是很罕見的狀況，可能是別人的夢連結到你這邊、而你們兩邊都不曉得，如果最近你沒有夢到什麼怪東西的話，那倒是不會有什麼傷害。」

看著羽裡，顯然他們知道的那六成中並沒有烏鷲的事。

我不知道應不應該瞞著學長，但是隱隱約約覺得最好不要告訴他，因為連我自己都不知道烏鷲的來歷，我很怕他們直截了當地就把烏鷲的夢連結砍掉。

這可不像我的最愛，砍掉還可以去找來連回去，目前除了我，他已經沒有辦法再找其他人了，我不希望看到他露出悲傷的神色。

「褚？」

連忙回過神，我看見學長已經露出懷疑的表情，所以我連忙隨便找了件事告訴他，「那個、我在湖之鎮下面的遺跡看到安地爾了。」

接著，我把當時的事情全都告訴學長，包括那顆複製子石的事，但我省掉最後烏鷲破壞石頭那一段，只講到重柳那傢伙莫名地把我放水流。

聽完我的敘述後，學長微微皺起眉。

「他的目標果然是那裡……？」

「學長，你知道那個遺跡的事情？」式青不肯多說，我對精靈大戰之前的世界又不是很了解，所以才會全部告訴學長。

畢竟式青和重柳傢伙只有說不能再說出去，我現在可是在夢裡說，算是說「進來」，也不會有其他人聽見的。

「我在公會中將三袍所有的圖書館都翻過一次……」

「哇！你吃飽太閒喔！」

下一秒，我就看到鞋底了。

「人有時候眞的不要太多話呢。」看著我捂臉蹲在地上痛，羽裡還涼涼地丟過來這句話。

可是本來就是太閒……一般人就算考上袍級，應該也不會去把圖書館都翻過吧？還有學長你那是什麼非人的記憶力啊，翻完居然還都記得會不會太可怕了一點！

其實你不是精靈族是外星一族的吧！

等臉上劇痛過去些後，我捂著臉往後退開一小段距離，很怕學長沒踹夠再給我第二腳。

冷瞪了我一眼，學長重新開始剛剛被我中斷的話：「那個遺跡是羽族所有，依照你的描述，圖騰紋應該是日行者們的代表刻痕。資料上記載，遠在精靈大戰之前還有個聯合大戰，當時世界上還沒有鬼族這個東西，只有黑暗的陰影。那是創造世界時留下來的負面產物，由時間種族看守與鎮壓。據說三千年前因爲某些關係，時間種族鎮壓陰影的聖地失控，大量陰影影響了半個世界，之後才被各大種族的聯合軍一一殲滅，但從此之後鬼族就形成了。」大致上把更久遠的戰爭描述了下，學長環著手繼續說著，「當時陰影席捲各地，部分被封印起來，在原世界、守世界都有這類封印遺跡，但因爲時間久遠，大部分已經失落了，我想安地爾對於陰影一直很有興趣，畢竟鬼族就是緣起於那東西，所以才會一再尋找遺跡。但是他手上有多少資料、知道多少，這點就必須讓公會注意了。」

聽完學長的講解後，我完全清楚了。

結果式青害怕的就是這種東西嗎？

另外就是，那時候重柳的傢伙會出面，就是因爲陰影是時間種族在鎮壓的啊。難怪他會對遺跡裡那麼熟悉，連安地爾那時候說的話也都清楚了。

眞是無法想像鬼族的起源那東西。

其實之前我曾聽其他人講過守世界與原世界很久以前是在一起的，後來才分裂開，印象中似乎也和三千年這場有關係……？

看來有時間我應該要去把聯合戰爭完整地了解看看。

「時間也差不多了。」負責連結的羽裡提醒我們。

他出聲之後我才想到另外一件事，「對了，你們剛剛說夢裡面多少可以看到現實，那麼夢裡面可以把現實的東西給消除嗎？」

羽裡疑惑地看著我，「那必須要是很強大的力量才能辦到，爲什麼這樣問？」

「沒事，好奇而已。」

沒有另外再問什麼，羽裡點點頭，「那麼，一切小心了。」

「好。」

第八話　沉默森林

再度醒來時，我看見附近的天空都已變成黃昏的色澤。

不知道是不是因爲拉可奧飛得很高，離天空很近所以才看得那麼清楚。折射了層層光芒的雲朵呈現微微淡金的色彩，天空就像是被染上顏色的布料一樣，柔順到讓人想要觸摸看看。太過於溫暖的顏色讓我在清醒的那瞬間以爲我看見的是另一種世界，美麗而不像是人類能夠看見的那種地方。

坐在旁邊的五色雞頭正在打盹，摔倒王子在翻閱書本，阿斯利安和雷拉特一直盯著前方和四周警戒著，式青依舊跟在旁邊悠悠哉哉地飛翔，看起來好像不怎麼累的樣子。

「醒了？」第一個注意到我睜開眼睛的是阿斯利安，他移過身體，幫我解開身上的繩子，「抱歉，因爲西瑞說你睡相很差，所以要綑好才不會掉下去。我無法阻止他。」

有半秒我沒有意識到阿斯利安講的話和抱歉的笑容。

半秒之後，我就很想把五色雞頭從飛狼上踹下去。

什麼叫作我睡相很差！還用麻繩把我綑起來是怎樣，還有你麻繩是從哪裡來的，你幹嘛隨身攜帶一綑麻繩！

在我還來不及將整綑繩子扔回五色雞頭臉上之前，他已經先清醒了。

「嘖！」可惜！

「嘎～本大爺坐到屁股都快裂了！」自己按著腰，五色雞頭回過神之後就先開始抱怨了，「幹嘛那些追兵不趕快再追上來，讓本大爺殺一殺才不會那麼無聊啊！」

「別沒事殺追兵啊，沒有人追過來比較好吧！」我始終無法理解五色雞頭這個人到底是怎樣，「你無聊的話可以去看書。」

指著旁邊的摔倒王子，我給他打從心中最眞誠的建議。

「本大爺不屑和某人做一樣的事情！」直接在飛狼身上站起，五色雞頭讓狂風把他那一頭堅固的彩色頭毛吹得不斷搖晃，還做出那種拍照專用的勿忘影中人姿勢，「身爲年輕追風人，就是要抬頭挺胸地面對夕陽！」

……我無法理解你後面那段話耶說眞的。你那個應該已經超越我的時代，直接衝往我阿爸他們那年代去了吧？

追風人又是什麼東西啊！

剛剛被點到的摔倒王子用看白痴的眼神看了我們一眼，連話都懶得說就轉回文字裡。他寧願在搖晃的地方看書看到近視也不想和我們浪費口水就是了吧？

「年輕啊。」迎著狂風，五色雞頭再度發出了意義不明的感嘆聲，「就像夕陽一樣快要一去不復返了。」

是說，你現在應該也還是最年輕的吧……而且這邊比我們兩個都還要快不復返的佔了半數以上喔。

「那是什麼意思？」雷拉特在這種時候被激起了好奇心，還來追問。

「就是說年輕的人老得快，所以才要去追夕陽把夕陽打下來，就不會老了。」五色雞頭給予完全錯誤的解答，而且還用很正經的表情說著，被教育者居然還跟著點頭，吸收了整個不對的知識。

「我們已經接近沉默森林了。」完全無視於我們這邊的錯誤講座，阿斯利安指著下面這樣說著，我和五色雞頭也很好奇地探頭出去看。

飛狼稍微放低了高度，穿過雲層後，我們看到一大片幾乎像是原始叢林的地方，幾隻感覺上和翼手龍很像的東西從高處飛過，因爲距離很遠所以看不出大小。

原始叢林相當廣大，幾乎視線所及全部都是滿滿的濃密深綠色植物，在夕陽照映下被染上一層詭異的色彩。

因爲黃昏的關係，除了翼手龍之外還看到一些排成人字形和一字形的飛鳥快速呼嘯而過。

這座叢林幾乎沒什麼聲音，只聽見翱翔之物不斷振動翅膀的細小聲響，就如同阿斯利安稱呼她的名字一樣。

「差不多在這一帶，下去吧。」

飛狼又掠過叢林上方幾分鐘之後，阿斯利安拍著牠的頸側，讓飛狼逐漸降下地面。

「這裡面有很多生物的氣息耶。」跟在旁邊慢慢收起翅膀的色馬左右張望著，然後慢慢讓前蹄踏到地面上，「土地很乾淨，還不錯。」

找到空地完全降落停下，飛狼也收起翅膀壓低身體讓我們逐一踩上地面。

剛剛在上面看的時候還好，一進入叢林之後我發現裡頭眞的很壯觀，一眼望去全是那種可能好幾百年、甚至千年的古老巨樹，有好幾個人並排那麼粗，有的則是互相扭曲交纏，像是網子般覆蓋在上方的密集樹枝與厚厚葉片層完全遮住了夕陽光。

叢林裡黑暗異常。

取出提燈，阿斯利安照亮了小片的範圍，「這邊四處都有結界術法的氣息，大家要小心一點。」

摔倒王子皺起眉，然後微微抬起手，很有想把叢林裡的結界一次破壞掉的氣勢。

「請不要這樣做。」阿斯利安壓下他的手，「不要驚動夜妖精，這裡是他們的住所，而他們並不是敵人。」

「哼！」摔倒王子不悅地轉過頭，然後甩開對方的手。

「沉默森林的夜妖精要避世，之前取得的情報說他們附近出現了不好的東西，不知道沉默森林裡是不是也有異狀。」沒有在意摔倒王子的舉動，阿斯利安將燈拿高了些，照亮我們附近的樹木枝椏。

這種從下方照亮上去的光線，讓樹變得有點可怕，大概就像人把手電筒放在臉下面的那種感覺吧。

不知道爲什麼，我覺得我好像在樹身上看見了人臉。

「樹不太友善。」

常年穿梭在樹林裡的雷拉特這樣告訴我們：「因爲我們是陌生人。」

被他這樣一說，圍著我們的樹叢不知是因爲風還什麼，枝葉不斷搖晃，摩擦著發出了讓人毛骨悚然的沙沙聲。

「小心一點。」他再補上這麼一句。

「先找到夜妖精的形蹤吧。」取出一枚契里亞城主給我們的水晶，阿斯利安蹲下身，把水晶放在地上。

接觸到地面後，水晶突然散出微弱光線，接著不用一秒突然崩解成粉末，覆蓋在地上變成發光箭頭，「往這邊。」

走在最前面，阿斯利安抬燈領著我們進入完全深黑色的原始叢林。

說眞的，這種地方如果只有我一個人絕對不敢進來。

我以爲山妖精和契里亞城附近的森林就已經夠嚇人了，沒想到沉默森林才是最恐怖的那一種。每踏一步都覺得前面好像會有危險，每走一步都覺得黑暗中有什麼東西正在看你，發著亮光的眼睛一閃即逝，完全分不出來是動物還是其他東西，或者只是幻覺而已。

按著老頭公和米納斯，我注意到走在我前面、每次都很吵的五色雞頭身體有點緊繃，幾乎也在完全警戒著這個陌生的黑色地帶。

走在最後頭墊底的是雷拉特，再前面點是式青，摔倒王子扛著學長只走在五色雞頭前面一點點的距離。

沒有人講話，連腳步聲都被黑暗吞噬了。

我第一次走得這麼小心翼翼，每發出一次聲音我都覺得有東西會從樹後衝出來砍掉我的腦袋。

這裡很危險。

每個人表現出來的都是這種感覺。

「等等，這附近有黑色的門！」

最先發現不對勁的是式青，接著是阿斯利安和摔倒王子。

「小心！」

那瞬間其實我不知道發生了什麼事。

黑色的網直接從上方蓋下，帶著很多不友善的黑箭。

摔倒王子一秒就把學長塞到我懷裡，然後轉身揮動了手，爆炸的轟然巨響傳遍安靜的森林，接著樹上的生物被驚嚇得四處亂逃，還有幾隻小一點的松鼠摔下來、驚慌地又竄走。

被火焰燃燒的網子掉在地上，點燃了枯葉，發出連串劈里啪啦聲。

雷拉特抽出自己的武器在地面上輕輕點了幾下，那些火焰很快又被撲滅，只剩下一點點餘光閃爍著。

「又來了。」阿斯利安看著四周的黑暗，將燈放在地上，「點亮四周的黑暗。」像是術法般的一句話立刻讓提燈像是探照燈一樣發出強烈的光。

包括我們所站的位置，附近一帶全被照亮了。

和剛才一樣的黑色網子被扔出來，五色雞頭手腳很快地把網子打了下來，接著後面的箭雨再度被摔倒王子清理掉、連灰都不剩。

抱著學長，全部的人把我們圍成一圈，然後面對著四面八方的未知敵人。

接著我看見的是我們四周的不對勁，剛剛因爲太暗了所以沒注意到，在阿斯利安將整片範圍都拉大照亮之後，我才發現距離我們不遠的地方有些石柱。

石柱不是很高，大約半個人的高度，上面刻了一些不明的圖紋。

抽出軍刀，阿斯利安筆直地指向了他面前的方向，「我們並無惡意，只是想找沉默森林的主人好好談談。我們身負公會任務，同時也有契里亞城的書信，若貴方繼續試圖引起爭鬥的話，我們也會依照判斷進行反擊。」

周圍安靜了下來。

不知道是不是聽進了阿斯利安的話，一時那些偷襲突擊的東西全部沒有了，地上只剩下一點點灰燼還散著虛弱的火光。

約莫幾分鐘後，低沉的聲音從遙遠處傳來：「侵入者們，你們的腳踏在我們禁忌的土地上，驅逐只是要你們離開那片邪惡的地方。沉默森林不歡迎任何人的光臨，也不須交涉，在我們正式討伐你們之前，盡速離開。」

「我們是爲了陰影一事而來，據說夜妖精占卜出有黑色的徵兆降臨，爲什麼不好好與我們談談，我代表狩人一族而非紫袍，古老的種族都有所聯盟，我們都是生活在大地上的種族，爲此狩人非常有誠意想要傾聽沉默森林的聲音、了解沉默森林想避免的惡事。」爲了表示自己的誠意，阿斯利安收起軍刀，旁邊的雷拉特也是。

「遠望者會傾聽你們的意見。」他這樣說著。

不知道我要不要附和一下說，妖師一族也可以聽看看。不過我又不代表妖師一族、且然也沒有交代說這次出來要聯誼還是什麼的，所以就算了。

沉靜突然再度襲來，這次維持了好幾分鐘，大概是那邊的人正在討論什麼。

五色雞頭收回獸爪，有點無聊地打起哈欠。

因爲對方討論的時間有點長，我重新將視線放回那些小石柱上，赫然發現那裡不知什麼時候站了一個穿著黑色斗篷的人，斗篷的兜帽壓得很低，將他的臉完全遮住。

那個人就站在那裡，面對著我們，異常的是除了我之外，就連式青也沒有注意到那邊多出了個人。

「式……」

正想提醒他們，我才剛張開口，剛剛那個聲音就打斷了我的動作。

「你們可以進入我們的部落，但是你們的腳踏在黑色之地、魔森林的入口，請隨著我們的人離開那裡。」

「魔森林？」

沒有回答阿斯利安的疑問，約在兩秒後，阿斯利安面對的方向走出來兩個打扮相像的人，都穿著黑灰色的斗篷，露出的髮與皮膚是之前我們看過的那種黑嚕嚕顏色，如果不是他們自己走出來，還眞找不到他們藏在哪邊。

黑色的斗篷上繡著精緻卻不顯眼的灰色紋路，那紋路我在哈維恩身上的服飾也曾看過，他果眞是屬於這裡的人。

「請到這邊。」似乎有點匆忙，領路的其中一人催促著我們移動腳步。

不知道他們是在緊張什麼，我總覺得這兩個夜妖精似乎很慌張，完全不想在這邊多留。同樣看出夜妖精神色急促，阿斯利安等人沒有多問，只拿起地上的燈，便示意我們跟上。

下意識我又看向剛剛石柱的方向。

那個人不見了。

※

領路的夜妖精發出驚恐的叫聲。

我看見包圍著我們的樹身上眞的浮現了猙獰人臉，糾結的紋路在光影錯落下非常可怕。

「啥鬼！」五色雞頭立刻甩開了兩邊的獸爪。

「有東西。」揮出軍刀，阿斯利安反應迅速地將最靠近他的夜妖精往自己身後一拉，幾乎同時，那個夜妖精的背後迸出了血花，一條刀痕直接劃過對方背脊；而另一個沒來得及閃避的夜妖精就沒那麼好運了。

他在發出最後一聲慘叫後，罩著斗篷的頭顱被人削開一半，血液和某些液體挾著怪異的聲響灑落在地，身體頹然倒下，抽搐了幾次之後便不再動彈。

「魔森林的使者來了。」那個背後中了一刀的夜妖精驚慌地叫著，血液從他嘴巴裡咳了出來，因爲傷勢很重，他摔在地上掙扎了幾下，就被阿斯利安架起。

「不要管他！」摔倒王子正要把那個夜妖精推走拉開阿斯利安，黑亮的光芒比他更快一步閃過。

發出悶哼聲，阿斯利安拽著夜妖精倒退了好幾步，光亮照出他的脖子上出現不太淺的血痕，大概再晚幾秒躲開就會被人直接砍過去。

我們完全看不見是誰在攻擊我們。

「魔森林的使者……」陷入驚恐狀態的夜妖精又哀叫了幾聲，對看不見的東西表現出近乎歇斯底里的害怕。

快步推開夜妖精，摔倒王子直接捂住阿斯利安的脖子，紅色的血不斷從他指縫裡溢出。

我可以感覺到摔倒王子非常憤怒，甚至轉頭想要對那個礙事的夜妖精出手，不過被阿斯利安攔下了。

「要算帳的話等等再算吧，快點離開這邊。」式青拉了兩、三次在地上的那個夜妖精，不過對方只顧著喊叫，根本爬不起來。

「嗤！有種就現身一對一和本大爺單挑，本大爺絕對把你幹掉當肥料！」無懼於那個「魔森林」使者，五色雞頭很亢奮地盯著周圍看。

「完全感覺不到對方的氣息。」

式青的聲音從我腦袋裡傳來，非常慎重，「是個很危險的對手，而且完全不友善。」

後面這兩句根本是廢話，早在對方削掉夜妖精頭顱時我就知道他很不友善了，難道會有人一邊友善一邊砍掉你的頭嗎！

圍繞著我們的猙獰樹臉突然緩緩張開嘴巴，從糾結的樹身中傳出奇異的聲音，好像是很多重病之人發出的呻吟、也很像是在唱歌，低沉地拖著，總之就是那種讓人一聽就頭暈目眩、很不舒服的聲音。

「這是妖魔聲。」立刻反應過來的式青突然發出大叫，「這附近有妖魔，快點退出去！」

聽見妖魔兩字之後，不只阿斯利安，連摔倒王子的臉色都變了。

站在我身後的雷拉特突然發出悶哼聲，接著是兵器碰撞的聲音，只維持了不到半秒，他肩上出現了血痕，致命一擊被擋下，所以沒有受到嚴重傷害。

「米納斯。」騰出一手抽出米納斯，我朝空氣開了一槍。

大量的水馬上形成薄薄的水牆覆蓋在我們周圍，把那些唱歌的樹與聲音隔絕開來。

「那到底是什麼東西？」抓住空檔，阿斯利安接住式青拋過去的藥水快速治療脖子上那道傷口，然後將剩餘的藥水灑在夜妖精的身上。

夜妖精發出了哀號，不過比剛剛鎮定了些，「魔森林……禁忌的黑色地方……魔森林的使者會將靠近的東西都殺光……」

「魔森林的使者是啥鬼？」五色雞頭盯著水牆外，隔絕了聲音之後，他緊盯著可能會出現影子的任何地方。

「守門人。」夜妖精困難地吐出這三個字。

「水的防禦應該沒辦法維持很久，剛剛那個使者相當可怕，可能擁有和黑袍相等的力量、或是更高於黑袍。」看了摔倒王子一眼，阿斯利安這樣說著。

幾乎像是印證他的話，水牆在兩分鐘之後完全崩潰了。

水牆一崩潰，外頭的樹聲又尖銳傳來，不知道是不是因爲我們剛剛的躲避，樹的聲音變得更大、更凶猛，一聽到聲音我瞬間眼前一黑，差點昏厥過去。

老頭公很快地在我們周圍布下了新的保護結界，那些聲音又減弱不少。

「快離開這裡。」架起虛弱的夜妖精，阿斯利安揮動了下軍刀，颶風急速打散那些聲音。

就在聲音削弱的瞬間，我眞的看見了一道人影出現在阿斯利安的正上方，折射著微弱光芒的黑色武器當著他的頂上毫不留情地劈下去——

站在他身後的摔倒王子反應比扶著夜妖精的人快了一步，一把將阿斯利安往前推倒，那把黑色武器直接砍進摔倒王子的身上。

摔倒王子幾乎同時出手抓住對方，也讓我們看清楚到底是什麼東西在攻擊我們。

那是我剛剛看見、站在石柱邊的人。

身形和阿斯利安差不多，不特別巨大、但也不會太過於瘦小，黑色的斗篷和壓低的兜帽讓人看不出來他長什麼樣子、是男或是女，對方沒有發出半點吭聲，隱約可以感覺到斗篷下的眼睛瞬也不瞬地死死盯著摔倒王子。

就連他已經靠我們這麼近了，我還是感覺不到任何一點屬於活著生物的氣息，就像這個人好像只是空氣形成的物體一樣，冰冷得毫無生命。

那把屬於魔使者的黑色長刀兵器有一半卡在摔倒王子的身體裡，穿透的刀面上沾滿了摔倒王子的鮮血。

與夜妖精一起跌在地上的阿斯利安回過頭，在看清楚之後瞠大了眼睛，臉上露出了難以形容的表情，夾雜著怒氣、驚嚇，以及更多不知名的情緒，「休狄！」

「下賤的種族居然敢碰本王子的身體！」吐出了血沫，摔倒王子整個就是暴怒。

兜帽下的臉沒有任何反應，他只是掙扎了下，發現兵器拔不出來之後立刻從身上抽出了另一柄短刀直接要從摔倒王子的脖子刺下去。

幾個微弱聲音響起，那柄短刀整個被打飛，我看見之前那顆水晶珠子掉在地上，靜靜地發著微光。

接著那個魔森林使者踉蹌了下，一把刀從他的胸口突刺出來。

「還不趁機快走！」

穿著武裝的哈維恩領著一群夜妖精出現在我們面前。

※

「休狄！」

從地上爬起來的阿斯利安被幾個夜妖精架住，然後拖開。

暫時制住魔森林使者的哈維恩用不知名的語言大聲朝自己同伴喊了幾句話，闖進來的夜妖精武軍又急又快地一撈到人馬上退出去。

「喂喂！你們這些焦炭渾蛋！本大爺還——」正在抗議的五色雞頭被三、四個夜妖精用布塊塞住嘴巴，拖走。

「你也快離開！」按住黑色使者，哈維恩對我抬了抬下巴，「我們無法壓制使者太久。」

「休狄他——」看著被魔森林使者貫穿的摔倒王子，我讓其他夜妖精先把學長扶走，然後拉住摔倒王子想要把他從刀上拔下來。

「快滾！」摔倒王子完全不賞臉地對我罵了兩個字，但是聲音已經很虛弱了。

「沒有人能從魔森林使者的刀上離開，我們只能把奇歐妖精放在這裡。」哈維恩冷冷地看著剛剛推倒他同伴的人，眼睛裡一點溫度都沒有。

「本王子才不需要賤民的救助。」摔倒王子也很有骨氣地拒絕對方的協助。

「閉嘴啦！」我直接從摔倒王子的頭巴下去。

少講一點話是會死嗎！

還來不及把人拔出來，那個被哈維恩壓制的魔使者突然有了動作。

像是感覺不到任何疼痛，他硬生生折斷卡住他的刀，整個人從剩下的斷刀裡拔出來，接著鬆開自己的手任由摔倒王子倒下，一回過頭直接把哈維恩給打翻出去。

卡在摔倒王子身上的黑刀發出詭異的光。

我抽了兩、三次，那把刀就像被強力膠黏住一樣根本連動都不動，趁著哈維恩纏住魔使者的空檔，我拖著摔倒王子往另一個方向離開。

魔森林的使者一能動彈後，那些夜妖精立刻四散，完全不敢留下。

不知不覺，等我發現到的時候已經半扶半拖著摔倒王子走到剛剛那些小石柱之間了，我這才注意到石柱的範圍裡根本寸草不生，光禿禿的土地上只有黑色的泥土。

「快從那裡出來！」

某種淡淡的聲音傳進了我的腦袋裡，「快！」

我看不見有誰在我附近，但是摔倒王子已完全暈過去了，我身上、地上全都是他的血，而且說眞的他也不是沒重量，讓我沒有辦法快速離開這個地方。

接著，我聽到了怪異的聲音，原本滴落地上的血居然開始被土地吸收了進去。

扶著摔倒王子，他身上的黑刀已經不再有光，我試圖一拉，居然將刀整個抽出，但伴隨著刀離體後，大量血液全都噴灑在地上，被土地貪婪地吸收乾淨。

然後，剛剛那個魔使者就站在我們面前。

他連衣角都沒有一點缺損，只是悠然地彎下身，撿回他的黑刀，在我們面前高高舉起，像是執行最後儀式一樣。

說眞的我從以前開始面對了好幾次逼近眼前的死亡，但還是第一次看見死神幾乎就貼在自己身邊。

「不可以。」

烏鷲的聲音突然穿進我耳朵裡，像是竭盡全力的大喊聲讓我瞬間恍了神，有那麼半秒我以爲我和摔倒王子站在那個樹屋裡。

魔森林的使者停頓了下，然後疑惑地左右張望，像是也聽到那聲音一樣。

就在他停頓的那短短幾秒，我看見他身後出現了熟悉的身影，一腳把魔森林使者給掃開好一段距離，黑色的使者重重撞在有臉的大樹上，然後停下動作。

每次都在危險時候跟上來的學長喘了口氣，紅色的髮亂七八糟地散在他身上，完全看得出

來他是及時掙脫夜妖精跑過來的。不顧自己的狀況，學長快速在摔倒王子身上點下幾個止血的法術，讓他的出血暫時緩止下來，「抓好！」

他只丟給我兩個字。

抓啥抓好？

來不及問學長是要抓啥抓好，他就已經開始催動我們四周的元素，像是回應學長的術法，小石柱漸漸發出光亮，接著黑色的地面出現黑光，不吉祥的詭異紋路將我們完全包圍起來。

我連忙抓住學長與摔倒王子，地面已出現劇烈的震動，像是想抗拒我們的侵入一樣。

「你們沒有拒絕我的權力！」凶猛地叱喝了聲，學長用力拍下地面。瞬間黑色的陣法直接被啓動，然後快速散出光。

一種怪異的味道直接鑽進我的腦袋裡。

再來我只看到完全的黑暗。

「我們進入魔森林。」

恍惚間，我好像聽見學長這樣告訴我：「告訴他們你的血緣，與他們進行交涉。」

可是學長……你就這麼放心把所有事情一次丟到我身上嗎？

我有種很不好的預感。

在另外一端等著我們的一定不是天使或神祇。

黑暗中，我好像看到烏鷲朝著我這裡跑來，不是在樹屋、也不是在深綠色的草原，而是讓人感覺不到任何重量的完全黑暗中。

「很危險、很危險——」他眼睛腫腫地對我哭叫著，然後試圖抓住我的手，但他的手卻透明地穿過我的，「不要去那個地方——」大大的眼睛露出了絕望的流光。

烏鷲發出哭聲。

某種破碎的畫面穿過我的腦袋。

那個怕寂寞的孩子消失在我面前，哭聲像是刀一般切過了我的喉嚨，痛到連一點聲音都發不出來，即使掙扎都無法抓到任何東西。

隱約，我聽見了艾芙伊娃的琴聲。

撥動的琴弦與蒼涼的聲音，重疊上另一個年輕的青年歌聲。

依舊是那首時間種族的歌謠，悠悠蕩蕩的迴盪在黑色的空間裡。

之後的孩子們軀體四散

直到消失　不為人所知

……

然後，我就什麼也感覺不到了。

第九話　救援

某種水聲傳來。

那是一種很像流水般的聲音。其實我對這聲音還算印象深刻，除了以前在山泉邊烤肉烤到土石流以外，到了這個世界在外面經常會聽到這樣子的聲音。

但除了那聲音，我還聽見了另一種很不自然的水波聲。

細細小小的，似乎傳接到另一種地方。

有誰在那裡講話的聲音？

「快醒來。」溫柔的低語聲從我耳邊傳來，似乎有某人一直推著我的肩膀，「醒醒，快醒醒。」

我認得出來這熟悉的聲音是誰，但卻一時喊不出對方名字，只能嘗試著想要抓住那隻不斷推動我的柔軟手掌。但手一摸，卻又沒摸到任何東西，這讓我開始感覺到不安。

這是哪裡？

模模糊糊之間我不知道爲什麼自己會陷入這種怪異境地，四周無法分辨出任何東西，人也幾乎很勉強才可以用上一點點力氣。

那之前我在做些什麼？

難以回想。

疑惑間似乎有人從我旁邊走過去，輕聲細語地不知道在討論些什麼，聲音聽起來似乎滿高興的，像是要去進行什麼有趣的事情一樣——其中一個人試圖說服另一個人；而另一個人有點半推半就的，好像對於提議有些爲難、但又相當有興趣。

「不行，這樣不太好。」

「有啥差，反正那些……也不是什麼好東西，這樣好了，如果被追究責任的話就說是出任務時不小心弄的，之前那個誰誰誰砸古蹟還不是也這樣講。」

「這樣怎麼可以，何況我並沒有袍級啊。」

「那種東西去考一下就有了，之後你也該弄一個才對……」

「資格可不是拿來推卸責任使用的喔。」

「不然那玩意還有啥用啊？」

像是聊天般的聲音漸行漸遠，隱約還可以聽見他們打鬧的聲音。

這是別人的記憶。

四周的空氣突然開始流動起來。

隱約地那兩人的身影換成另外的人，但看不出是誰，奇怪的情境像是發黃的老舊片子般不斷快速流動。

「別讓別人的記憶重疊在你身上。」

嘆息的聲音像是發自於羽裡口中，「夢世界太過危險，別讓他們重疊在你身上。」他重複了一次剛剛說過的話。

這也不是我願意的啊！

要知道一天到晚都在被人腦入侵的悲哀。

不曉得是不是因爲突然來的怒氣，我整個人突然力氣湧上，猛地睜開眼睛之後才發現原來我剛剛一直不醒人事。

「嗚……」

意識回復後馬上感到全身都在痛，那種感覺很像是剛剛在洗衣機裡滾過一圈，被東叩叩西撞撞之後全身都摔爛了一遍接著給丟出來的感覺。

除了全身爆痛之外，腦袋也暈到不行……那台洗衣機一定是中古貨！

該不會妖魔地其實是大型洗衣機吧？

「請快點清醒，你很危險。」

米納斯猛然傳來的聲音讓我一秒從原本趴著的地方彈起來，然後暈眩接著讓我再趴回去，像是被踩過去的蟑螂。

我打賭我現在八成還有點在抽搐。

「嗚嗚嗚……」我是招誰惹誰啊，爲什麼去個夜妖精的地盤還會遇到妖魔……等等，學長跟摔倒王子？

拚著一口氣，我二度從原地掙扎爬起來。

從剛剛開始我又一直若有似無地聽見水流聲，如果不是夢裡，那附近眞的應該有河。

我爬起身後立刻東張西望，首先映入眼中的眞的是條河，而且是最普通不過的小河，細水長流不知道要流到哪邊那種，而且旁邊還詭異地種了整排柳樹，每棵都非常健美茁壯、垂柳隨著風搖晃，不知道是哪個傢伙吃飽閒著，也太詩情畫意了吧！

這裡不是妖魔地嗎！

誰在妖魔地種柳樹啊！

不知道柳樹是可以避邪的嗎！

……我累了。

等全身劇痛和暈眩過去之後，我也差不多結束自我吐槽，好不容易站穩後我才注意到河邊的某棵柳樹下站著個人，雖然有點距離，但我完全能看出來那是誰——好死不死地就是在夜妖精森林裡砍我們的那個人。

我現在知道爲什麼米納斯會說我很危險了。

站在這個人前面有十條命都不夠他殺啊！

似乎像是沒看到我一樣……我猜他如果眞的有看到我應該衝過來先對我揮刀，總之全身都黑漆漆的魔使者站在水邊，接著猛地揮動了手，一旁的柳樹瞬間震動了下、樹幹被釘上黑色的刀。無視於莫名顫抖的柳樹，他一把抓下頭上和臉上的黑布，甩開悶在裡頭的黑色短髮。

雖然有點距離，但我還是看清楚了對方是個男的，年紀可能比我大了一點，大概二十歲左右，看起來很像是大學生的年紀。

他注視著水面，流動的水卻倒映不出他的影子。

不曉得爲什麼，我覺得這個人的輪廓很眼熟，但一時又說不出他是誰、還是我看過誰和他很像，只注意到他有一雙很漂亮的淡金色眼睛和身上掛著一條黑石項鍊。

將黑布丟到水裡隨便洗洗後，魔使者拔下刀也順便將上面的髒污洗淨，接著把所有東西都收回身上，這次掏出了個像是水壺的東西裝滿水，轉頭就往另一個方向離去。

這裡像是一片小樹林，除了柳樹外還有好些我說不出名字的樹，但並不茂密，明顯可以看見魔使者走進裡頭的身影。

我左右張望，沒看到學長也沒看到摔倒王子，可能是轉換空間時掉到不同地方去了，這類事情在湖之鎮也發生過，所以沒有讓我很訝異。

只是剛剛魔使者的動作讓我有點疑惑。

依照對方砍殺我們那時的感覺，他沒道理不知道我在這裡。

……該不會是因爲我弱到讓他覺得殺了也沒用吧？

默默地有點哀傷了。

「不是，因爲你遲遲醒不過來，所以我與老頭公在你身邊先做下了藏匿的保護術法，短時間內魔使者不會發現。」打斷我的自我哀傷，最近越來越常自主發言的米納斯這樣告訴我。

「喔、這樣喔。」看來有天我的主人地位很可能被取代掉。

不過話說回來，這個世界隨隨便便一個東西都比我強，老頭公和米納斯實在是太委屈了，沒事跟到我這種不強又常有狀況的人。

「……合理的事故我們可以當作訓練。」

那不合理的呢！磨練嗎？

「……」

喂！不要給我沉默啊！

放棄和米納斯對談，一閃神我發現剛剛那人不見了。基於米納斯剛說他暫時不會發現我，所以我還是跟上去看了看。

如果萬一他真的對學長還是摔倒王子不利的話，我、我……

我大概可以叫人來救。

確認隨身包包還在，又休息了差不多幾分鐘讓暈眩退掉一些後我才循著剛剛魔使者踏過的地方靠近那些柳樹。

靠近後我才發現這些樹原來不是避邪用的，它們本身就不是正常的東西啊！

正常的柳樹不會長人臉！

這與在森林裡看見的那些鬼樹有點像，遠遠的還看不清楚，但靠近後仔細一看，每個樹身幾乎都有模糊的人臉，不過看上去大部分眼睛好像都瞇著在睡覺，也沒有注意到我在這邊晃來晃去。

看來米納斯說的是眞的，但就算是有保護我也還是不敢在這個詭異的地方留太久。

比起這些柳樹，那條河還有旁邊的小樹林似乎正常許多。踏進後，樹林果然和我看見的差不多，並不是很大片，甚至在這邊好像就可以看見另一頭有點什麼東西和它輪廓的影子。

有點怕樹林裡又冒出個什麼來，我快步穿了過去。

其實很短，直接穿過樹林才花了約莫五分鐘的時間，難怪剛剛馬上就沒看見那個魔使者。

原本我預計過去之後看見的可能會是恐怖的東西，邊走還邊不斷地做各種心理建設，所以當我看見小籬笆和小房子時整個有點錯愕……該不會其實打開之後裡面是鮮血淋漓吧？

小心翼翼地看著這些應該不太會出現在這裡的溫馨建築，我再度左右張望了下，果然在房子旁看見早一步走來的魔使者，他提著木水桶突然往地上一潑，跟著看下去我差點沒被嚇死。

全身是血的摔倒王子躺在地上，被水潑完之後整片血全都浸染到地上。

該不會魔使者有潔癖吧！

要像浣熊一樣洗乾淨再把人剁掉嗎！

我環顧了周圍，沒有看見學長，也不曉得是落進魔使者的手裡還是跑到哪個地方，不過說眞的沒有看見他反而讓我有點鬆口氣。

但一想到可能其他地方也好不到哪裡時我又開始擔心。

以我妖師的血液，我盡最大可能希望學長是完全平安……

不，希望所有人都平安。

※

最後魔使者沒有把摔倒王子剁掉。

這讓我鬆了口氣，他只是很仔細地把昏過去的摔倒王子身上的血液沖完後便逕自轉頭離開，似乎對摔倒王子的生死並沒有特別感興趣，不過也有可能他有更重要的事情要做。

因爲我看見他下一秒消失在黑色的法陣中，完全把人丟著讓他自生自滅了。

「附近沒有其他強大的生命體。」米納斯很快先幫我確定我的人身安全。

「謝了。」抓住這個機會，我立刻衝到摔倒王子旁。

靠近後我心中那粒叫作良心的石頭總算放下不少，雖然很微弱，但摔倒王子的的確確還在呼吸著，只是虛弱得好像隨時會中斷一樣，讓人很不安。

「這裡並不安全。」米納斯再度給我警告。

「我知道，幫我找個可以躲的地方。」取出幻武兵器朝地面開了一槍，我看著水霧散開才連忙彎身把摔倒王子拉起。

這些妖精啊精靈其實有點好處，就是體重都不算太重，只有分量看起來比較大，所以就算摔倒王子外表看起來比我粗勇很多，我還是勉強可以拉著他走。

如果今天他是個人類，我、我大概要叫人救他了。

拉起人我才注意到其實他身上的傷幾乎都止血了，很有可能是學長的法術起了作用，只是傷勢還是很駭人，到處可見翻起來的血肉，必須快點找個暫時可以安全待著的地方幫他施恢復術法……雖然我很蹩腳，不過多做幾次應該還是強過什麼都不做得好。

看著已經完全不醒人事的摔倒王子，他臉色白到像死人，如果現在在這裡的不是我而是其他人，應該可以得到很妥善的照顧吧。

這樣說起來還眞有點對不起他。

「這邊有個地方。」米納斯的聲音再度傳來，接著我看見剛剛射出去的水霧重新在我腳邊聚集起來，接著成形爲一條透明小魚，在空氣中向前游，帶著我往剛剛來時處返去。

扛著摔倒王子，我跟著米納斯的小魚走。大概是老頭公的結界效力依舊存在，所以四周那些鬼樹沒有什麼異狀，也沒有因爲我帶人走就出現什麼可怕的事。

應該說周遭安靜到太過於詭異了。

米納斯找到的地方不太遠，大概走差不多十分鐘的距離，在樹林外有面山壁，山壁上有個被雜草和小樹覆蓋的洞穴，沒有仔細看還看不出來。

「點光。」踏進去後發現洞穴比我想像中還要深許多後我先點燃了光影村的術法，深深往內延伸的洞穴看起來不像是天然形成的，我看見相當整齊的切邊，走沒幾步還踏到小階梯，肯定是有人在山壁這裡打出個類似祕密基地的地方。

但是誰弄的？

無暇讓我多想這些事情，很快地山壁走到底就看見裡面有個不大也不小的空間，不過什麼也沒有。

帶路完畢後那條小魚突然散了，直接消失在空氣中。

脫下外套墊在地上，我把摔倒王子扶好躺著，拉開衣服檢查他的傷勢，接著開始後悔起自己都沒有選藥物學之類的課程了。

自從我從喵喵他們口中得知藥物學有人上到融化後就整個敬謝不敏，這學期開始五色雞頭還在課堂下了場硫酸雨，所以我打死都不選；那時候還慶幸還好藥物學不是高中部必修課程，在要用時馬上就後悔了。

「……渾蛋……」

就在我打算用治療法術時，那個應該是要死還沒死的摔倒王子突然蹦出低吼聲，和他平常那種鄙棄的冰冷說話方式完全不同。

如果不是確認他昏倒，我真的會以為他是反射性在罵我。

所以他夢裡都是渾蛋？

看著整張臉皺起來但還是沒清醒的摔倒王子，我小心翼翼地將手擺在他身邊，然後身體往後拉遠一點點距離，這是為了預防他突然跳起來被掃到颱風尾而隨時可以逃跑的預備動作。

因爲之前跑太慢了，有天五色雞頭終於看不下去，硬抓著我要我學啥鬼起跑動作，不過說實話，眞的多少有點幫助，只要他不要三天兩頭跑來追我、我相信我可以記得更清楚就是了。

「渾蛋……」

盯著摔倒王子，其實我不知道他滿嘴渾蛋是在罵誰，不過看起來應該不是罵我，因爲我好像是低賤開頭的。

默唸了向安因學來的初階治療法術，淡淡的金色光芒鑽進摔倒王子的嚴重傷口，雖然效用不是很好，但一些比較細微、例如擦傷之類已經緩慢地開始癒合——

眞是太棒了，用這種速度治到大範圍傷口時人應該都死了！

「可以使用我的特殊技能。」淡淡的水霧在我身邊掀動，最近很自動自發出來透氣的米納斯近乎透明的影子就繞在我身邊，「但是必須花掉你相當多力氣。」

「大型技能嗎？」根據後來一些實驗，如果米納斯會這樣問肯定用完會半死不活，「要改成二檔嗎？」

其實我對第二型態還無法掌握，每次用每次都要去醫療班報到，所以安因叫我最好再過幾年才用第二階段。

「不用，但是因爲這地方的純淨水氣非常微弱，我必須耗費更多精神，以聚集足夠治療部分嚴重傷勢的力量。」米納斯半透明的手輕輕拂過我的臉，冰冰冷冷的讓我差點打噴嚏，「但在使用之前我建議最好能讓老頭公設下完全遮蔽法術，否則我們所在地非常容易曝光。」

「好。」

雖然偶爾會跟我抬槓，不過米納斯的建議都非常有用，所以我也沒有多加考慮就喚出了同樣不怎麼聽命令的老頭公，隨便他們去搞。

當主人當成我這樣都有點悲傷了。

默默地爲自己嘆口氣，在他們準備設立陣法的同時我也趁著空檔翻出自己的水壺，小心翼翼地先餵摔倒王子一些。

雖然我個人不怎麼喜歡他，而他絕對也很厭惡我，但是……

但是我已經不想再看到有人死了。

勉強吞下一口水後，摔倒王子突然咳了聲，混著血色的黑水從他的唇角邊冒出來，在我還未幫他擦掉時他已經微微睜開眼睛了。

兩秒後，他拿那雙眼睛瞪我。

我突然很想朝他那兩顆死白眼戳下去……起碼醒來不要瞪我啊可惡！是我砍你的嗎！

「哪裡……」又連續咳了兩、三下，摔倒王子從喉嚨裡發出混濁不清的話語。

幸好他還記得要用中文跟我講，他要是用妖精話講，我包準他氣到死我都還聽不懂他想表達什麼。

「這裡是……」看我沒反應，他又吃力地重新發出聲音。

「噓！這裡好像是那個魔使者的地方。」連忙把想要掙扎起身的摔倒王子壓回地面，我壓低聲音說道：「小心一點。」

這傢伙一動就破壞了我剛剛用的小法術，一些小傷口因爲動作裂開，大傷口也開始滲血。

到現在還可以用嫌惡表情看我的摔倒王子從他的眼神中赤裸裸地表現出他寧願流血流死也不想跟個低賤妖師混在一起的意願。

如果可以，我眞想現在把他拖出去丟河裡算了。

做人……不是，做妖精要知恩圖報啊！

眞是衰爆了才會跟他在一起。

沒有搭理我，確定自己傷勢不會輕鬆到哪邊去的摔倒王子瞥了眼身上幾個受傷處之後，開始轉爲打量這個地方。

他大概感覺到我有讓老頭公張開結界，不然現在應該會跳起來掐我，然後寧願流血流到死也要怒吼一些鄙視我的話。

「米納斯在準備技能，等等要幫你做一次性的治療。」雖然現在很想站起身把腳底板送在他臉上，不過我還是硬忍下來，畢竟這種地方還是不適合跟自己人窩裡反。

摔倒王子又把他的白眼轉回來看我了。

「……沒用的傢伙……」

我之所以沒跳起來踩他是因爲他是重傷患，不是因爲我怕黑袍！

可惡我現在眞的很後悔把他拖回來了，早知道就讓他被洗人的浣熊殺手剁掉就好了，沒事我還要冒著危險來幫這傢伙，都不知道等等黑浣熊回頭會不會連我一起剁，這傢伙居然還有心情在這邊罵我沒用！

不知道現在比較沒用的是誰喔！

吸氣、吐氣……深呼吸……我不能出手毆打黑袍，誰知道生命力像蟑螂一樣的黑袍完全復元後會不會把我毆打回來，暫時還是先忍一下好了。

繼續左右張望，似乎又有點意識朦朧的摔倒王子聲音開始跟著變小，「阿斯利安……其他人……呢……？」

「因為用了轉移術法的樣子，學長不知掉到哪邊了，其他人被夜妖精救走了，這裡應該就只有我們三個。」稍微解釋我也不太清楚的狀況，讓摔倒王子有點心理準備比較好，至少他黑袍經驗豐富，多少可以幫上忙。

摔倒王子點點頭，然後就沒反應了。

看起來他應該又暈過去，我翻著身上的背包，裡面其實沒有太多東西，連可以蓋人的也沒有，大部分行李都在阿斯利安的飛狼那邊，隨身行李裡頂多只有兩、三樣零食和一些必備的水晶等等，對了，還有出發前帝他們給我的一些東西，我打開了那個小盒子，裡面有幾顆白色小球，功用不明，可能之後會派上用場……

但是這種時候眞的會覺得不如給我一條毯子之類的。

在我看著背包內容物發呆時，水霧又在我身邊掀起來了，米納斯的影子重新浮現在側邊，

「準備好了。」她淡淡地這樣告訴我。

如果沒有米納斯的幫忙我現在應該已經死在這邊了。

不過也因爲如此她越來越主動了，讓我覺得她有時候其實已經超過幻武兵器的尺度了。畢竟整個學院裡我還沒看過這麼積極的幻武兵器，連萊恩的也沒有……好吧，我只看過他的幻武兵器對他發飆。當場被我撞個正著之後萊恩還可以若無其事地告訴我這個很正常，接著繼續吃他的飯糰，完全不把叫囂的幻武兵器當作一回事。

「米納斯。」喚出了我所擁有的幻武兵器，我看著已經完全安靜的摔倒王子——

應該對他腦門開槍還是心臟？

「你可以隨便找個部位。」米納斯的聲音有點不耐煩。

我也知道妳會自動瞄準，不過這是個人心情問題啊！

不能趁這個機會對他腦門開槍嗎！

我想打他已經想很久了，連做個樣子都不行是嗎！

米納斯沉默了。

最後我決定打他臉，算是剛剛白眼的報復。

槍一射擊後，藍色的微光水霧瞬間在我們兩個周圍畫出了巨大的柔光陣法，也幾乎是同一秒我感覺全身力量以一種快到很詭異的速度從手掌被抽出，接著源源不絕地灌進了米納斯中。

「嗚——」

我聽見我好像發出了一聲悶哼。

米納斯的陣術結束前，我全身完全脫力、連槍柄都握不住，無力地往左邊斜去。

接著四周只剩下黑暗。

※

我醒來時，先感覺到的是一股溫暖。

被那個奇怪的暖度驚到，我馬上清醒無比地整個人從地上跳起，接著才發現自己的外套從身上掉下來。

附近有一小堆的火，旁邊用小樹枝插著麵團。

這個麵團不陌生，我在這次旅行中吃過很多次，用麵粉加水和一堆各人不同攜帶物做出來的，阿斯利安會做、遠望者也會做，後來我看過五色雞頭自己肚子餓時也弄來烤過、只是焦掉而已。

但我沒有看過摔倒王子做東西。

他頂多就是拖著半死不活的獵物回來讓別人去煮，自己像是老大一樣坐得遠遠的等吃飯，囂張到一個極點。

「坐下。」

就在我錯愕之際，後面傳來比冰還要冷的聲音。

麻著頭皮回頭，果然看見比我還早清醒的摔倒王子坐在後面，整張臉像是被大便打到一樣非常臭。

慢慢地坐回去我剛剛跳起來的位置，我偷偷瞄了他一下，雖然身上還有點傷，但受到重創的地方只剩一點點疤了。這讓我懷疑有可能是他清醒之後自己又用了可以治傷的法術，因爲我的力量應該不足以讓他恢復得這麼好。

意識到這點之後，我同時發現自己身體好像變得比較輕鬆，仔細一看，昏倒前還有的一些小傷勢都不見了。

「你的治療術法太沒用了。」摔倒王子鄙視的話直接證實我剛剛的猜測。

「呃……你幫我治的？」沒想到救人反被人家救啊……還眞是太委屈他來救我這個沒啥用的低賤妖師了。

摔倒王子冷哼了一聲，把臉轉開，完全不想多看我一眼。

縮著脖子看著應該也是他生起來的小火，我突然想到這裡的樹好像都是那種人臉樹……算了，不要去想火在燒什麼對我的精神會比較好。

轉過頭，我看見旁邊扔著已經空了的小瓶子，裡頭傳來些許藥物的味道，應該是摔倒王子自己攜帶的恢復藥品。

氣氛頓時冷到很尷尬。

「呃，我……」

「閉嘴。」心情非常不好的摔倒王子顯然完全不想聽我說話，我一開口就叫我閉嘴。

早知道就先掐死他。

默默地後悔自己救人還被白眼……好吧，他也有救我就算扯平了。我把身體轉過去另外一邊，很不想再面對白眼了。看著影子飄動的山壁，光影村的術法似乎還暫時維持著沒有中斷；我一邊拉過自己的小背包，裡面還有點水和零食，應該可以稍微撐一下。

這樣想著時，身後突然有個熱熱的東西飛過來，接著直接砸在我後腦上。

差點沒被那東西燙破腦袋，我叫了一聲馬上轉回去，看見的是已經烤到有點咖啡色、正冒著熱騰騰煙氣和香味的麵餅滾在地上。

「過來吃飽。」用樹枝敲了敲火堆旁的地板，摔倒王子只給了我四個字。

如果可以的話我真希望你可以用別種方式叫我吃，我會很感動的！

不過話說回來，我還是應該感謝他不是拿石頭丟我……要知道重柳還拿過堅硬的瓶子差點砸得我顱內出血。

這樣一想，區區一個烤餅算不了什麼了。

移動到火堆邊，我接過摔倒王子用樹枝戳過來的熱餅，某種很像酒類淡淡的香氣挾著麵團香味鑽進嗅覺裡，讓我精神振作了起來。

「這個好吃。」咬了一口熱餅，我發現除了香氣，還烤得餅酥酥的恰到好處，內裡還有一些小果實，不知道是葡萄乾還是什麼，一秒超越五色雞頭的焦餅。

沒想到摔倒王子還留一手。

我還以爲他什麼都不會做，眞是失敬失敬。

看了我一眼，摔倒王子咕噥了一句：「不准說出去。」

「咦？」有點驚訝地看著他，對方做出抹脖子的動作，我自動再把視線轉回來。他很明顯就是在警告我不准把他做東西的事情說出去，不然明年的今天很有可能就是祭拜我的時間。

是說這有什麼好不能說的嗎？

然和伊多他們也很會做吃的啊。

頂多就是被知道後變成會煮東西的摔倒王子而已吧，這樣有什麼好怕人知道的？該不會他怕別人要他煮飯？還眞是懶惰啊，我想阿斯利安他們應該不至於押著他去輪大廚的位置吧。

不過話說回來，這個眞的好好吃，因爲太好吃了，以致我一口氣吞掉三個，把肚子撐得飽飽的還打了個嗝。

撥弄著火堆，其實並沒有吃很多的摔倒王子若有所思地看著火焰，火光照著他還有點蒼白的面孔，不曉得在想些什麼。過了有段時間才拋了個水壺給我還外加一句：「等等上路。」

我差點沒被水給嗆到。

你是要去哪邊上路啊！

別說得很像吃飽飯要把人送上路好嗎！

「你知道這裡是哪邊了嗎？」看他講得好像很有把握的樣子，我連忙追問。基本上我醒來之後只看見魔使者和詭異的樹林，根本沒個頭緒，但隱約知道這裡應該住著妖魔，只是不知道住在哪，不然那時候學長應該不會那樣告訴我。

我不知道該怎樣和他們交涉，也不認為摔倒王子會好好和人家交涉，他搞不好看到魔使者或妖魔的那瞬間就放火炸他們，接著對方憤怒，直接秒掉我們，這樣就可以完結篇了。

「妖魔地。」摔倒王子簡潔有力地回我這三個字。

我該慶幸還好他沒對我說不知道嗎？

「那我們要去哪裡？」

摔倒王子看了我一眼，表情好像是看白痴一樣沒有說什麼，逕自站起身把東西收拾收拾，接著把那一小堆火滅掉才開口：「離開。」

聽他講我真的會吐血。

※

晚上八點的時間。

我記得我們踏入沉默森林時很晚了，但是現在看起來，在我昏睡時應該已不知不覺過了一天的時間。

然而讓我訝異的不是這種時間差的小事，而是外頭的天色仍是大亮的，與我剛到妖魔地時一樣……天色幾乎沒有太多變化，好像被刻意維持著。

有著人臉的樹在我們出洞穴後突然一陣騷動，樹皮上的面孔全轉向我們，瞬間幾十幾百張怪異的面孔猙獰地看著我們，一大堆空洞的眼睛讓我寒毛全都豎了起來。

我這才想到我忘記讓老頭公和米納斯先幫我們做下結界了。

「哼，幻象。」完全不將樹臉放在眼裡，摔倒王子抬起手，然後輕輕移動了幾公分。

瞬間巨大的轟然聲響從地底蔓延開來，接著從樹群中凶狠地爆炸開來，那些樹臉根本沒來得及反應，整個被炸到四碎。

連忙抱住自己的頭，在火焰和碎木片飛向我們這邊卻也同時彈開後，我才知道摔倒王子不知道什麼時候已經在我們身邊設下保護陣，劇烈的爆炸完全影響不到我們分毫，四周大火熊熊燃燒著，一陣怪異的呻吟聲從那些殘枝中不斷發出。

在我想著他放火燒人家家裡我們會完蛋的同時，那些熊熊烈焰突然逆向漩渦狀地扭曲了起來，似乎有什麼力量在吸引著。

很粗魯地將我往後一推，站在前面的摔倒王子一彈指，四周再度傳來崩裂的聲響。接著那些烈火周圍突地像是玻璃般瞬間崩壞，不管是人面樹、小河，或者是熊熊火焰全部變成了碎片、粉塵，最後完全消失在空氣中。

取而代之的是一整片黑色的森林。

黑色濃密的樹木中挾帶著有點詭異的氣氛，一掃剛剛微亮的天色，看起來就像是隨時有什麼東西會從裡面跑出來一樣。

「沉默森林？」眼熟到不行的森林……不就是我們剛剛來的地方嗎！

「這是魔森林。」摔倒王子白了我一眼。

「咦！」

看著很相似的森林，我有點錯愕。

對喔，這裡是妖魔地……

「滾遠點。」冷冷地看著我，摔倒王子往前走了幾步，然後突然平空拉出一條金色火線，那條線瞬間猛烈燃燒了起來，他反手握住火焰一端，接著用力甩開。

金火瞬間四散開來，消散在空氣中。

在火焰消失之後出現的是把黑中泛出紅光的劍，感覺有點像是西方哪個世紀的貴族用劍，但又和雷多他們的不同。

這是他的幻武兵器？

我突然意識到這是摔倒王子第一次拿出兵器，之前不曾看他使用過，就連在學校對鬼族時也沒見過，他幾乎都只用爆破技能，讓我以爲那就是他個人的攻擊方式……

難道他從來沒有把自己的實力發揮出來？

爲什麼？

「出來。」轉動了手腕，摔倒王子猛然往空氣中揮出一劍，接著瀑布般的狂火挾帶著炙人的熱氣往黑色森林席捲而去。

下一秒，烈焰消失了。

在擊中樹木前完全散去。

空氣中起了漣漪。

剛剛消失的魔使者從那裡走了出來，手上提著已經洗淨的黑刀，站定之後緩緩將刀尖指向我們，透出冰冷濃烈的殺意。

我終於知道五色雞頭不是唯一一個愛找死的人，原來摔倒王子也是。你沒事把魔使者引出來幹嘛啊！我們自己安安靜靜地去找學長不是很好嗎！

已經把斗篷穿回去的魔使者從黑色的布料下看著我們，完全無法知道他下一步打算做什麼……呃、不，或許可以知道，應該就是把我們砍死吧？

左右張望了下，我發現在魔使者左側附近有些和沉默森林裡很像的小石柱，也是散亂著豎立、寸草不生。

難不成那是通往沉默森林的出口嗎？

「不能讓你繼續存在。」發出了類似抹煞的宣言，摔倒王子微微瞇起眼：「已經過去的不應該存在。」

我愣了半晌，不曉得爲什麼摔倒王子會突然迸出這句話。

對摔倒王子的話沒有任何反應，魔使者輕輕動了下黑刀，身後的樹群突然發出我們在沉默森林裡聽見的那種可怕聲音，像是共鳴一樣，那種讓人暈眩的呻吟聲越來越大，幾乎超過我們在沉默森林那時聽到的。

「奇歐妖精的任務是維持秩序與平靜、排除違反法則之物。」

與以往不同，一反平時囂張跋扈的態度，摔倒王子顯露出讓人難以形容的氣勢和真正無法接近的尊高感，幾乎可以壓過魔使者的猛烈殺氣，也頓時讓從魔使者那裡來的壓力減輕不少。

微微壓低了身體，摔倒王子的刀尖竄出黑色火焰，「應該順應你的生命。」說著，他刀上的火散出了不祥的光芒。

連我都看得出來他絕對是用猛烈攻擊，當然不可能看不出來的魔使者高高舉起了黑刀，四周的聲音更響了，接著是晦暗的氣流慢慢往他的刀上聚集迴繞，形成了淡黑色的圈漩。

……

我突然覺得我站得太近了。

原來摔倒王子叫我滾遠點是真的要滾遠點的！

魔使者身上的斗篷開始劇烈掀動，刀上氣流被甩出的同一瞬間，摔倒王子將刀上的黑火插入地面。

霎時，地面震動了起來。

我聽見呼嘯聲，半秒後站在前方的摔倒王子頭也不回地把我用力往後推開。高傲幻武兵器的流光閃過我面前，猛地劈開往我們這邊捲來的黑色漩渦，同時，魔使者四周由地面噴出黑色火炷直接將他吞噬，兩秒後火炷爆開來發出了轟然的巨大聲響，直接將黑風沖散。

那個聲音將我的耳朵震得有好幾秒聽不到任何聲音，強烈的刺痛直接從耳邊鑽到腦袋裡，我按住被衝擊到的部位蹲下身，差點沒發出自己也聽不見的尖叫。

米納斯很快地在四周設下結界，減緩巨大爆炸的影響。

並沒有因爲這樣而停下動作，摔倒王子一翻身，避開從後方砍來的黑刀，不知道怎樣掙脫那個爆炸出現在他後面的魔使者用我們都見過的那種快速側刀劃過了摔倒王子的衣角，削下了一大塊布料。

帶著不屑的表情，摔倒王子拉下了其實已經破損得很嚴重的黑袍外套扔到旁邊，追上了魔使者。

因爲他們的動作快到已經不是人類視覺可以捕捉到的了，我一邊聽著兵器傳來的匡鏘聲響，一邊猛地發現那些石柱邊又多出了一個女人。

而且那個女人的衣著和魔使者有點像，同樣穿著同款式的斗篷，臉部用黑紗遮住、隱約看得出來大約快三十左右的那種成熟姊姊外表年紀，可以辨認的是應該也非人類，因爲她露出髮外的耳朵稍微尖尖的，一邊佩戴著黑石耳環。

魔使者有兩個？

意識到這點後，我馬上知道我們的處境非常危險。

「米納斯。」甩開了幻武兵器，我咬牙直接升級成二檔，怕還來不及發射我和摔倒王子就被剁掉了。

出乎我意料之外，突然出現的那個女人沒有一秒撲上來砍死我們，反而在看見這裡狀況之後錯愕了好幾秒，接著慌張地看向正在纏鬥的那一邊，然後她吹了一個響哨。

打鬥聲乍然停止。

直接放棄砍殺摔倒王子的魔使者跳出戰圈，眨眼站到那女人的身側，但殺氣仍舊不減地看向我們。

那女人讓魔使者往後退出一小段距離，接著轉向我們：「離開這裡，否則唯有死去。」她指著小石柱區域，「快走！」

「本王子不需要任何人的命令。」看著他們，摔倒王子突然一握拳，隨之而來的是那兩人四周的空氣閃出細小光芒，瞬間強烈地爆炸開來。

衝擊將空氣中塡滿了灰煙和熱風，幸好這次米納斯有先見之明已放下結界，所以幾乎沒被影響到。

等到空氣安靜下來之後，那兩人已經不見了。

摔倒王子揮了下劍甩去灰塵，然後那把幻武兵器變成一小團火球直接消失在空氣中。

「可惡。」

他只做下了這樣的結論。

第十話　妖師與妖魔

四周再度安靜下來。

我看著幾乎與沉默森林相同的魔森林，一時半刻無法消化魔使者居然是兩個人這件事……不過話說回來，如果他們是一個族群的話似乎也說得過去。只是魔使者與後來出現的那個女人看起來似乎是不同種族……該怎麼說，那個魔使者外表和我們比較相近，女人則是比較像摔倒王子那種妖精外形。

有哪個種族是長得這麼五門八花多采多姿的！

轉過頭時，我看見摔倒王子非常難得地也在發呆，不知道在想什麼，臉上出現很奇妙的神情，幾秒後他終於注意到我的視線，直接回我一記狠瞪。

吞了下口水，我收起米納斯，然後轉向看著那些小石柱：「要離開嗎？」按照那個女魔使者的意思似乎是要放我們一馬，雖然有點疑惑，但對我們來說應該算是好事。

畢竟我們都見過魔使者的身手，如果繼續打下去，剛恢復沒多久的摔倒王子不一定能贏。

「輪不到你來指使本王子。」冰冷地丟給我這句話，摔倒王子連看也不看那些石柱就往魔森林深處走去，似乎沒有離開這裡去找其他人的意願。

這有點反常，我以爲他會受不了我一秒跑回沉默森林。

不過話說回來，還不知道學長的下落，而他肯定也是掉在這邊，我沒理由先離開，見到人我才能安心。

走了幾步，摔倒王子站在樹林間張望環顧，然後看了我一眼，「不要跟在本王子後面。」

這個人眞煩耶！走在他後面他還怕我捅他嗎？眞是被害妄想過度！

我自動自發地走到他前面，正想說接下來不知道要往哪邊走才會遇到學長時，後頭又傳來讓人很難配合的聲音——

「給我滾開！」

那你到底是要我走哪一邊！

難道你是想要像遠足一樣大家並肩走又不好意思說出來才這樣刁難我嗎！

連看都不看我一眼，摔倒王子掠過我旁邊逕自走掉了。

這還不是要走你後面！

摸摸鼻子，我再度跟了上去，默默地多詛咒兩句摔倒王子快撞樹之類的話，然後同時注意著四周樹林，「阿利學長他們應該很安全吧……」

我想起來最後遇到那個黑嚕嚕的夜妖精哈維恩，雖然算不上是熟人，但他應該不會對阿斯利安他們怎樣吧？

只希望五色雞頭不要白目到讓人不得不對他怎樣！

突然發現安因在我們要出門時的見解眞的是完全正確，說不定把五色雞頭先毒啞對他的生命會好一點……不，或許對所有人的生命都會好很大點。

「至少有七成種族不會想和狩人一族爲敵。」

冷漠的話打斷了我的胡思亂想，我錯愕了半晌後才意識到摔倒王子接了我剛剛的自言自語，而且還有點不自然地加上了大概是想掩飾他突兀發話的後半段：「不過也是爾爾！」

「所以夜妖精有可能不會幫忙嗎？」我看著摔倒王子停頓得很不自然的背影，開始有點擔心色馬他們。

這次沒有回答我的自問，摔倒王子繼續邁開腳步向前走，不過感覺就是沒剛剛那麼從容。

我想他可能多少也有點擔心阿斯利安他們那邊，「是說王子殿下您和阿利學長認識很久了嗎？」其實看樣子也知道他們應該很有交情，只是每次看見摔倒王子時阿斯利安的臉色都不是很好。

我知道他們會搭檔過，但很快就拆夥了，原因好像是因爲摔倒王子太難搞。不過笨蛋如我，也可以感覺到他們似乎一直在爲某件事爭執不休，至於是哪種事外人大概就不會知道了。

不過說眞的，如果摔倒王子和五色雞頭兩個人一定要在其中選一個搭檔的話，我肯定一秒就選五色雞頭。

畢竟他除了給人精神創傷之外，實際傷害是小很多的！

比起整天想幹掉我們的摔倒王子，被精神攻擊還眞的算是小菜一碟。

略略瞥了我一眼，摔倒王子又冷哼了聲，似乎沒打算回答我的問題。

不意外他會這樣，我也沒奢望他眞的會乖乖回答我的疑問，如果眞的回了我搞不好還會被嚇到。

又走了幾步，前面才再度傳來聲音：「低賤的種族不要沒事纏著狩人不放！」

他的語氣很差，看來他對阿斯利安隨隨便便都可以和人相處得很好這件事不爽很久了。

其實我覺得阿斯利安這次在旅行中除了引領我們之外，也對摔倒王子好很多，不過氣氛總是很僵。

我不清楚那是因爲同伴所以必須要接納的關係還是……？

摔倒王子的腳步乍然停止。

有那麼一秒我還以爲是因爲我太囉嗦了，所以他決定轉頭先把我種在這裡自己離開，很快地我就知道不是。

越過摔倒王子的旁邊，我看見的是很熟悉的景色。

在魔森林外，我看見了柳樹和流水，甚至可以看見那一小叢樹林和隱隱約約的小房屋……

這不就是之前魔使者洗摔倒王子的地方嗎！

我們繞了一圈鬼打牆走回來了！

不對啊，我記得這應該是幻象，而且不是剛剛被摔倒王子破壞掉了嗎？爲什麼沒走多久會又繞出來這種地方？

如同剛剛的情景重演，我們看見了魔使者出現在魔森林與幻象的交界處。

他身後走出剛剛那個打扮穿著很類似的女性魔使者，對方已不如先前那麼和善，與魔使者一樣打從骨子裡透出濃烈殺意。

「我已警告你們離開了。」她說，然後緩緩從腰後抽出銀亮彎刀：「不離開只有死去。」

這次並沒有抽出兵器，摔倒王子用一種極爲古怪的表情打量著那個女人，完全不把旁邊的魔使者放在眼裡，那打量的眼神露骨到連我都可以看得出來。

「這是你們最後的機會，離開或否。」刀尖直指我們，女人壓低了聲音脅迫著我們往石柱的方向退離。

收回打量的目光，這次摔倒王子換上一樣冰冷的神色，然後他開口，同樣是低溫到讓人可以保鮮的語言、甚至帶有一點點憤怒的意味：「妳還不夠格左右本王子的去向，蒂妮娜·西絲卡！」

有那麼一瞬間，女人愣住了。

但她旁邊的魔使者並沒有愣住，就在摔倒王子認出那女人的同時，原本站在前面的黑影瞬間消失，再度出現時已站在摔倒王子身邊，以猝不及防的速度重重把摔倒王子給撞了出去——

飛出去的奇歐妖精準確無誤地撞在樹幹上，而且還是正面直擊的那種擁抱撞法，巨大的力量讓我覺得搞不好那棵樹上都可以撞出人形了。

說眞的那一秒我差點笑出來。

我的詛咒居然應驗了！

我的歡樂並沒有持續很久。

「停手！」

女人連忙喊住還想進一步攻擊的魔使者，她只露出一半的臉上充滿了疑惑、驚訝與錯愕，似乎對於摔倒王子喊出的那個名字感覺到困惑，但又訝異於摔倒王子出現在這邊的樣子。

蒂妮娜．西絲卡，我知道這個名字。

當初挖出保險箱之後，證實了這是她的隊伍埋下的，但他們之後全部失蹤了，毫無音訊，連公會都沒有這批人的消息。

在這個時候的這個地點，摔倒王子重新喊出這個名字。

我想他剛剛突然的古怪恐怕也是認出這名女性而有的反應，估計連摔倒王子自己都無法解釋，爲什麼消失的旅團成員之一會出現在妖魔地裡。

黏在樹上的摔倒王子極度憤怒地把自己拔出來，一臉想把那個魔使者擰死再擰死、擰到他連靈魂都變成麻花捲不能超生的凶狠表情。

說實話，我懂他的心情，眞的。

因爲不久之前我才差點被不知人類疾苦的水妖精永遠地刻下妖師黏樹圖，幸好沒有就是，否則我肯定和他沒完沒了。

背著我抹了下臉，摔倒王子重新轉回來，忿忿地瞪著那個女性使者：「脫離奇歐妖精之後妳連本王子都不認識了嗎？」

他的語氣有點凶狠，可能是連剛剛撞樹的怨恨一併加進去了整個火爆到不行。聽見話語的女性使者愣了下，臉上出現了不知所措的神情。

看她的樣子應該認識摔倒王子，但奇怪的是她表現出來的樣子又像對摔倒王子很陌生……我記得她曾待過王家，應該不可能認不出摔倒王子才對。

似乎也注意到這點的摔倒王子沒有繼續講話，兩邊都帶著狐疑的表情審視著對方。

停下手的魔使者站在旁邊，單手緊緊握住黑刀，像是在等待命令、隨時可以再發動攻擊，又像是不懂我們這邊在上演哪一齣，正在判斷著莫名的情勢。

「我們想談一下。」想起來學長的交代，在眾人皆沉默後，我抓緊時間硬著頭皮開口，接著所有視線全部轉向我這邊，連那個魔使者也是。

……他應該不會突然撲上來砍我吧？

「閉嘴。」摔倒王子狠瞪了我一眼，似乎是不要我多話。

如果可以我也不想多話啊，你以爲我很喜歡嗎！

但是比起摔倒王子，我比較想在學長身上賭一把，至少學長說的話應該不會有錯……應該吧。

「我是白陵一支的妖師。」這句是然教我的，他說如果有萬一須要報出名號，要說自己是白陵支的，後來我問他才知道現在倖存的妖師好像還有幾個姓氏分家，但白陵姓是本支主家，雖然不知道有什麼特別的差異，但應該不會有大問題才對，畢竟然他們不會害我。

摔倒王子噴了一聲。

這句話果然引起那個女人的注意，「妖師？」她瞇起眼睛，用一種很懷疑的表情打量我，臉上寫滿質疑和不相信，「這個普通人？」

……路人甲就不可以當妖師嗎！沒禮貌！

她還沒開口，一個振翅聲突然在我們頭上傳來，接著上方的空氣中劃出小小的圈漩，紅色單眼、像是烏鴉的黑色鳥類就從那裡飛出來，立時降落停在魔使者的肩膀上吸引眾人的目光。

單眼烏鴉的紅眼睛骨碌碌地轉動了下，看了我和摔倒王子，暗灰色的嘴巴發出幾個聲音，接下來出現的是連我們都可以聽得懂的清晰人話：「自稱妖師的人類，你進到妖魔地想要些什麼？」粗嘎難分性別的聲音很刺耳，瞬間讓我想到那些樹的聲音，讓我不禁顫動了下。

「交涉。」學長應該是這樣告訴我的沒錯，「想交涉。」

似乎沒預料到我會這樣說的摔倒王子用種見鬼的表情看我。

嘎嘎地發出了怪異的笑聲，那隻單眼烏鴉掀了掀翅膀，然後轉頭看著旁邊的女人：「帶他們過來。」

說完，烏鴉振翅離開魔使者的肩膀，就像剛來時一樣再度消失在空氣中。

烏鴉離開同時，魔使者收起黑刀，刺人的殺意跟著消散，然後他轉身消失在我們的視線之中——

他眞的給我一種很眼熟的感覺。

而這種感覺讓我有點害怕。

「跟我來吧。」在烏鴉出現後一反剛剛的態度，女性的魔使者揮了下手，四周幻象再被解除，恢復成我們先前看見的黑森林模樣，空氣有點沉重，讓人感受到那種略帶沉寂的壓力。

森林中，我再次看見先離開的魔使者。

那隻烏鴉飛在他的上方，嘎嘎的怪異聲音迴盪在毫無生機的樹林之中。

而我們跟在後頭行走。

地上開始出現石砌的小路。

走了幾分鐘之後，出現在地面的平坦白色石板彎彎曲曲地修出一條像是穿過森林的小徑，不曉得是什麼材質做成的小路散發著淡淡引路光芒，非常不像是妖魔地會使用的東西，倒像是哪種種族或部落在說歡迎光臨。

話說回來，剛剛我和摔倒王子走了一下也沒看見有這條路，看來我們的行動一直在對方掌握之中。

走在前面的摔倒王子連看也沒有回頭看我一眼，不知道是自己有打算還是想要等等把我種掉，總之他安靜異常，這反而讓我開始覺得有點恐怖了。

最前面的魔使者離我們很遠，但可以注意到他應該一直都有在警戒我們，如果出問題肯定會第一個衝過來把我們變屍體。

一邊亂七八糟地想事情，一邊又想到目前下落不明的學長。

既然我們在森林中的行蹤對方都曉得，不知道他們是不是已經找到學長了……還有所謂的魔使者還有幾個？

如果有很多個就糟糕了，因爲一個就幾乎可以把我們都打死，要是很多個就直接自己自殺會快一點。

白色的小路大約走了幾分鐘，樹林便逐漸變得稀疏，取而代之的是更多白色石刻形成的各種雕飾和最終的建築。

意外的是，不知是否錯覺，我看到的最終白色建築好像是個叫花園教堂之類的東西。

這裡是妖魔地吧？

優雅小教堂外種滿了白色小花、綠色的小植物，有著不知道是蝴蝶還是什麼鬼的昆蟲圍繞著花叢飛舞；另外還有座相當大的花園亭子，遠遠看見有兩個人影一左一右分別坐在亭子的兩側，只是亭子裝有紗簾看不太清楚他們的模樣。中間的白色小台子上有著疑似點心茶水用具的東西。

這裡應該眞的是妖魔地吧？

哪家的妖魔過得這麼神聖滋潤！

這根本是犯規吧！

走在前面的摔倒王子也停下腳步，我還看到他偷偷抹了下眼睛，眞的以爲自己又看見幻象了。

但是說眞的，我也懷疑這裡就像柳樹小屋一樣是假象。

因爲太不眞實了，這種東西根本不應該出現在妖魔地吧！我覺得這應該出現在正常世界才對……不不，我不是說這邊不正常，但是這邊放上這種東西就是完全的不正常……眞的是亂七八糟……

震驚過後，我看見魔使者和女人已經在一邊的小噴水池站定，噴水池中間還有個邱比特雕像……不對，邱比特應該沒有顏面扭曲吧……？

仔細看過那個顏面猙獰還拿著狼牙棒的邱比特之後，我突然覺得這裡應該是妖魔地了，尤其是水池在十秒後開始噴出血水更讓我如此確定。

我被唬了！

血水池發出啵啵的幾個水泡聲之後，一條食人魚在裡面悠悠哉哉地游過去。

這個想僞裝成和平但又根本不和平的地方到底是怎麼回事啊！

黑色的烏鴉從我頭頂掠過去，接著飛入了小亭子裡，停在其中一人身上。那道影子從桌上拿了一串東西餵給烏鴉，但是看不清楚是什麼，隱約好像是一串還滴著液體……算了，我不太想知道牠在吃什麼。

「喔──？沒想到實際看到的妖師比剛剛看見的還要小。」其中一人開了口，混雜著奇怪音調的是女人的聲音，慵慵懶懶的，不太高也不太低，沒什麼特別情感的語氣，但隱約給人一種挑釁的感覺。

「難道你認爲妖魔會用勸世的慈悲語氣坐下來和你喝茶聊天順便談佛講經嗎？」這是她第二句話。

說眞的，光看這裡的建築我還眞有點這樣認爲……只要不看顏面神經有問題的邱比特和他的血池，眞的會讓人有這種感覺……

……

……

等等！

我剛剛應該沒有講話吧！

「我需要你說話嗎？」

猛然抬起頭之後，我看見女性魔使者畢恭畢敬地拉開了小亭子的白紗，然後用細繩子固定在兩邊。

裡面人出現的那瞬間，摔倒王子推了我一把，整個人擋到我前面做出警戒動作。

對他的動作有反應，魔使者也抽出黑刀。

「退開。」輕輕斥走了魔使者，說話的人動了下手，單眼的烏鴉嘎嘎幾聲後從裡面竄出飛離，途中還滴了幾滴像是血的東西下來，更讓我不想知道牠剛剛到底都吃啥了。

簾子揭開後，我看見的是個白皙皮膚的女人。

幾乎白到有點透明的膚色裡隱隱約約透出點藍，深藍色的長髮隨隨便便地散在後面鋪著大毛皮的坐椅上，美到妖異的臉上塗著同樣藍色的口紅，黑色的細長眼睛直直盯著我們這邊；身上的穿著非常暴露，讓我一秒就把視線轉開的打扮幾乎就只有用薄紗遮住重要的三點。

雖說轉開，不過我還是有瞥到她的身上有些細小的鱗片，以及刺青圖騰。

一轉頭就看見坐在她旁邊的是個很粗獷的男人，與女性相反的深褐色皮膚，赤紅色的頭髮亂七八糟地紮著，長滿一大堆肌肉的上身幾乎也是赤裸的有著一些黑鱗片、圖騰和不明的赤黑色鬃毛。

兩個人的下半身都不是腳，而是尾巴。

有著黑紅色鱗片的長尾似乎是龍，銀藍色鱗片的則像是蛇，交纏的最末端完全連在一起發出詭異的光澤。

我曾看過的瑜縭也是類似的形體。

但我沒見過兩條綁在一起的。

「那個瑜縭也是妖魔嗎？」從頭到尾興致勃勃地自己讀取我的思考完全不打招呼、還理所當然的蛇尾女人用著懶懶的語氣這樣問著，「與我們一樣的嗎？」

「不、不是……」因爲感覺不到他們的惡意，我莫名反射性回答了，「他是村守神……」

想再進一步解釋瑜縭時，前面的摔倒王子回頭瞪了我一眼，瞪掉我正想講的話，明顯對於

我開口回答妖魔的話感到很不悅。

斜著眼睛看著摔倒王子，蛇尾女人舒舒服服地往身後皮草座位一靠，接過了女性魔使者遞來的杯子，「喔？奇歐妖精，真是有意思，沉默森林裡啥時有奇歐妖精了？看樣子還是個王族……不過你最好收起你想殺我們的想法，不然你可是會成爲飼料的喔。」

她勾起帶有某種意味的笑，看了我一眼，補上這句：「食人魚的飼料。」

我連忙抓住摔倒王子的手，很怕他對眼前不知身分的妖魔和魔使者出手，這樣我們就真的死定了。後者完全不領情，一把就把我的手給甩開。

「妖魔可是很容易被挑釁的。」發出幾個笑聲，似乎完全不把摔倒王子放在眼裡的妖魔挑著眉，一臉很歡迎對方去攻擊她的表情，只差沒有明顯到寫出「打我打我」這幾個字。

我打賭她正在等人動手，好有理由也跟著動手掀掉他們的住處外加掃除敵人……不知道爲什麼就是會有這樣的感覺。

從頭到尾一旁的魔使者都在戒備著我們。

但不知道該怎麼說，他們雖然長得很怪異，卻沒有很直接給我「這就是妖魔」的強烈感覺，勉強說還比較像是怪異種族在這邊下午茶而已；而且扣掉噴血池，他們背景那座溫馨小教堂怎樣看怎樣不搭。

妖魔的背景不是應該充滿了血腥跟尖叫嗎！

「最近我們迷上園藝和造景，不過如果你要慘叫娛樂我們也是可以的，已經很久沒有這種娛樂了，聽聽也不壞。」女性的妖魔這樣邪異笑著，讓我馬上往後退開好幾步。

很快地我就發現我也不能退太遠，因爲魔使者已經把刀拔出來了，如果我再退可能眞的會尖叫——被他一邊殺一邊叫。

「你們到底是什麼鬼東西！」發出極度不善的話語，摔倒王子盯著眼前的兩個妖魔，從我的方向看來看見他的身體異常緊繃，似乎除了警戒之外還相當……緊張？

他在緊張？

從剛剛開始我只以爲他厭惡這邊的東西到最高點，但是沒想到他其實是在緊張？

對了，這裡有兩個魔使者還有妖魔，他不可能不緊張的，只是他沒有表現出來，讓我以爲他還游刃有餘。

「不用緊張，沒見過妖魔嗎？」衝著摔倒王子拋出媚眼，蛇尾女人又吃吃笑了起來，擺明就是不將對方當作威脅、而是小玩物。

因爲站在後面，所以我看不到摔倒王子的表情，只能看他捏了捏拳頭，似乎眞的想撲上去先攻擊再說。

相較於樂在其中的同伴，蛇尾另一邊的男人用完全不帶感情的冰冷眼神看著我們：「妖師，你想交涉？」

重點來了。

我往前踏了一步。

站在前面的摔倒王子突然一把拉住我，不讓我靠那座亭子太近。

「我是白陵一支的妖師，我要求與你們交涉。」費了很大的勁我才稍微把莫名的害怕給壓下來，天知道這兩個妖魔一直隱約給人一種怪異的壓力，往前靠近之後壓迫感一直傳來，現在我有點感謝摔倒王子拉住我，不然自己後退的話場面就難看了。

亭子裡的兩個妖魔交換了一眼。

「你想交涉什麼？」帶著有興趣的笑容，女妖支著下頷，閒適地看著我，像是在等我說出什麼讓她覺得好玩的事情。

「我要找一個和我們一樣掉到這裡來的人，他是個半精靈，還有保證讓我們安全離開。」沒有絲毫考慮，直接提出來的就是這兩個條件。

男人挑起眉。

「就這樣？」女妖突然笑了，似乎有點失望，看來她好像本來期待我會講出什麼讓她打發時間的事情，「我們兩個的臉上寫著吃飽太閒嗎？這種條件你居然敢提出來交涉！」她語氣直直轉下，蘊含不滿與拒絕。

你們兩個明明看起來就是很閒……糟糕！

女人又笑了一聲，這次聲音有點尖銳了，顯然完全知道我在想什麼。

……我真恨這個世界的人無時無刻忽視人權逕自腦入侵。

「妖師留下來，另一個人轟走。」男人給了個超級簡單的答案，幾乎在同時魔使者馬上就有動作，像是期待很久的野獸撲向獵物一般，黑刀的光影就在我面前晃過。

不過摔倒王子這次已經有準備，他按住我的肩膀拉著我一起避開魔使者的攻擊，接著揮動手，爆炸瞬間將對方帶開了一段距離。

我看見那個女性的魔使者臉上露出了不知所措的表情。

她似乎想上前攻擊，但不知為何又不敢出手。

「住手！」我連忙喊住他們，然後硬是擠出另一件我剛剛才想起來的事：「還有一個、我想知道夜妖精在騷動什麼！」

話一說完，魔使者往後一翻，停手了。

我看見女妖魔挑起眉，露出愉快的表情，證明我這次提出的正中她的興趣。

說眞的，我不清楚妖師在妖魔的世界中扮演著怎樣的角色。

原世界中沒有人知道這個名稱。

守世界中則被當作黑暗的罪惡，眾多人殺之後快的名字。

但我不曉得在其他世界中妖師會是怎樣的角色，所以我也無法理解爲什麼學長會要我與他們交涉。

這樣說起來，仔細一想被追殺好像也是在這個世界的事情，像安因、洛安他們那邊似乎沒有這種動作。

「這就是你要交涉的所有條件嗎？」女人用一種讓我一聽就覺得非常不妙的語氣問著。

「應該是……吧？」這是眞的問句，因爲我完全不曉得有什麼可以換的。

「你不清楚妖師本身的價値，用了如此簡單的問題來向我們交涉。」竊笑了幾聲，逕自判斷出這種狀況的妖魔肯定地說著：「聽起來像是我們穩賺不賠的生意，這樣好了，看在妖師一族的面子上，我們這方也不太過分了，如何？」

我還能如何，主控權是在我手上嗎妳說！

瞪著女妖魔，我知道她曉得我在想什麼……你們這些沒人權的入侵愛好者！

「我可不是人，不用去了解人權是啥玩意。」女妖魔愉快地這麼說，然後哈哈笑了幾聲。

「你們想交涉什麼條件！」中斷女人笑聲的摔倒王子看了我一眼，不知道是在責怪還是對我這種有勇無謀的行動不屑，總之他問出我忽略的事，我也才想起來從剛剛說要交涉開始到現在，對方都只問我要交涉什麼，卻沒有提出他們那方的條件。

要是他說要我拿命來換怎麼辦！

我意識到嚴重性了。

「奇歐妖精的王族要代表妖師和我們交涉嗎？」這樣說著，女妖魔卻是看著我。

「對……沒錯，我請王子殿下代爲交涉。」被摔倒王子瞪到頭皮發麻，我連忙補上這句：「所以相對地你們也必須保障他的安全，不可以再對他動手。」

「如果他是你的交涉代表，那是當然。」女妖魔又發出那種讓人很不安的笑聲：「爲了表示我們的誠意，順便提供個住所給你們吧，找到你所謂的半精靈、還有所有交涉條件都滿足之後，你們才可以離開。」

她這句已是變相地要把我們囚禁在這邊了，但是我想我們沒得選擇。

「可以，但是在找到我們的人之後，你們提出的條件必須在七日之內可以完全解決，不能拖延我們的腳步。」也注意到這點的摔倒王子回給對方這句。

「嘖……眞不能吃虧，好吧，如果是妖師的話應該不用七日，我可以保證你們和那個不見的半精靈能夠在交涉完畢之後順利離開我們的住所，但是相對地，你們不能對外透露我們的事情，讓別人來打擾我們的安寧。」

「可以。」

摔倒王子同意了，「希望妖魔可以信守承諾，你們了解妖師一族有怎樣的力量。」說著，他又看了我一下。

這下可好了，我還眞不知道要怎樣善加發揮我自己的力量。

除了帶衰之外好像也沒有特別強力的力量。

不過我可以詛咒他們帶衰，這樣想想應該也夠用了？

好吧，如果不能講的話我就詛咒他們走路跌倒吃飯噎到之類的。雖然不知道妖魔吃飯走路是怎樣的，但我起碼可以詛咒他們生活一路衰，這點我過去十幾年的人生非常有經驗，知道要從哪邊下手。

「這可眞是可怕的威脅。」女妖魔對我挑起眉，「放心，我們只要妖師幫一個小忙，絕對不會違反交涉承諾，現在你們可以下去休息了。」

說著，她擺了下手，旁邊的魔使者迎了上來，像是要領路。

「等等，可以請她嗎？」我指著那個女性的魔使者。

「你們想知道這個奇歐妖精的來歷是嗎？」完全知道我和摔倒王子在想什麼的女妖魔看了她的同伴一眼，這樣說道：「兩個都去吧。」

女性的魔使者猶豫地看著妖魔，最後點了下頭，走到我們這邊。

「客人如果問話直接說就可以了，不必隱瞞。」微微瞇起眼，女妖魔似乎有休息的打算。

女人再度點頭。

我知道摔倒王子應該會追問她，但是……

轉過頭看著另一個魔使者，自從他把斗篷掀開過後，我對他的熟悉感眞的越來越重。

他眞的很眼熟。

因爲之前有千冬歲和其他兄弟檔長得很像的前例，我開始有點害怕這個人說不定是我認識的誰的家人之類的。但就我記憶中，我應該沒有認識誰家有個魔使者才對啊？

「認識？」坐在旁邊的男性妖魔突然開口。

「不、應該不認識。」要是認識他應該不會抄刀就砍我們。可是那個熟悉感到底……？

「那就去休息吧。」

妖魔揮了揮手，懶洋洋地說著。

盯著眼前兩人，我有點怕怕地問：「那個，方便問一下怎麼稱呼你們？」總不能真的對他們一直叫妖魔吧？

笑了下，女人指指自己，「水妖魔。」接著指著隔壁的同伴，「火妖魔。」

算了，當我沒問過。

我真是腦袋壞去才會想問他們。

第十一話　破碎的記憶

妖魔地看見的東西出乎我意料。

跟著那兩個魔使者走進去優雅到有點詭異的白色建築，我頻頻回頭又看了幾次小亭子，那兩個妖魔不知在講什麼，接著女的直接往男的臉上打了一拳……

我默默把頭轉回來。

就和外面看見的一樣，裡面也全都使用白色石子鋪成，小教堂裡有些雕刻，但不是什麼神話題材，仔細一看猛然是惡鬼殺人圖之類的，還有十八連環故事記載，因爲剛剛才看過扭曲的邱比特，所以現在都不知道這種圖出現在這裡算不算突兀了。

「你在幹什麼！」冰冷的斥喝聲從前面傳來，我才發現原來我停下腳步在看那些神祕的鬼殺人壁畫。

說眞的，先不管壁畫上怪異圖的內容，其實我覺得做得還算不錯，我想雷多他們應該會對這類東西很有興趣……畢竟連五色雞頭那顆鬼頭都愛了，應該也葷素不忌了吧。

「這個可以拍嗎？」轉到手機裡的照相功能，我巴巴地看著那個同樣停下腳步看我的女性使者，後者的表情有點微妙，但是點了頭。

假裝沒有看見摔倒王子想擰死我的表情，我連忙抓緊時間朝壁畫拍了幾張照，因爲範圍滿大的，所以只能意思性拍幾張，無法全部收入。稍微看了下，不知道爲什麼我總覺得這些壁畫好像在說某些故事，但我對這類東西實在沒有研究，雖然在課本上看過很多，但大多時候都是別人解釋給我聽的，這些實在不是我的專門。

等到可以通訊時再傳給雅多好了，雅多應該會更喜歡這類東西。

一想到之前雷多他們說要送雅多禮物就選繪本，那才是不久之前的事，現在我人都在妖魔地裡了，不曉得能不能順利完成這次任務……不，眼下是不知道能不能先找到學長和其他人會合。

這些都讓我不安。

「你拍完了沒！」帶著隱約憤怒又沒好氣的聲音從我頭頂傳來，一轉過去我看見的是目前唯一剩下、勉勉強強可以當作同伴的摔倒王子。

「呃……可以了。」我猜如果說還想再拍一下，他應該會在那瞬間打爆我的頭。

依依不捨地看著一大片壁畫，只好想著如果可以自由活動的話再過來徹底拍完，便跟上了其他人的腳步。

從外面看教堂感覺規模不大，但走進來後……這個與外表不符的見鬼範圍到底是怎樣！

估算了下時間，我們起碼在走廊上走了快十分鐘，四周景色沒什麼變化，都是那種騙人的溫馨景色，連庭院造景都美好到該死。

那兩個水火妖魔到底在想什麼！

大約又走了五分鐘，終於在轉過走廊後看見整排白色門扉，間隔整齊一致，上面也有著精緻到嚇人的雕花；每扇門上面的圖案都不太一樣，似乎代表著不同的意思。

「這裡是收納不同物體之間，請不要亂闖。」邊這樣告訴我們，女人走到一扇上面什麼也沒有、只有簡單花紋的門前輕輕推開門扉。

一開始我以為可能會看見表裡不一的東西，但是門打開後，裡面卻出乎意料很普通。完全沒有任何生活用品的偌大室內只有一張床和一張小圓桌，都是木製的有小小雕花裝飾，與其說是專程配置，我覺得搞不好是隨便撿回來當觀賞家具的，以免房間太空難看。

畢竟想來想去我都不認為這種地方會真的有客人來用這些東西，很有可能只是湊和湊和。

話說回來，既然沒有人來幹嘛還要有客房啊！

「短暫時間內，請兩位用這間房間。」走到床邊拉開牆壁，女人從牆內翻出另一張簡易床，上面的鋪蓋也很完備，就是不知道多久沒用過了。

一聽到要共用房間，摔倒王子的臉都皺起來了，不過幸好對於這件事他沒有開口說什麼，要是他開口要求我去住廁所，我還真不知道應該怎麼辦。

不知道可不可以用妖師之力先祈禱不要住廁所……

「那我們先去準備些水與食物，請兩位不要任意走出這個房間。」這樣告知我們，似乎要先完成手上事情才有空的女人領著男性魔使者暫時先退出房間外，接著很快就消失在走廊另外一端。

我看看空空的走廊，又回頭看著一臉大便的摔倒王子，只好尷尬地笑兩聲。

「關門。」只丟給我這兩個字，沒打算和我禮尚往來的摔倒王子口氣很冷，冷到幾乎對我有敵意了。

看來他眞的很不爽和我住這件事。

「喔。」

摸摸鼻子，我轉身過去把門小心翼翼地關上。

這裡的空氣實在太過異常。

我一直覺得妖魔那種東西住的地方應該要很可怕，不然也要很震撼，像先前耶呂鬼王他們那種一踏進去就是很恐怖的氣氛才對。結果現在看見的是小花小庭園還有白色的小教堂，讓我覺得好像什麼地方不對勁，突兀得莫名其妙，但要糾正妖魔去住恐怖的地方好像又很奇怪……不過眞的完全不搭啊！

哪有妖魔住這種退休老人般的住所啊！

「你……」

摔倒王子的話才剛出一個字，我突然看見剛剛關起來的門在我眼前放大，接著砰地一聲直接正面打歪我的臉。

劇痛傳來同時我也看到那個該死的魔使者踹門的鞋底和他端著一盆不知道是啥鬼的站在外面。

你是不會輕輕開門嗎！

痛到差點眼淚都噴了，我摀著臉悲痛地跪倒在地。

那個對踹到人完全沒感到抱歉的魔使者居然還從我身上跨過去。

腳長了不起啊！

還有，你們拿東西也太快了！

兩個使者在我們面前站定。

很怕又被莫名其妙打到臉，我選了個離他們有點距離的位置坐下來，然後看著旁邊的摔倒王子。

一開始我以為他會直接問那個他認識的女使者話，但過了五分鐘後——

室內還是一片沉靜。

有沒有搞錯！不是你要問嗎！

完全沒有開口打算的摔倒王子居然還喝起茶來，也不怕對方有沒有下毒，搞得旁邊兩個站直直的使者好像是他的僕人一樣從容。

「請問妳眞的是……那位……」我瞄了眼摔倒王子，他連理都沒有理我，算了、反正他沒叫我閉嘴應該就是可以問下去，「蒂妮娜．西絲卡？」

「是的。」女性使者很快回答我：「蒂妮娜．西絲卡，或者蒂絲。」

「所以妳眞的是不見的那個冒險團裡的奇歐妖精？」繼續往摔倒王子那邊盯，他一臉漠不關心的表情，甚至視線都沒放在我們這邊，但不知爲何我就是覺得他有在聽。

蒂絲頓了下，表情有點迷茫，像是對於我的問句感到疑惑，好半晌才慢吞吞地回答我的問句：「我想、應該是的。很抱歉，我只有印象我的確曾是某個旅團的一員，但實際上是哪個我無法告訴你，因爲我並沒有那些記憶。」

「咦？」瞠大眼睛看著她，我眞的訝異了，「妳……」

「也許很難讓你明白，但我們身爲妖魔使者的，已經喪失了大半原有的記憶。」抿了抿唇，雖然還有些遲疑，但蒂絲轉向摔倒王子，「雖然已經遺忘許多事情，不過我還是能記起您的，奇歐一族的王子殿下。」說完，她畢恭畢敬地向摔倒王子行了大禮。

摔倒王子揮了下手，示意她不用。

退開一步，蒂絲垂下了頭，「眞的……非常抱歉，我已經無法回到奇歐一族了。」

「誰下的手？」摔倒王子偏過頭，沒有像我一樣向她確定身分，而是直接開口問出連我也不知什麼意思的話。

蒂絲搖搖頭，「我醒來時，是兩位妖魔大人將我帶到這裡，讓我幫忙處理一些事務，關於旅團中所發生的事我已經毫無記憶。水妖魔大人告訴我，在我清醒之前我已經沉睡半年有餘，因爲我受了非常嚴重的傷，除了身體之外、靈魂也受創，他們只能讓我再生到目前這樣子。」

「其他人呢？」

「全部都變成肉塊了喔。」回答摔倒王子的不是蒂絲，而是另一個女人的聲音。

那隻引路的黑色烏鴉從什麼都沒有的空氣中穿透出來，降落在魔使者身上，黑色的嘴巴張開後嘎嘎地笑了幾聲，完全就是水妖魔的聲音。現在可以確定的是這烏鴉應該是妖魔的傳話用具，那時候在樹林裡和我們對話的也是他們。

「妳的意思是說旅團的人全死光了嗎？」雖然已經知道是失蹤，但聽到這麼驚人的消息，我還是整個人顫了一下。

「那個女奇歐妖精，我們撿到時手和腳是被扯斷的，至於旁邊那些像是被野獸撕爛一樣的肉塊如果原本是她的同伴的話，勸你們可以不用找了。」嘿嘿地笑了好幾聲，烏鴉傳來的聲音似乎相當愉悅，「可真是讓人興奮的味道，混合死前的恐懼和憤怒，甘甜到讓人想多增加一些的血氣息，對妖魔來說真是最好不過的空氣了。」

我看著蒂絲，她的表情有點木然，在講的事情似乎與她不相關一樣。

「所以本王子問，是誰下的手？」微微瞇起眼，摔倒王子收緊手掌，脆弱的茶杯發出細小的哀號之後硬生生在他手中碎裂成片，然後掉落在地。

「這可不知道……嘻嘻，她是不可能回去了，接受妖魔恩惠的人只能永遠服侍我們，而且喪失一半靈魂的活物已經沒辦法回去你們那些白色時間的道路上。」轉頭看著蒂絲，烏鴉又竊笑了下，「不過妖魔對凶手很有興趣，妖魔可以幫你們一起找凶手，但是凶手必須給妖魔……殘忍和血腥太吸引我們了，是最好的食物。」

「不須要你們這種東西插手。」摔倒王子冷冷地回答那隻烏鴉。

烏鴉又嘎嘎地笑了刺耳難聽的幾聲，「隨便你們高興，記得約定就是了。」

沒有搭理那隻還不走的烏鴉，摔倒王子把視線轉回蒂絲身上，「全部記得多少？」他的語氣有點焦躁與不耐煩，根據多日相處的經驗下來，我隱約知道摔倒王子快發火了。這樣很糟糕，因為現在這邊沒有可以制止他的人，打起來絕對很吃虧。

「大家坐下來說比較方便吧？」打斷僵硬的氣氛，我哈哈地說著，一邊無視摔倒王子的冷瞪，邊拉著椅子先過去招呼那兩個站了半天的魔使者。

「本王子不允許有低下身分的人同起同坐！」摔倒王子一整個就是火氣來了。

「反正這幾天不是也和西瑞一起行動吃飯嘛……不要太計較這個了。」陪笑地說著，我看了下那隻烏鴉。

「既然妖師都邀請了，衝著他的面子你們就坐吧。」烏鴉笑了聲，聽從牠命令的魔使者和蒂絲真的就在我拿來的椅子上坐下了。因為房間裡位置不多，我就在床邊落坐，另端的摔倒王子似乎還想罵什麼，不過幸好最後並沒有說出口。

「蒂絲小姐還記得多少關於旅團……或者保險箱之類的事情嗎？」不曉得為什麼，我直覺那個保險箱很有問題，雖然千冬歲他們說過沒找出什麼，但如果真的沒什麼，為什麼要藏在那邊？而且之後旅團也不見了是……？

根據烏鴉的傳話，旅團應該是真的已經遭到不幸了。

是誰殺了他們？

「並不多。」蒂絲微微皺起眉，似乎對於我的問題感到疑惑，卻努力回想著：「在來這裡之後我也試著想要記起更多事情……」

「但已經毀壞的記憶和靈魂沒有辦法修補，她怎麼回想都沒有辦法的。」烏鴉竊笑地說，然後整整羽毛，在魔使者肩膀上窩了下來，「妖魔可不擅長幫毀損的東西復原。」

露出無奈的淡淡微笑，蒂絲點點頭算是認同傳話烏鴉所說的，「在告別奇歐妖精王族之後，我與旅團一起行動……但現在我卻連一個人都無法記得，他們如同陌生人一樣，連一絲記憶都不存在於我心中。唯一還有印象的就是我們的確將一樣很重要的物品藏起來了，但我不曉得那是什麼、也記不起地點；那之後似乎有人在尋找那些東西，於是我就這樣被殺害了。」

她所能告知我們的非常短也非常少，但每當蒂絲多說一個字，她臉上的悲傷就多了一點，雖然很不明顯，但看起來像是快要哭出來一樣。

「我無法知道那些人是誰……水妖魔大人只帶我去看過那片已經腐壞的殘骸，我卻記不起那裡面有幾位是同伴，也無法替他們寫下墓碑，或是弔祭什麼，因爲我根本不知道他們到底是誰、他們曾經是我的誰。」

平淡的語言，卻讓我聽得很沉重。

忘記自己的同伴是怎樣的感覺？

雖然用平淡的語氣說著，雖然用快要哭的表情說著，但蒂絲卻又無法理解自己和她的同伴做過些什麼、他們在什麼時候出生入死過，或者像我們一樣在星星之下露宿過。

我無法體會那種感覺，但如果一旦知道了，會有多恐怖？

「記得只有無盡的痛苦，像這個孩子一樣，什麼都不知道就會好很多。」烏鴉轉過頭，黑色的喙子拉了下魔使者的短髮，後者完全沒有任何感覺的樣子，只是很端正地坐在原位，像是聽著我們說話、也像沒有。

「他也是奇歐妖精嗎？」爲了舒緩下悶在心裡那種不舒服的感覺，我轉開了話題。

「不是，他是別的種族。妖魔撿到他的時候已經死了，冰冷冷的屍體已經嚥下最後一口氣，血的味道充滿整座森林。因爲妖魔想要他死亡的土地，所以一起把他撿回來了，收集了一點點他飄散的生命之火，現在只聽妖魔的話幫妖魔守護住所。」算是有問必答的水妖魔像是不介意我們知道這些事一樣，交代得清清楚楚，「他什麼都沒有，記憶和感情都沒有了，只有本能的行動，妖魔幫他取了新名字叫作妖魔的果實——凱里厄卡達。」

我看著魔使者，還是覺得他異常眼熟，但看來是問不出個所以然了。

「違反常理的存在。」摔倒王子瞇起眼，瞪著那個沒有反應的魔使者。

「請原諒我，即使您貴爲奇歐妖精一族的王子殿下，但我已經無法違背自己身上所揹負之命……只要您在這裡動手，我勢必與您對抗。」注意到摔倒王子的殺意，蒂絲露出有點爲難的表情，但與摔倒王子對立的態度卻強烈且堅定。

「他已經是妖魔的人，你可不能對他動手。」烏鴉看著摔倒王子，單眼更血紅了些，「妖魔要找能兩邊來去的人很麻煩。」

「兩邊來去？」我愣了下，反應不過來牠的意思。

「嘻嘻……很嫩的妖師，難道你不知道這個世界裡的每個種族都喜歡設結界，雖然妖魔可以破壞那些沒啥用的東西，但是好麻煩，所以妖魔需要可以在這個世界走動的人幫我們辦些事情。」烏鴉歪著頭想了一下，繼續說著：「像是找東西、買舒服的布料，抓食物，還有妖魔喜歡軟軟的甜點，要去很遠跟長翅膀的種族拿，如果不是那個世界的人是拿不到的，凱里和蒂絲是必須幫我們辦這些事的使者。」

「別笑死人了，妖魔怎麼會吃一般種族的東西！」摔倒王子直接從鼻子裡噴出氣，一臉不屑，像是傳話烏鴉說了什麼可笑的話。

烏鴉看著摔倒王子，「妖魔當然可以吃其他的東西，而且可以告訴你，因爲不想要好吃的東西消失，妖魔才沒有把你們這些弱小種族都殺掉。」

「你——！」

「不高興的話，你又能拿我怎麼樣呢……嘻嘻……」

「拜託你們兩位不要再吵了。」被夾在中間的我眞的很尷尬啊！

「嘛，看在妖師的面子上，妖魔不跟弱小種族做無謂的爭辯了。」烏鴉站起來，展了展羽毛重新振翅飛向空中，「總之他們兩個的事情就這樣，想到的話可以再問他們，妖魔的心胸可是你們意想不到的寬大～」笑完之後，烏鴉消失在平空出現的黑色漩渦中。

摔倒王子嘖了聲，把頭轉開。

「那麼就請兩位先休息吧，這裡晚上十分危險，請務必不要隨意出房。」再度強調了之前說過的話，蒂絲和魔使者幾乎同時站起身，在走出房門之後不放心地又補上了一句送我們的話——

「最好連窗都不要出。」

嘖，被發現了。

※

魔使者離開後，房間裡又安靜下來。

確定他們這次應該是真的不會回頭也不會踹門，我小心翼翼地把房門鎖好，這才有時間去翻看剛剛凱里拿過來的那盆東西。

簡單來說，裡面差不多就是一些必備的盥洗用具和簡單食物，另外還有比較簡單的換洗衣物，準備得還滿齊全的。不過這也再度提醒我，我們被變相囚禁的這項事實。

「不知道要在這邊待多久。」嘆了口氣，我在牆邊那張簡易床坐下，摔倒王子肯定不會紆尊降貴地睡簡便床，我還是識相一點對生命安全比較好，畢竟摔倒王子討厭我討厭到只差沒有把我幹掉而已。

整個旅程中我都有個感覺，好像只要脫離其他人的視線，摔倒王子就會想盡辦法把我們這些礙眼的都做掉……大概是我神經過敏吧。

冷哼了聲，摔倒王子沒有搭理我。

也不敢要求他講個話來打破僵硬的空氣，我翻出手機，依舊顯示無法對外使用，看來這個妖魔地也有一定程度的保護結界，不然這支手機可是號稱全天各地皆可使用的，無法通訊可是頭一遭。

試著想發動移動陣，不過用了幾次都完全用不出來。

「你是白痴嗎。這裡有雙層結界，沒有辦法通訊和離開。」幾乎已經是用白眼在看我的摔倒王子異常不屑地說著。

「想說試看看嘛……不過，眞的完全沒有辦法對外聯絡嗎？」不知道這裡有沒有那種公共電話可以給我們稍微用一下，剛剛忘記問蒂絲可以先報平安的方法。

「愚民就是愚民，他們已經明顯要將我們軟禁在這邊，怎麼可能讓我們對外聯絡。」摔倒王子再度鄙視了我一次，然後把手上的杯子摔在桌上後逕自翻上床，和衣短暫休息。

「你不要先去整理一下嗎？」注意到房間裡有間小盥洗室，我轉回來看著全身血污、而且還不是很乾淨的摔倒王子，有點怕怕地問他。

果然，摔倒王子連理都不理我。

啊，該不會是因爲我在房間裡吧？

旅行的這段日子，我發現摔倒王子平常在做整理時都會避開我們，活像他的身體很尊貴似地完全不屑和我們一起洗也不想被我們看到，連住旅店也一定要有私人間，絕對不用公共的東西。

這種人如果不是處女座就是潔癖，再不然就是頂級龜毛。

磨蹭了下，想想這樣也不行，尤其是我們在野地滾一天、摔倒王子還被潑水，一定已經髒到很難受了……雖然蒂絲說不要出去，不過就在門口的話應該沒問題吧……？

應該、應該沒問題。

大概吧？

「唔，剛剛門外的壁畫好像也滿漂亮的，我再出去照一些相吧。」拿著隨身小包，我悄悄打開門慢慢縮出去。

摔倒王子沒有阻止我，於是我再度關上門，退到走廊外。

空無一人的走廊安靜到簡直連頭髮掉下去都可以聽見，這讓我開始覺得有點毛骨悚然……越安靜的地方越有問題，這是在黑館生活之後的悲慘經驗……幾乎每次都在黑館被嚇個半死，眞是往事不堪回首，人果然還是要放下過去往前走會對精神方面比較好。

左右看了下，仍然是那一大堆雕花門。

每扇門上的花紋都不太一樣，我走到隔壁房看見的是個雙頭妖怪的雕刻，再隔壁是九頭蛇，仔細一看其實還滿有趣的，不輸外面壁畫。

「不是請你們不要出房間的嗎？」

就在我連拍了幾扇門的照片後，背後傳來了淡漠的聲音，不用轉頭我也知道是誰，站在我身後的蒂絲用不太高興的語氣說著：「這些門都連著不同通道，很容易被拖走。」

聽完一秒我馬上倒退兩步。

要命，我剛剛還貼在上面看圖！

蒂絲對我招了下手，之後逕自往走廊另一端走去，我想她大概是要我跟過去，所以也就跟著走。

後面走道看似很長，但卻沒兩分鐘就走完了，感覺所花的時間與走廊長度不合比例，大概又是這個地方離奇的特色，所以我也沒多問。走出長廊後外面是個小花園和小涼亭，仔細一看……我們剛剛就是從那邊來的嘛！

這裡居然接到外面嗎？

那你們剛剛帶我們繞遠路是繞心情好還是保護身體健康！

妖魔已經不在涼亭裡了，外頭空蕩蕩的只剩下那些造景，帶著淡淡怪味的風拂過我們，然後吹進花園裡。

「這邊請，我幫你準備些點心或是飯菜，餓嗎？」讓我到花園裡的小石桌旁邊坐著，蒂絲客氣地問。

「呃、沒關係啦。」被她這樣一說我還眞有點餓，剛剛急著出來忘記帶點什麼東西吃了。

「我也有些事情想問您，不用客氣。」

問我？

蒂絲將簡便的茶飲放在桌上。

「妳想問我什麼事情？」接過了茶杯，我疑惑地問。看來剛剛會在走廊上遇到她應該不是因爲我跑出去的關係，而是她本來就折回來要找我。

「你們……在旅行嗎？殿下和你？」她的表情有點微妙，好像對於摔倒王子結伴同行這件事情感到有點怪，「很抱歉，我不是什麼特別的意思，雖然我的記憶已經所剩不多，但對於休狄殿下的印象還是有的，而我記得……」

她的臉開始有些困窘，好像接下來的話有點難以啓齒。

「對啦，我和王子殿下走在一起是有點奇怪，他很鄙視有的沒有的種族，尤其是像我這種的。」人類還外加黑色種族，蒂絲會覺得奇怪也是當然的。

「抱歉。」她禮貌性地勾起微笑，「雖然我已經無法回到奇歐，但是殿下的安全我仍然得注意。」

妳應該注意的是別人的安全吧！

摔倒王子根本是顆活動殺人炸彈，走到現在沒被他宰掉我都覺得神奇了……不，可能是其他人的庇佑也有關係。

「妳眞的完全沒有事件前後的記憶了嗎？」有點不死心，因爲找到了那個保險箱，總感覺應該問點什麼出來才對。

蒂絲點點頭，然後偏頭想了下，「不過關於你提到的保險箱，我想還是有點線索。」

「咦？妳記得那件事？」

「不，似乎我有記錄的習慣，不過只有部分，當時水妖魔大人帶我回來之後在僅剩的隨身行李找到一些，其中有份地圖與相關記錄，如果你能告訴我保險箱的事，我可以借你那些東西。」蒂絲很認眞地看著我，「我想知道關於我自己的其他事情。」

沒有多加思考我就同意了，我想沒有必要隱瞞本人什麼，所以我將在山妖精那邊的事情大致描述了一遍，順便告訴她我們還有其他夥伴在夜妖精那裡，但是沒有告訴她爲什麼我們會整群出來旅行。

幸好蒂絲沒多問，只是表情凝重地著聽我們發現保險箱的過程與後來千冬歲給我們的一些情報，偶爾會在一些細節發出疑問。

「你認得鎖住保險箱的陣法嗎？」聽完之後，蒂絲又追問了這個。

「不好意思……看不懂耶。」抓抓臉，我很無奈地告訴她我進到這個世界不很久，頂多在安因與夏碎學長的教導下大致上了解基礎性排列，目前簡易的還可以應付，不過像那種太複雜的我是完全有看沒有懂。

沉默了一會兒，蒂絲張開手掌，黑色的小小陣法在她手上綻開，接著一個皮背包落在她手上，「我的記事中有提及旅團中有位擅長結界術法的人，他們似乎在某座山中做下了詛咒封印，不曉得和你說的是不是同一個。」

從破損的背包裡抓出了一卷地圖和幾張像是被火燒過的殘紙，蒂絲攤開在桌上給我看，「因爲已經沒有記憶了，所以我不太清楚地圖標示的地方。」

看著那張其實已經很破舊、不過還算清晰的地圖，像是描繪著某個區域，有山有水還有一些我看不懂的字標註著。其中有座山頭上打了個比較特別的記號，旁邊寫了幾個字，蒂絲告訴我那上面寫著山妖精之地。

「地圖外往南邊的地方應該是湖之鎮。」指著寫在圖外邊的字體，她這樣告訴我，「其他沒標示的地方我就不清楚了；另外記事中也記錄我們在山妖精那個地方滯留一小段時間，不過實際上做了什麼便不曉得了，那部分被毀了。」

我看著她指尖下被燒燬的痕跡，表示明白地點點頭。

翻開了那幾張殘紙，蒂絲排列好給我看，裡面只有幾個我勉強可以看得懂得通用文字，但大多好像都是妖精另外使用的文字，所以同樣看不懂。

「紙上記錄的是採購保險箱之後，旅團放了一件很重要的物品在裡面，然後將它深深藏起。後來幾頁都是一些經過的地點，和地圖上的記錄交互拼湊可以知道當年的路線似乎是從某地方出發之後經過了遠方，但是後來原因不明地突然折回、經過湖之鎮和契里亞城再進入山妖精區域，再往前沒有走多遠，旅團就被攻擊了。」把上面的記錄結果告訴我，蒂絲偏著頭看著那些文字，然後手指來回撫著紙張，「水妖魔大人撿到我是在離開山後的大通道樹林中，旅團應該是要朝某地方前進，只是這裡沒有終點的記錄，不然或許你可以知道我們想要做什麼。」

看著地圖，不知道爲什麼我一直覺得他們的路線很怪異，但又說不出來哪邊怪。

地圖似乎不是完整的，邊緣還有切斷的痕跡，不曉得是不是大地圖的其中一張。

蒂絲將所有東西收起來之後重新放回包裡，然後遞給我。

「咦？」我不明白她的舉動，愣愣地看著她。

「我已經失去以前的我，現在的我只侍奉兩位妖魔大人、也不會再離開這邊。但是如果可以的話，我希望能夠藉由你們的手知道曾經發生過什麼事，讓旅團的人……能夠被世人所記得。」看著我，蒂絲的臉上其實還是沒有什麼特別的情感，但說出來的話已經十分誠懇。

伸手接過那包東西，我看著她，感覺到喉嚨裡有點澀味，然後我點點頭，「我以妖師之名保證，當初遭遇不幸的旅團之事一定可以眞相大白的。」

說完話之後，我感覺到我們周圍的空氣震動了下，像是有什麼力量在我們身邊環繞成一線，但是那種感覺瞬間即逝，根本不知道是什麼。

「我會盡快找到你們消失的那位同伴。」

蒂絲這樣向我保證。

❀

女妖精離開後，我又獨自在小花園坐了一會兒。

吃飽且經過不少消化時間，我估算著留給摔倒王子清洗的時間已經足夠到讓他洗到脫兩層皮才起身，把桌上稍微收拾下，往距離比較短的那個出口走回去。

抱著蒂絲給我的東西，我想著回去得先和摔倒王子看看能不能聊一下這件事，基本上如果按照往例應該是要跟學長或阿斯利安比較穩當，不過這種狀況下也沒得選了。

找個人陪我想爆腦總比我自己爆腦得好！

一邊想我一邊踏進那條短路。

踏出第一步我就知道糟糕了。

不知道從哪來的力道突然把我往前推，在我整個人摔進去後一回頭，身後哪裡還有入口，整個已經變成牆壁了，白白的一大堵實在是乾淨到讓人抓狂。

根據各種悲慘的往事，我不用半秒就知道一定有鬼！

一後退碰到牆壁我馬上往前跳開，背後整面牆冰得見鬼，活像整塊冰塊突然貼在我身後，仔細一看還可以看見寒氣……搞啥鬼啊！

「有沒有人？」

空蕩蕩的走廊只剩回音，氣氛安靜到有點恐怖，後頭的冰塊冰到連地板都開始起霧。

我吞了吞口水，小心翼翼地往前走。

這裡離房間不太遠，我應該可以在啥東西冒出來之前衝回去找摔倒王子救命才對……呸呸呸！絕對不會有東西跑出來的！不要自己嚇自己！

唧——

我頭皮在聽到某種開門聲的那瞬間全麻了。

就像每個靈異事件裡都會出現的老梗一樣，最靠近我的那扇房門開了一條縫，我打死都不想承認我看到一條很像眼睛的青光。

「對不起打擾了！」砰地一聲我直接把門給踢回去，好像有某種夾到的聲音傳來，不過我也管不了那麼多，他被夾到總比我被拖進去好！

下意識看了下門，我看到有一堆眼睛的棒槌……我想大概是某種東西……不過重點不是這個啊！

那種開門聲音再度從我後面傳來，我想也不想一秒拔腿就跑。

「各位大哥大姊，我只是路過的拜託去拖別人吧！」看到每扇門都打開一條縫，我嚇到眼淚都快飆出來了。

這個時間不適合集體做運動啊！

砰地一聲，某扇門被撞開了，我看到一大片黑色東西跳出來，直接橫擋在我前面……然後張開他驚悚的大嘴巴露出裡面整排鋼釘牙。

「米納斯！」快點出來救主人喔！

朝空中開了一槍，無數王水泡泡馬上爆開來，那一片黑東西碰到後發出銳利的尖叫聲，冒著煙往原來的門竄逃回去。

不過那陣尖叫之後，我看見更多門好像開始興奮了，越開越大洞，有幾扇快危及我生命安全的都被我一腳踹上。

我現在可以深深體會爲什麼有些精靈喜歡用腳踹門，大概是長年的危機訓練下來的……不過精靈會有危機嗎？

不是！我幹嘛想這個！

「王子殿下救命啊！」再不出來我就可以去安息之地報到了啦！

幾乎每扇門都打開了，但是可以救命的那扇門裡的人一直沒出現，我眼前的路很快就被擋住了，好幾片看不出啥東西的陰影堵住通道，身後的門乒乒乓乓地不斷打開，連回頭路都沒得走了。

難道我今天就要悲慘地莫名陣亡嗎？

還有這些到底是什麼鬼啊！

巨大的轟然聲從我後面傳來。

猛一轉頭，我看見的不是眞的心有靈犀來救人的摔倒王子——基本上我覺得他應該也沒有長那種玩意。出現在那堆黑影中的是不知從哪冒出來的魔使者凱里。

似乎無視於那堆正朝他齜牙咧嘴的東西，他拔出黑刀，用我們在森林中看過的那種恐怖速度一次一個把那堆東西踢回門裡，接著重重摔上門，連續幾次之後就讓他清開了一大條路。

那個魔使者直接朝我衝來，完全沒得商量地抓住我的領子就把我往前拖著跑，途中還把不少東西踹回門裡去。

不過說也奇怪，被他踹回去的東西就沒有再出來了，反而是剛剛被我踢門的整個直接暴衝撞出來追我們。

很快地我們房間近在眼前，魔使者踹開門之後先把我推進去，自己再跟著跳進來關上門，黑刀在門上一劃，某種小型陣法被吸收到門扉中，接著外頭安靜了下來。

「你們在搞什麼！」

回過頭我看見的是摔倒王子，很明顯已經洗澡整理好了，身上乾淨到不行，連點灰塵都沒了。

「外面有東西！」指著門，我還有點餘驚未平。

「嘖！」一把將我推開，摔倒王子去拉門扉，但還未碰到把手就被魔使者用黑刀的刀背頂開，對方給了他一記不善的視線，很像是再過來就要把他的手給剁掉。

按著門板過了有一會兒，魔使者才打開房門。

外面什麼也沒有了，安安靜靜的，好像剛剛的事情完全沒發生過。

摔倒王子轉回來瞪了我一眼，表情寫滿了我在唬爛他。

……我冤枉啊……

第十二話　奪回

魔使者把門摔上。

「剛剛那個是什麼東西？」

看著把刀插回刀鞘的魔使者，我連忙追問。一想到隔壁住了一堆這些東西，我就有想要換房的強烈慾望。

是說不知道妖魔有沒有那麼好說話就是。

淡淡地看了我一眼，魔使者沒有說話，只是再度抽出黑刀，幾乎在那瞬間摔倒王子馬上把我拽到身後。

不過他並沒有抄刀砍來，只是把刀尖對著比較空的地板，畫下了線條。

我和摔倒王子睜大眼睛看著他畫出幾根線……應該是走道的東西，然後又畫了幾個框，最後在其中一個打叉，刀尖移上來指指我們。

「欸……我們的房間？」我猜我猜我猜的時間到了嗎！

魔使者點點頭。

我聽到正確答案亮燈的聲音了。

然後他繼續拉他的線，拉遠之後在盡頭標註了一朵花。

「水妖魔那時候在的花園？」這個我就猜得到了，肯定是那時候領我們進來的那條長路。

魔使者看了我一眼，又點點頭，接著指了指我，刀尖從花園一路進到我們房間門前，然後繼續往下走出到另外一個出口，也就是短短的那條路。

到此爲止他就停下來了，接著重新回到花園，這次往短的那條路走，但是在入口處他就停下來，揮動了黑刀直接打了一個大叉。

「等等……你的意思該不會是這裡只能順著走進出，不能逆著走吧！」難怪我剛剛會被追！這種事情應該早點說啊！攸關我們的生命安全居然講也不講是怎樣，讓我們有百分之百的機會可以變成排泄肥料嗎！

認同了我的猜測，魔使者點點頭，滿意地收回自己的黑刀。

眞是太要命了！

像是講完該講的事情，拉開了門扉，魔使者直接往外走。

「啊，謝謝你跑來救我！」連忙向他道謝，我突然覺得這個魔使者搞不好還算不壞，除了殺人時很凶猛，但現在肯花費心思告訴我行進問題，可見應該還有點良心。

淡淡地看了我一眼，魔使者頭也不回離開了。

門重新被關上。

某種冰霜般的刺痛感覺直接從後頭傳來，我轉過頭，果然看見已經快要變成冬將軍的摔倒王子用一種難以形容的眼神惡狠狠地瞪著我。

「呃……」偷偷倒退兩步，我現在突然覺得摔倒王子比魔使者更可怕。

「不要接近那種東西！」冰冷冷地丟了這句讓我莫名其妙的話過來，摔倒王子哼了聲，轉頭回去坐在桌邊。

那種東西？是指魔使者嗎？

算了，東西還算好，要是他說下賤的東西就會比較難聽一點。沒將摔倒王子的話放在心上，我有另一件比較重要的事情要告訴他：「蒂絲剛剛拿了這些東西給我。」把小包裡的東西都取出來，在看見那些東西後摔倒王子的表情明顯變了下，但很快又是那種死板板的面癱臉，「這好像是我們去過那個地方的地圖……」

「拿來！」摔倒王子咕噥了幾個我聽不懂的字之後，劈手就把地圖給奪走，接著完全把我當空氣一樣自己一個人逕自研究起那張地圖，過了片刻又看看那些紙張，臉上始終看不出有什麼變化。

「這個地……」正想告訴摔倒王子我的發現，卻被他冷眼給瞪掉。

「滾遠點。」把我驅逐到牆角後，摔倒王子將地圖壓平在小桌子上，然後將手掌壓在地圖中心，那瞬間地圖與手掌中心散出小小的光點，「座標南之二十七指引往北、東六十三、西之五四點二，十日程。」

光點霍地突然綻開來，連著地圖擴張成一個大平面，接著上方開始有無數光點拉出線條。很快地我就看見一大片完整幻影地圖出現在我眼前，中心點就是那張蒂絲的地圖爲主展處。

地圖一展開後就很清楚了，果然在地圖外不遠處就是湖之鎮，甚至我稍微可以辨認出我們現在所在的位置。

收回手，摔倒王子接著一一看過那些紙，然後在地圖上一個個點出來，被他標記後的地方都出現紅色的小光點，最早從一個很像森林的地方出發，然後走過山妖精的地方，前往湖之鎮與契里亞城，繼續向前幾個地方後我看見了紅點同樣落在沉默森林，接著再往前一點路線突然回頭。

路線再度穿過同樣的位置，在山妖精處轉了一個彎，最終一個點就停在某條寬廣的大路邊，完全和蒂絲告訴我的一樣。

在最終點底定之後，所有的線全都連起來，忽明忽滅地散著紅光。

看著這些連結點，我完全確定我剛剛發現的沒有錯了，「……我們的路線是不是和他們幾乎一樣？」

只是我們的終點是精靈一族，蒂絲他們的終點卻不知道在哪邊。

摔倒王子看了我一眼，「他們要進學院。」

「咦！」上面應該沒寫吧！

指著那條大通道遠遠的終點，我看到的是一團黑色，啥也沒有……

難道我們學院是馬賽克嗎！

「Atlantis學院，世界交會，不存在於這邊也不存在於那邊的六方定立點，他們想要進去學校，但是死了。」摔倒王子指著那團黑，用最鄙視的眼神看著我：「你連自己學院都不認識嗎！低賤的愚民！」

誰會知道自己的學校在地圖上是個馬賽克啊我說！還有這種標示到底是啥意思啊！學校不宜還怎樣，起碼應該有個好辨認的圖案吧，一團黑是想表示啥啊你告訴我！

進來的都會被黑洞吸收掉嗎！

實在很想用力抗議出來，但看在他是剛復元的傷患所以我決定不跟他計較、絕對不是因爲他是個黑袍！

收起發光地圖、直到桌面只剩下那張蒂絲的地圖之後，摔倒王子才隨便捲一捲丟還給我，連有沒有什麼發現都懶得跟我討論，擺明沒打算跟低下種族交換意見。

我、我……深呼吸……

氣死自己不太划算。

雖然他不想和我友善交流，不過就剛剛所見的也算是又知道新的資訊，這時候如果千冬歲在這邊就好了，他說不定就推推他的精光眼鏡，腦袋裡瞬間劈里啪啦地翻出一大堆相關資料，搞不好連當時找到屍塊的消息都有。

偷偷用了下，果然傳送類的法術還是沒有辦法使出來，似乎有某種力量抑止住，連手機都無法開通。

不過除了這些，一般術法倒是都還能使用。

「沒幹什麼就滾去休息，本王子不需要不會照顧自己的拖油瓶！」

就在我想到出神時，旁邊的摔倒王子一個暴喝直接把我嚇醒，我連忙抓著換洗衣物衝進盥洗間。

一想到這幾天都要和摔倒王子相看兩厭地住在同一個房間，我就開始胃痛了……

明天一定要請蒂絲幫我爭取看看可不可以分房。

※

四周一片靜默。

我似乎聽到斷斷續續的呼喊聲。

黑色的空間與沉重的壓力塡滿了我所能看見的一切……夢世界？

「羽裡？」

靜悄悄的毫無聲響，我沒有踏在地板的感覺，似乎整個人飄在黑色空間裡的，喊出的聲音很快就被寂靜吸收，這裡連一絲光都沒有，但我卻還是能看清楚自己，於是馬上意識到並不是從眼睛看見，而是知覺到自己完整存在著、卻又無法觸碰到什麼。

我第一次碰到這種狀況。

前幾次黑歸黑，但都可以聽到聲音或看到什麼，這次好像整個人都被黑暗吸收了……快醒醒啊我自己！

這是夢吧！

一種異常感讓我知道不能在這裡待太久，否則好像會出什麼事情。

就在我想呼自己巴掌看看會不會清醒時，隱隱約約我好像聽到小小的聲音在叫我，非常遙遠、幾乎快要聽不見的幼小聲音，從黑暗中的某處傳到我耳中。

「……烏鷲？」

眨眼瞬間，四周猛然亮了起來，我的腳立時踩到地板，接著看見各種不同的木製擺飾——小樹屋？

一個東西重力加速度地往我肚子撞來，差點沒把我腸子從嘴巴裡給撞噴出來。

「不是叫你不要去的嗎！」烏鷲抓住我的肚子，發出了很大的抱怨聲：「不可以、不可以的，不懂嗎？爲什麼不懂呢？」

「我懂啊……只是人在江湖身不由己……」糟了！我被五色雞頭傳染了！

烏鷲仰起頭，用一種怪怪的表情看我。

啊，他可能聽不懂這種用語，「我的意思是說……」

「我聽得懂。」皺起小小的臉，烏鷲盯著我看，「是誰呢？每次闖禍都會講這句話？」

注意到他有點迷茫的表情，我小心翼翼地拉開他的手，在旁邊坐下來，「想得起來嗎？」

過了半晌，烏鷲還是搖了頭。

看來他的記憶還是沒辦法很快恢復，這讓我想起了蒂絲，受損的記憶無法找回來，讓人也跟著有點感傷起來。

「沒關係，有你在這邊就好了，我才不需要別人。」露出了大大的微笑，烏鷲歪著頭看我，「可是這裡好難連結，妖魔的力量，但是我比較厲害！」他擺出得意的表情。

被他這樣一講我才想起來，連忙抓著他有點著急地問：「你有沒有辦法和別人聯繫上？」現在我們聯絡術法都無法使用，很可能得靠他了。

「別人？」烏鷲指著我後面，「是那個人嗎？」

跟著回頭，我看見我身後有條發光的綠色細線，就黏在我身上、不知道通往哪邊。

「這個是烏鷲的。」從後面再拉出一條黑線，烏鷲很歡樂地這樣告訴我。

……別隨便把人連線啊我說！

「我想要找這個人，是朋友。」看著綠色的線，我祈禱可以在羽裡那邊遇到學長，這樣要問他現在人掉在哪裡比較快。

「可是我不認識他，不要。」烏鷲轉開頭，「你跑去那邊，不要！」

「這樣你可以認識其他人啊，你一個人在這邊也很無聊吧？」看著正在賭氣的小孩，我試圖拐他看看，「那是我的朋友，如果大家可以變成朋友的話，以後你找不到我也可以去找他，這樣不是很好嗎？」

烏鷲把頭轉回來了。

「眞的嗎？」

「應該吧。」不知道羽裡有沒有那麼好說話就是。

「那我帶你去。」說變臉就變臉的烏鷲馬上變得很高興，接著一把抓起連在我身後那兩條線，在我還來不及問他要幹什麼時他就直接拽斷下來。

四周的空氣震盪了下。

把線打了個難看的結之後，烏鷲朝我伸出手和露出大大的笑容，「去找朋友。」

「好。」

我握住他的手。

※

帶著青草芳香的氣味隨著風從外面吹進來。

烏鷲閉上眼睛，過了一小段時間後重新睜開眼朝我一笑，就牽著我的手走出小屋。

踏出屋外後變成了一大片我熟悉的深綠色草原。

原本站在那邊的羽裡用看到鬼的表情看著我們倆，似乎對於我們出現在這邊感到很錯愕。

「你……」

放開烏鷲的手，我連忙跑上去抓住羽裡，「學長在不在！」

「我正在通過夢連結讓他進來，這個是……？」指著跟過來的烏鷲，羽裡挑起眉。

整個縮在我身後，烏鷲從邊邊露出一點點臉看著羽裡。

「一個朋友，也是會使用夢連結的。」稍微解釋下，其實我很不想讓他們碰面，但是現在已經是非常時期，也沒有辦法顧慮其他的事情了，畢竟學長的身體很容易出事，不先找到是不行的。

「他就是你闖進去的另一個夢聯繫嗎！」羽裡的聲音突然冰冷了起來，四周的草原颳起略強的風，沙沙的聲音充斥在四周，「隨意更改別人的夢通道是禁忌！你不懂嗎！」最後這段話是針對烏鷲，極度不友善。

烏鷲放開我，突然也瞪視著羽裡，「不明白你說什麼，你不是好人嗎？」

「這不是你眞正的型態，你是誰！」往前踏出一步，羽裡伸出手，「你……」

「你一點都不厲害！爲什麼要找你！」整個往後跳開，同樣帶著敵意的烏鷲看著眼前的人，然後轉過來看我。

「拜託你們兩個先停一下吧。」看他們好像快打起來了，我急忙擋在中間，「羽裡，他叫作烏鷲，不是啥壞人、是我的朋友，是因爲我請他帶我來找你，他才會更改夢通道。」

羽裡瞇起眼，仍用懷疑的目光打量烏鷲，後者也挺起胸膛用力瞪回去，「你曉不曉得夢連結法則，隨意更改別人的通道很容易兩人都受傷，若沒有處置妥當，連精神都可能被損傷。」

「烏鷲不會，我很強的。」歪著頭看羽裡，他這樣說道：「所以你也不會受傷，是這樣沒錯。」用力地自己點頭後，烏鷲總算稍微釋出點善意。

「總之我想先找到學長再說。」看著已經稍微和緩的兩人，我有點鬆了口氣，畢竟羽裡本來就警戒心比較重，我也可以看得出來他沒追究可能是看在我面子上才讓步，「很抱歉，不過烏鷲眞的不是壞人。」

對我伸出手示意我不用繼續講下去，羽裡瞭解地點點頭，「他已經快到了。」

幾乎就在羽裡講完話的瞬間，四周綠草景色跳動了下，眨眼就多出個人站在我們旁邊，等到完全清晰之後、赫然就是那個不知道掉到世界哪個盡頭的學長。

「嘖……」站穩後，學長睜開眼睛看向我們，最後視線停留在多出來的烏鷲身上。

我發誓那瞬間我看見向來面部表情是死的學長露出了極度錯愕，但很快又變回僵死。

「這個是我朋友。」連忙把烏鷲拉過旁邊，我很怕學長會像羽裡一樣展現高度排斥，如果學長直接排斥的話那事情就大條了，絕對不是被他巴兩下可以收尾。

「我有說什麼嗎？」學長對我挑起眉，然後冷笑。

「不……沒事，你當我啥都沒講。」連忙退兩步，我乾笑了幾聲，「是說學長，你……」

「我知道。」皺起眉，應該差不多了解狀況的學長沒讓我繼續解釋，「我同樣是在妖魔地中，但是被藏起來了。」

「咦！」我本來以爲學長可能只是掉在我們找不到的地方，例如被水淹了還是沼澤流沙之類的，但他的回答太出乎意料之外，而且感覺上有點可怕。

我想妖魔應該沒那麼無聊要我們……不，或許有。但既然跟我們談條件，照正常來說就不會押著學長，所以有可能……

「不是妖魔搞的鬼。」學長說出了我擔心的事，「這裡還有第三者。」

「那怎麼辦？」這就緊張了，我看著學長，不曉得他有沒有什麼打算，「是說，學長你怎麼這麼確定不會是妖魔搞鬼？他們搞不好也有可能在騙我們吧……」

「他們只要看見我就知道了，是絕對不可能對我動手的，當初進到妖魔地也是在對方會視我們爲友的狀況下才做，但沒想到會中途殺出別人。」環著手，學長露出會去把那個插手的人剁掉的陰森表情。

看著學長，這次不只我懷疑，連羽裡都盯著他，「學長你……認識妖魔？」爲什麼他會說妖魔看見他就會把我們當朋友？

是說學長本來認識的人範圍就很廣、也很奇怪，多兩個妖魔似乎也不太怪異。

只是讓人有點驚訝就是。

不過話說回來，要是他早說他認識妖魔，我們就不用在那邊被魔使者劈得死去活來了啊！眞是要命！有必要這樣整我們嗎！

「我不認識。」學長回給我一個讓人吐血的答案，就在我內心暗暗吐過後，他才又開口：「不過他們認識我……的臉。」

「臉？」

學長的臉有什麼好認識的……啊！

「他們認識三王子！」指著學長的臉，我想起來有個一模一樣但內容物寫著蠢字卻又被傳唱千古的精靈殿下。

直接把我的手指折下去，無視於我痛到眼淚差點噴出來的學長點點頭，「因爲門旁的石柱有他們的記號，所以我想應該沒有認錯，他們兩位與我父親曾接觸過。我聽說父親離開冰牙之前他們都還保持著友好的關係，也因爲有他們介入，所以當時在黑色之地我們才能夠待那麼久卻沒有被任何妖魔找上。」

我曉得學長他們好像曾在某地方待過，不過不方便問就是，「既然這樣，學長你幹嘛叫我去交涉啊，明明你出面就可以的說……」

「因爲我聽說他們在找妖師，所以不管是你出面還是我出面都差不多。」

根本就差很多！那個水妖魔完全就是在耍我們啊！

哀怨地看著學長，我也不敢抱怨出來，「所以學長，我們現在應該怎樣把你找回來啊？」

雖然這樣問很怪，但也沒有問錯。

「這個……」

「烏鷲可以幫忙喔！」

舉高手，我和學長的話被站在旁邊的小孩給打斷了。

※

「要找嗎？」

歪著頭，烏鷲笑吟吟地望著我：「幫你忙，可以找到他喔。」

「別鬧了。」羽裡直接把人拖開。

「眞的可以啦，烏鷲可以帶他們去找，烏鷲很厲害，可以把那個人找出來拿走。」踢著腳在掙扎，烏鷲指著學長這樣說道。

瞇起眼睛，學長問出了一句完全不相干的話：「你叫烏鷲？」他的語調有點高，似乎是在確定什麼。

「嗯！」烏鷲用力點了頭。

「烏鷲的記憶好像喪失了，這是他記得的，所以我們用來當他的名字。」不知道學長爲什麼突然對他的名字有興趣，我連忙解釋。

這次學長用懷疑的表情看向我，「難道你不知道你們的班導……」

「咦？」千班導啥事了？

「算了，沒事。」沒將話說完的學長搖搖頭，看向羽裡和烏鷲。

「烏鷲帶你們去找吧，三個人一起嗎？」被羽裡抓著，烏鷲還是很歡愉地問我們，似乎對於他可以做事情感覺到很高興。

看來他果然是寂寞太久了。

「我不用了，太多人只會造成施術壓力。」羽裡放開手，讓烏鷲下到地上，「不管你原本是誰，看來你對夢通道概念不怎麼樣，與其胡亂搞浪費術力和生命，還不如有時間過來好好學習。」

我有點驚訝地看向羽裡，沒想到他居然會邀請烏鷲過來。

「好！」烏鷲一秒點頭，然後伸出小指，「相通。」

羽裡和他勾了手指，四周突然出現那些黑線線線，然後交繞在一起，接著緊緊纏住之後慢慢地落到地面消失不見。

全部完成後，羽裡呼了口氣，退到旁邊。

蹦過來我們中間，烏鷲蹲在地面上拍拍深綠色的草地，下方立刻出現一圈像是塗鴉般的法陣，歪七扭八的線條讓羽裡看了直皺眉頭，不過那個看起來不怎樣的扭曲陣形散出黑光，連我都可以感覺到這玩意含著很強悍的力量，甚至連羽裡夢境中的景色都逐漸清晰深遠了起來。

「來吧。」拉著我和學長的衣服，興致勃勃的烏鷲踏進了怪法陣裡，「大哥哥要站在這邊。」他推了推學長，把學長推到一個看起來不知道是雞還是鴨子的圖案上。

學長站上去後，我們腳下突然一空，四周連同羽裡猛地破碎成粉，空間瞬間陷入黑暗。

「哇啊！」又一個要掉不先預告的傢伙！

重力直接把我們從空中往下拉，比較輕所以還在比較上面的烏鷲哈哈大笑著，也不知道是在爽什麼。

摔下去的速度異常地快，嚇到我腦袋一片空白。

就在我以為這次完蛋定了之際，後領猛然被人用力一拽，像是突然高速煞車的強大反作用力差點直接把我勒頸送上西天。

「抓好！」沒自覺可能會讓我靈魂人工上吊的學長拉住我的衣服，另一手抓住還在玩的烏鷲，四周速度在那瞬間緩慢下來，我們開始變成輕飄飄地浮在半空中慢慢往下。

空間仍是完全黑暗。

提著烏鷲，學長看著他，「找到沒？」

「等等我喔。」晃了晃身體，烏鷲往學長身後抓了幾下，拉出一條幾乎透明看不見的線，

「還有另外一個人、壞人，在旁邊喔。」

「嗯。」學長點點頭，大有把那個「壞人」變成死人的氣勢，「褚，抓好，不然被沖走你自己想辦法。」

我連忙緊抓住學長。

天知道被這片黑色東西捲走會怎樣，我還不想拿生命開玩笑，尤其是這種很像靈魂出竅的狀態。

抓住那條線，烏鷲用力吸了口氣，然後對還在我們下面跟著一起飄的塗鴉陣法張開手。

法陣扭曲起來，然後一歪動翻上來將我們完全包圍，不到幾秒，包裹我們的扭曲線條與圖

案發出細小的輕脆聲響，就像是玻璃般碎裂開來。

下秒出現在我們面前的是一大排建築物。

看見的同時我愣住了，因爲這裡我曾來過——

契里亞城！

熟悉的琴聲從我們身後傳來，我回過頭，看見抱著琴的小小女孩。

但在下一秒，那個女孩突然消失不見，接著土地崩裂開來，某種無法得知形體的黑色東西從那裡面鑽出來。

「你們——！」

再度轉過頭，我看見了契里亞城的城主。

「找到了！」烏鷲發出歡呼，接著他掙脫學長的手，下一秒翻上空中變成一隻長著翅膀、不知道是獅子還是狗的東西，直接撲向錯愕得來不及防備的契里亞城主。

那一秒，夢境破碎了。

熱度從空間中傳來。

我感覺到無比真實的空氣還有風在流動的聲音，環繞著我們的是石頭的空間，前方有著不斷提高熱度的火堆，跳動的火焰散出火星，直接穿過我的身體傳往後方。

在我身體後，我看見那些火星慢慢熄滅。

倒在地面另外一邊的是我們一直找不到的學長身體。

剎那間，學長突然睜開血般的眼眸，越過我旁邊直接攻擊火堆另一端的人，掀起的風打散空氣中的火星。後者剛從斗篷裡清醒過來，一把抓住放在身側的劍柄擋住攻擊，不大的空間中瞬間傳來打破寧靜的聲響。

我回頭，剛剛還在夢境的學長已經不見了，剩下恢復原狀的烏鷲握住我的手。

「我就說過我很厲害的。」

將我們帶到現實的孩子露出了天真的笑容。

但是我卻開始覺得毛骨悚然。

「你是誰！」

已經取回自己身體的學長臉上映著火光，從我的角度看過去非常猙獰，好像巴不得把對方的頭給扭下來一樣，這讓我慶幸還好學長現在不是敵人了。

帶著血色的長髮，多少還是讓我想起了鬼族戰那時的記憶。

被這樣一問，那個帶走學長身體的人反而連忙用斗篷遮住自己的臉，然後揮動劍柄把學長逼開，自己往後一跳，從斗篷中露出兩隻眼睛看著學長。

他似乎沒有發現我和烏鷲的存在，果然我們兩個像空氣一樣不引起任何注意。

老實說這樣還滿方便的，觀戰不用被砍，如果我也會這種夢法術就好了，每次以前發生糾紛我都會中鏢，眞希望可以像現在這樣涼涼地當觀眾啊。

似乎狀況不是很好，學長微微踉蹌了下，但很快就站穩，他直視著眼前的人，突然發出冷笑，「還要躲嗎？堂堂尊貴的身分居然做這樣的事情，你還害怕被人看見你的面目嗎！」

披著斗篷的人抖了下，接著開始不斷逼進，似乎想挑一個最佳的時機下手。

「大哥哥的狀況非常不好喔，因爲是強硬進入身體的，我們要不要離開呢？」拉著我的烏鷲這樣問道：「從這邊帶回去那邊。」

「咦？可以嗎？」把學長連肉帶魂地弄走？

我有點不敢置信烏鷲居然可以做到這種事，不管從哪方面看，這樣實在是太過於奇怪。

「可以的。」烏鷲拉出我身上的線，帶著深水藍的黑，然後攢在手心裡，「回去囉！」說完，他重新弄出了塗鴉般的陣法。

不知道學長回到身體後還看不看得見我們，總之我就是讓烏鷲抓著衣服，然後撲過去拉學長。

下一秒，我們的空間強力扭動著，就像抽象畫一樣全都變形了。

抓著學長的那隻手傳來強烈的疼痛，痛到我差點大叫出聲。

站在前面的烏鷲震動了下，我看見他的額頭上流下血。他茫然地用手摸了摸，不太明白地看著那些血色，接著又用袖子擦了兩、三次，不怎樣在意地驅動法術。

黑色的塗鴉冒出極度強烈的光芒，把烏鷲給彈出去。

連接著線的那部分傳來了劇痛，這次我實在忍不住了，發出尖叫聲。

然後，我驚醒了。

所有東西從我面前消失，扭曲的空間被取代，變成了我們在妖魔住所的房間，躺在另一張床上的摔倒王子被嚇醒，四周連空氣都冰冷得讓人難以呼吸。

摔倒王子連開口都還來不及，緊接在後的是某種東西直接砸在他身上和床上的轟然聲響。

我聽到摔倒王子不知道用妖精語罵了句什麼、很有可能是髒話之類的，接著他點亮燈，房裡瞬間明亮起來。

按著還在發痛的部位低喘著氣，我轉過頭，看見摔倒王子一臉震驚地盯著躺在他床上的學長，學長已經又厥了過去毫無反應；對於摔倒王子難得一見的驚嚇表情，我已經笑不太出來，不止是身體痛，連剛剛抓住學長的那隻手都痛到在抽搐，上面浮現的青筋鼓立到快要爆開，看起來相當恐怖。

從床上跳下，摔倒王子一把拽住我的手，然後用手指按在上面唸了應該是治癒系的歌謠。

疼痛的感覺開始一點一點地退掉，過了幾秒後那些浮脹起的青筋也都消了，等到治療得差不多後摔倒王子才移開自己的手，還用一種很像摸到屎的表情走掉去洗手——

眞沒禮貌耶！

連忙爬下來，我先去看學長的狀況，看他呼吸平穩、身體好像也沒有什麼奇怪的狀況，才稍微鬆了口氣，看起來被影響到的好像只有我而已。

不知道烏鷲怎麼樣了？

有點擔心他剛剛的樣子，他的表情好像沒有感覺到疼痛，難道他的身體不會被影響到嗎？

我想到羽裡說的話，如果使用不好會兩方都受傷的事情。

「這是怎麼回事？」一邊擦去手上的水一邊走出來劈頭就問的摔倒王子直接拉了椅子在旁邊坐好，滿臉就是逼問犯人的表情。

這讓我突然有種如果沒有好好回答可能會被拷問的錯覺。

「欸……就是很多巧合之後所造成的結果……」這要我怎麼說呢，大致上非常錯綜複雜又曲折離奇，解釋起來會相當費時間。

摔倒王子靜靜地看著我，然後張開他的手，黑色炸彈火直接出現。

「嗚啊！是從夢連結回來的啦！」連忙躲到床後，我叫了出來。

「……夢使者嗎？」挑起眉，摔倒王子冷聲問著，「你和夢使者有往來？」

我連忙摀住嘴，不能繼續往下說了。

「這是特殊狀況。」

旁邊傳來了聲音，解除我的困境。

按著額頭，學長撐起了身體。

摔倒王子的表情異常陰森。

「你們與低下的夢使者來往？」他看了看我，又看了下學長，「那種旁門左道的使者？」

「並沒有任何高低之分，只要是懷有善意者，就不該用異樣的眼光看待他們。」甩甩頭，意識看起來好像還不是很清明的學長回了他這段，然後才從床上坐起，順便把活像鬼一樣亂七八糟纏在身上的頭髮給整理了下。

「學長你還好吧？」我看著他，順便把梳子遞過去。

說眞的，因爲學長現在的頭髮是紅色的，這樣整個纏在身上看起來眞的很驚悚。

點點頭，順便給我警告性的瞪眼後，學長才轉回去看摔倒王子，「契里亞城主在這裡。」

他一說完，我和摔倒王子都驚訝了。

「學長你是說剛剛那個人是契里亞城城主？」遮成那樣都可以看到？太神了吧！

「出手了嗎？」同樣也沒少吃驚到的摔倒王子環著手，一臉若有所思。

「看來是這樣沒錯。」把梳子扔到一邊去，學長站起身來，「我們聯繫到他的夢通道，透過那裡拿回我的身體。在進入妖魔地時你們有感覺到被跟蹤了嗎？」

摔倒王子轉過來看我。

……對喔，進入時摔倒王子根本沒意識。

「我沒有注意到耶。」尷尬地笑著，我是眞的完全不曉得到底有沒有被跟。

「呿！」摔倒王子和學長異口同聲地轉開臉。

有必要這麼鄙視我嗎！不要叫一個普通路人甲有黑袍般的修爲啊我說！何況跟過來的是個城主耶，怎樣想都不是路人甲的我可以應付的對手吧！

我開始覺得我們可以活著在妖魔這裡住下真是媽祖顯靈了。

「對了，在之前烏鷲說過被跟蹤的事情。」我想起遇到穆芬的那座小村子，烏鷲的確幫我弄掉一個追蹤法術，當時我懷疑應該是契里亞城，但沒想到原來之後他還一直在追查我們。

把這些事情告訴學長和摔倒王子後，他們兩個都陷入了思考。

就在室內完全陷入靜默，由外而來的劇烈敲門聲再度打散了我們的沉默。一轉頭，我看見整扇門像是被打到快要掉下來一樣，幾乎脫離門框在震動了。

我走過去打開門，幾乎也在同時往後跳開，果然不出我所料，整扇門幾乎是被人飛踢直接彈開來，重重地撞上後面的牆壁發出嚇人的巨響，只差沒有嵌進去牆面而已。

在門後面，果然是那個每次都用腳開門的魔使者。

門一開，對方馬上把刀拔出來。

那瞬間，我看到學長的臉出現了非常吃驚的表情。這已經是今天短暫時間中的第二次了，但是他很快就恢復成原本淡漠的模樣。

「慢著，我要求見水妖魔以及火妖魔。」喝止了魔使者正要揮刀劈過來的動作，學長深深盯著他的臉看，然後轉開視線，「伊沐洛的繼承者要見他們。」

魔使者停下來，他身後飛出了那隻烏鴉。

不同於之前對我們的挑釁嘲弄，烏鴉的語氣變得異常嚴肅：「馬上請他們過來。」收回了黑刀，魔使者看著我們。

「快點！」

烏鴉發出尖銳的喊聲。

第十三話　舊識

我們一踏出門就見到蒂絲。
她站在門口，雖然臉上帶著疑惑，但卻沒有說什麼。
時間是上午八點多。
「妖魔大人請幾位一起過去用早餐。」她這樣說著，然後從身上拿出一顆環繞著淡白色霧氣的小水晶，「另外，這個請第三位客人佩戴在身上，在短暫時間內可以有效穩定靈魂，是水妖魔大人特別吩咐的。」
學長接過那顆水晶，隨便塞在身上。
過了幾秒，他的精神似乎好了許多，步伐也比較穩了。
最後離開房間的魔使者順手帶上門。
走著比較短的那條路，我們很快地一行人全到了花園。一出來我馬上發現花園的不同之處——
昨天看起來還沒什麼的小花園短短一夜之間變成了超大造景花園，水池木橋稀奇花樹樣樣不缺，本來是小涼亭的地方變成了超級豪華的水上大涼亭，寬闊到搞不好叫支足球隊來這裡跳大腿舞都不成問題。

涼亭後面還見鬼的有小瀑布嘩啦啦地傳來音效聲。

四周遮陽的白紗飄動著，隱約可以看見涼亭後端的水火妖魔正往我們這邊看，他們面前的小長桌已經布置好，上面放滿了東西……不知道是什麼鬼就是。

烏鴉飛回了水妖魔肩上。

「你自稱伊沐洛嗎？入侵者？」吐出淡漠的語言，一反之前囂張的態度，水妖魔的聲音相當謹慎，「平空出現在我們的住所中，如果並非我們所知道的那人，就必須付出相等代價。」

「你們知道的，不用任何證明。」踏上那座巨大的水上涼亭，學長直接往前走去，然後在離桌子約三步遠的地方停下。

水妖魔和火妖魔同時直起身體，原本被他們壓在身下的皮草坐墊也跟著蓬鬆起來，像是在舒展每一根被壓扁的軟毛。

我連忙想追上去，怕兩個妖魔突然對學長怎樣，不過被魔使者攔下，連蒂絲都在對我使眼色要我們不要隨便動彈。

「哪一輩的小孩？」水妖魔死盯著學長的臉，語氣有點發顫。

「我是伊沐洛與巴瑟蘭共有之子。」重新表明了自己的身分，偏頭看著眼前兩個妖魔的學長補上一句：「請問兩位還在巡遊之旅嗎？」

那一秒，水妖魔直接跳起來，旁邊與她連尾的火妖魔跟著整隻被拖倒，砰地一聲撞上桌子最後摔在地上。

完全無視於自己相連的另一個摔成怎樣，水妖魔對著學長就是直接給他一個飛撲熊抱，差點沒把學長給撞出去。

我看見學長都往後踉蹌了好幾步，不過還是英勇地把幾乎大他一倍的女妖魔給撐下來，沒有演變成兩個人一起衝撞地板的畫面。

接著那個火妖魔從地上爬起，也直接移動過去給學長熊抱Ｘ２，場面變成謎樣的抱成一團，說眞的有點詭異但又有點滑稽。

說到詭異……

我偷偷轉頭看向旁邊的摔倒王子，他果然用一種「尊貴的精靈怎麼可能認識妖魔、還和妖魔抱成一團」的震驚眼神在看他們。

另外那邊一團人，抱著抱著，水妖魔突然噴淚了。

「你那死老子眞的死掉了……」

「死掉一千多年了。」雖然看不到學長的表情，但我覺得他現在一定是在翻白眼，很想巴走妖魔又要忍下來那種表情。

「嗚嗚嗚，當初就說我們去幫他毀滅世界就不用賠上一條命了……」

學長非常冷靜地推開那個已經哭到連鼻涕都出來的水妖魔和疊上去的火妖魔，漠視了沾在他身上的鼻水，然後再後退一步，「我以我父親所做的選擇爲傲。」

如果在毀滅世界和打鬼族裡面選一個的話，那當然是轟轟烈烈打鬼族打到撼動世界、大人

小孩皆知驕傲啊，因爲鬼族的關係就讓妖魔毀滅世界，這怎樣聽起來都不對吧！

站在旁邊的我默默爲世界差點被毀滅而捏了把冷汗。

水妖魔抓著還想退開的學長，直接把剩下的眼淚鼻涕都抹上去，之後叫來魔使者去準備新衣物，兩個妖魔才重新坐回位子上，「沒想到都過了一千年，那個死精靈也死那麼久了……在巡遊世界時我們有打聽過你的消息，不過怎麼都找不到人呢？難道你不想被妖魔保護嗎！我們可不會讓死精靈的小孩落入鬼族的手裡！」

「在那之後我族以無殿的力量將我送到這個年代來，所以那之後的時間到十多年前我並不存在，非常謝謝你們的掛記。」用著敬語與妖魔們交談，學長相當自然地接過了魔使者遞來的衣物，換掉基本上已經不能穿的外衣，才在旁邊的位子上坐下，「請允許我的同伴也入席。」

像是現在才想到我們存在的水妖魔隨便點了下頭，領著我們的蒂絲才帶著我們也在旁邊的位子坐下。

看了下桌上準備的食物，幸好蒂絲記得我們不是妖魔，準備的都是最正常不過的東西，不是之前看到一坨又一坨那種。

「都是那個妖師小朋友的錯，如果早知道要找的是死精靈的小孩，我們一定第一時間把全區域都翻過來！」水妖魔指著我，直接推卸責任。

「我有說是半精靈啊……」

「誰知道是哪個半精靈，到處都是半精靈在走來走去。」水妖魔還在硬拗。

明明半精靈這種東西比精靈還少好嗎！

「為什麼你們會進到這裡？」打斷了水妖魔還想拗過去的話，坐在旁邊、話一直很少的火妖魔直接開口詢問。

不就是被魔使者砍進來的嗎！

我看著根本是始作俑者的妖魔等人，心中只想到這句話。

水妖魔輕輕咳了一聲，迴避我和摔倒王子的刺人目光，對於摔倒王子可能與我有同種想法讓我默默地有點高興，看來他也認為會弄到這種地步就是妖魔砍來的。

「這就要問兩位了。」非常直接的學長同樣白了妖魔們一眼，「請問兩位為何在沉默森林中威脅著夜妖精們？」

那一秒，兩個妖魔默契非常好地直接指向對方。

「是他/她的意思！」

水妖魔直接打斷自己連尾夥伴的手指，骨頭斷掉的啪一聲清晰到連我這邊都聽得很清楚。

「因為他堅持不要住水邊、要住在有火焰的地方，但是我最～討厭那種地方了！」抱怨著自己另一半，水妖魔用著怨恨的表情說著，「涼涼的水邊多好，我最喜歡有水的地方了。」

「我恨水邊。」火妖魔如是說。

「所以在決定我們要住哪一邊之前我們需要個臨時住所，這裡還滿安靜的，所以就先住在這裡了，蒂絲和凱里也是在這邊住下後附近路上撿的。」聳聳肩，完全不覺得自己入侵別人棲地、引起騷動的水妖魔大大方方地坐在舒服的椅子上，大致描述了下他們會在這邊的原因，「不過之前有和死精靈約定在先，我們可沒有殺光那些虛弱的種族，而是切割了土地搬移到我們自己製作的空間裡，根本沒有打擾到他們。」

不，我深深認爲你們根本已經嚴重影響到夜妖精了，看他們那種怕到精神快分裂的樣子就知道有多嚴重了。

「可是魔使者不是到處在殺人嗎？」指著站在大遠方待命的魔使者，我提出這個疑問。如果不是魔使者像鬼一樣見人就砍，那些夜妖精沒必要恐懼成那樣吧？

話說回來，要不是他見人就砍，我們現在應該都還跟其他人在一起到了夜妖精的住所才對，而不是分成兩邊。

「那不干我們的事情。」火妖魔冷冷投來這麼一句。

「魔使者不是聽你們命令嗎？」這次換我愣了，難不成魔使者是心情好自己亂砍的？

「我們並沒有命令他去殺人或其他的東西，因爲剛搬來時那些弱小生物一直闖到住所裡，讓人不開心，所以只有下達不准再有活物觸碰到我們住所的命令而已。」用著他會去殺啥東西我也不知道的語氣這樣回答著我的問題，水妖魔笑嘻嘻地說：「所以不干我們的事情。」

不准有活物碰到！那當然魔使者會把他們都變成死物啊！這個命令根本完全不對吧！

坐在旁邊的學長深深地呼了一口氣，就我看來，依照學長的個性沒有撲上去先揍他們個兩拳算很不錯了。

「所以他爲什麼到處殺人我們也不知道。」

我無言了。

沒打算繼續討論魔使者的事情，水妖魔左右看了下學長，然後開口——

「對了，記得死精靈說過好像要把你叫作亞啥的……？算了，死精靈的小孩，爲什麼你的軀殼裡沒有靈魂，是用連繫的？」

一眼就看穿學長現在狀況的水妖魔一針見血地逼問。

旁邊的摔倒王子幾乎要拍桌站起身，被學長拉住了，「有很多事情造成的，但是已經有辦法可以復元，謝謝兩位送給我的靈魂珠。」

「只有那一個，是從魔導士屍體身上撿來的，妖魔不需要那種東西，雖然有時效限制，你還是先帶著吧。我們不知道你是怎樣維持到現在，不過在這裡就先用這玩意代替，你們還有多少同伴？」拿起桌上的麵包嚼著，水妖魔看著我們，「如果都是像這麼弱的傢伙……妖師或許可以例外，還是讓凱里陪你們走一趟。」

「還有其他四位應該是在夜妖精族當中……」

「凱里，去把那四個傢伙帶回來，其他的活物不准跟過來！」水妖魔直截了當地朝外面的魔使者下命令。

「不用了！」制止魔使者的腳步，學長攔住了可能會發生的大屠殺，「讓褚他們自己去找比較好。」

要是把那東西放出去，夜妖精肯定馬上被屠村，我打賭學長也是想到這點。

「與其找我們的夥伴，兩位知道這個空間還有另外一個人入侵了嗎？」指的應該是扣住他身體的契里亞城主，學長瞄了我一眼，問著兩個妖魔。

「蒂絲已經把他們困在外層空間。」水妖魔用的是複數。

「有幾個人？」

「兩個，跟在你們後面下來的，目前結伴行動。」水妖魔瞇起眼，「不是你們的同伴？」

學長搖搖頭。

「那就不用客氣了，晚點讓蒂絲他們去弄走入侵者。」搧搧手，對於入侵者的態度，妖魔們顯得不以爲然，似乎已經很習慣這樣的事情，「用食物吧，這是蒂絲去幫你們找來的，平常我們可不這樣吃。」

除了摔倒王子，我和學長不約而同稍微拿了桌面上最普通不過的食物，因爲學長和妖魔熟稔非常，看起來我應該是不用擔心人身安全問題；另邊的摔倒王子不知道是不想和妖魔共餐還是怕被毒死，什麼東西都沒有碰，也沒有人搭理他了。

基本上妖魔似乎只願意和學長說比較多的話，可能因爲妖師身分所以他們偶爾也會回答我幾句，但是摔倒王子他們幾乎不放在眼裡，愛理不理的，甚至還會出言嘲諷他一、兩句，這讓摔倒王子的心情壞到最高點。

雖然我從來不覺得他有好過。

「如果不介意的話，我想詢問凱里的事。」沉默了一小段時間後，學長提出奇怪的問句。

「你們這幾個人還眞有趣，一個要問蒂絲、一個要問凱里，都是熟人嗎？如果是死精靈小孩的要求，我們倒是可以考慮送你其中一個──如果能找到屍體製作替代品爲前提。」笑了幾聲，水妖魔放下手上的食物，將魔使者招過來，「撿到時他已經是具屍體了，我們沒找到和他相關的東西，只知道他應該是個獸王族之類的存在。」

「屍體嗎……」學長微微皺起眉。

「將屍體新鮮保存，加工成人偶來協助生活並不是什麼困難的事，找到時剛死不久，所以也省了麻煩。」扣住魔使者的脖子，水妖魔翻開了他的衣領，將上面嚴重的傷疤展示給我們看，「被切開喉嚨而死的，如果你們眞的認識他，我也只能說他太不幸了，死前肯定還掙扎好一會兒，不過靈魂已經不在了，這方面我們可就沒辦法了。」說著，她放開完全沒掙動的魔使者，讓他站到旁邊去。

「學長你眞的認識嗎？」看著那個眼熟到可怕的魔使者，我感覺到眼皮跳動了幾下。

「你還看不出來他是誰嗎？」學長轉向旁邊的摔倒王子，後者對他點了頭，看來他們兩個似乎都知道魔使者的身分了。

難道我也認識？

「正確地說你應該不認識他是誰，但是我以爲你有看出來，畢竟你和他兄長接觸時間並不算太短。」學長想了想，和水妖魔借來魔使者，順手把對方的劉海都撥下來蓋住眼睛。

那一秒，我指著魔使者大叫了。

「九瀾大哥！」

超像的！一開始我沒有認出來是因為黑色仙人掌很少露出眼睛，現在魔使者蓋住眼睛之後只差一個眼鏡就幾乎跟他一樣了！

那個下巴和輪廓線條幾乎沒有差多少！

叫完之後，接在後面的是毛骨悚然。

這個人與黑色仙人掌幾乎長得一樣，這也就代表他是……

「六羅．羅耶伊亞。」坐在旁邊的摔倒王子開口：「原本應該是殺手一族今代最強的直系家族者。」

我愣住了。

五色雞頭曾提過他的兄長，但我沒想到會是在這種狀況下遇到他……在他已經變成屍體而成為魔使者的狀況下。

「喔？原來你們真的認識他啊？」水妖魔露出很有意思的表情看著我們：「真是太巧了，蒂絲和凱里都是你們的熟人嗎？」

「是的。」學長再度朝她點點頭，「這位六羅……凱里，是我們以前一位好友，是否可以告訴我們在他死亡時的其他訊息？」

水妖魔搖搖手，「該講的剛剛都說過了，如果硬要說的話，他死亡的地方有夜妖精的氣息，不過這裡哪裡沒有，哈。」

「有黑暗混合的氣息。」火妖魔補上了這句重點。

「……我聽說六羅最後執行的任務是家族派給他的，是要暗殺沉默森林的妖精嗎？」學長瞇起眼睛，似乎開始思考什麼。

我看了看學長，又看了看妖魔們，一時不知道該說什麼。但是我現在非常想找到五色雞頭，這種消息一定要告訴他。

五色雞頭的哥哥啊……

看著面無表情的魔使者，有那麼一瞬間我感到很悲哀。

我不太曉得當五色雞頭知道這消息之後會露出怎樣的表情。

坐在旁邊的摔倒王子突然站起身，那一秒魔使者從我們旁邊消失，再出現時已經是在涼亭外一小段距離了。

黑刀在空氣中劃出，猛地碰撞上另一柄兵器的聲響傳入我們耳中。

「喔，看來其中一個是術士。」完全沒打算出手的妖魔們好整以暇地看著魔使者用可怕的速度把藏在空間中的人逼出來，接著打得對方節節敗退、連術法都沒辦法再用第二次。站在旁邊的蒂絲甚至連出手都沒有，這讓我想起了魔使者可以一個人打垮整支夜妖精部隊的事。

被逼出來的其中一個果然就是當時抓住學長的人。

「行了。」

在魔使者準備削掉那兩人腦袋的時候，水妖魔出聲制止，同時早就準備好術法的蒂絲在魔使者一退開的同時連下了好幾道術法將那兩個入侵者給困在裡面。

「眞是有趣，連這種東西都帶進來了，你是認爲自己能夠騙過妖魔或是你認爲妖魔是蠢蛋呢？」水妖魔冷笑了幾聲後，抬起了手，輕輕捏了一下拳頭。

有著契里亞城主面孔的人突然發出不自然的聲音，一條裂痕出現在他臉上，但卻沒有滴出任何一滴血。

「附身偶？」學長瞇起眼睛，認出了那東西。

「那是啥？」我轉頭反射性地問，旁邊的摔倒王子用看白痴的表情看了我一眼，完全沒有解釋的意願。

「極像本人的假偶，用人的血肉製成，連結著靈魂替代肉體的東西。」簡單說了兩句，學長冷冷勾起唇，「原來不是親自到這邊來……」

他這樣一說我就懂了，看來我們之前看到的「這個城主」不是原本那個，而是替代他來的東西。難怪，我就想說契里亞城主也眞大膽，居然敢放下整座城鎭跟到妖魔地裡面，看來也不是那麼有膽就是了。

不過跟在旁邊那個術士看起來就不像假的了，在「城主」臉上出現裂痕的同時，他發出一聲哀號。

「我要跟他說話，滾開。」一揮手，水妖魔冷眼看著跟著她動作一起飛出去的術士最後撞在樹幹昏過去後才把視線移到「城主」身上，「不准動我們罩的人，就是你現在看見這裡所有人，包括那個妖精甲。」

我還滿高興其實她有記得摔倒王子，不過形容實在是不怎麼樣。

「城主」站起身，在看到六羅那瞬間他突然笑了，「居然沒死嗎？」

摔倒王子幾乎瞬間出現在他眼前，一把箝住了這個有契里亞城主靈魂軀殼的脖子，「六羅．羅耶伊亞的事情你知道多少？」

那一秒，城主露出了悲哀的神色。

「休狄，先讓他說話。」

輕輕按住摔倒王子的手，出現在他身邊的學長這樣說著，然後看著已經開始有點崩解的人偶，「你和六羅是朋友嗎？」

「是。」城主看著魔使者，笑了笑，「他不像殺手家族的人，在救了艾芙伊娃之後我們成爲朋友，我曾盡力尋找他的下落。」

「你知道他的目的？」

城主搖搖頭。

學長看著他，似乎在思索些什麼。

盯著對方，這次反而是城主自己先開口了，「我知道我必須向您交代很多事情，但是目前我無話可說，在所有事情過後，我會給您合理的解釋。」

話說完，人偶軀殼發出了幾個聲響，直接化爲粉末了。

「跑了。」摔倒王子看了下學長，拉掉自己的手套燒成灰燼，接著又拿出新的戴上去。

突然覺得不是只有我被當成髒東西，讓我好一點了。

「這個人要怎麼處置？」提起昏倒的術士，蒂絲這樣問著妖魔們。

「隨便找地方丟掉。」水妖魔給她如上的答案。

蒂絲眞的弄開個黑洞把人丟出去了。

「我想我的時間快到了……」學長閉了閉眼，聲音突然變得有點小。

「喂喂！我們的話可還沒說完——」

水妖魔也不用說了，因爲下一秒學長直接倒在旁邊摔倒王子的身上，整個脫魂了，現在要再繼續說可能要去夢裡說了，但是我可沒種講這些。

「嘖，算了。」撇了撇唇，妖魔重新把視線放到我們身上，「既然現在知道你們是死精靈小孩的朋友，我們也不爲難你們了，那個妖師小孩，我讓凱里陪你們出去找其他的同伴，但是在人都找齊之後你必須要完成我們的約定。」

「咦……啊，非常謝謝你們！」我知道他們是衝著學長他老子的面子才對我們這麼好，不過目前最重要的當然是要先和五色雞頭等人會合，除了六羅的事情外，還有蒂絲和城主……這趟旅程我想已經不是那麼簡單了。

看著正在打哈欠的妖魔，我突然想到另一件事情，「是說，你們爲什麼會和三王子殿下認識？」在妖師記憶中，我並沒有看過這一……兩號人物的出現，可見他們應該是在凡斯之前或之後才和三王子結識的。

在之後的話發生了大戰，推測上我想應該是之前比較有可能。

「因爲他掉下來了。」火妖魔說了句很類似某人曾說過的話，「從上面掉下來，在之後解決了一些讓我們很困擾的問題，雖然妖魔不守信用，但我們只對他破例。」

轉頭看著學長，其實我現在想問的是——

那個三王子到底是不是猴子啊！

爲什麼每次都是從上面掉下來？難道他就不可以好好地走在路上嗎？

「我們以妖魔眞名發誓過，只要死精靈的血脈還在，無論何時何地我們都會以他爲第一優先，不過一直找不到……沒想到現在自己送上門來了。」水妖魔笑得很恐怖，這讓我對學長之後的生活默默有點同情。

天知道這兩個妖魔還會做出什麼事！

「是說對於妖師後來和死精靈的事情我們也不太清楚，妖師小孩，你知道嗎？」看向我，妖魔這次很認眞地提出疑問。

我一秒搖頭了。

要是讓他知道當年發生什麼事情，他們肯定會宰了我！

先不說個人安全問題，三王子到最後算是因爲妖師而死，雖然外面並不知道，但這已經是永遠的祕密了，不管這些妖魔和三王子有多好，我都不想再提出這件事情。

我不是凡斯，我無法代替他說出這些私密。

水妖魔呼了口氣，做出一種「算了吧」之類的表情，這讓我知道她不會再追問下去了。不曉得她是基於什麼前提這樣向我發問，但有時候祕密只能永遠存在於那個時代。

「既然你們事情都講好了，那麼我們可以再度進入沉默森林嗎？」站在妖魔們前面，摔倒王子依舊是高傲不折腰的樣子。

「喔？決定打開天窗說亮話了嗎？」水妖魔笑笑地望向他。

「本王子不用跟妖魔多說什麼。」摔倒王子冷然地看著他們。

「妖精，因爲心情好不跟你計較，最好注意你的態度，我們可不會因爲你想維持點什麼就對你客氣。」懶洋洋地躺在椅子上，對旁邊的魔使者招了下手後水妖魔看向我們兩個：「死精靈的小孩我們會看照，你們隨時都可以出發到那些弱小生物那邊找其他同伴。」

魔使者走向我們。

「我會幫你們打開直接通往沉默森林之地的門，再回來時請到當初你們進入的地方。」

蒂絲張開了手。

黑色的通道在我們面前緩緩開啓。

※

四周一片沉靜。

重新踏上沉默森林的土地，我幾乎聽不見任何聲音。

蒂絲的黑色空間在我們身後緩緩消失，不知道什麼時候已經著裝好的魔使者拉下斗篷帽，就像初次見面時連臉都不讓人輕易看見的樣子，也不曉得是妖魔要他這樣打扮還是基於什麼理由，不過我想他這樣可能比較好，在知道他眞正的身分後我的確這樣認爲。

「太安靜。」就站在我旁邊的摔倒王子環顧著陰暗的四周，輕輕吐出這句話。

早上的時間，照理來說應該很耀眼的陽光幾乎透不進這座森林，只在某些細微的枝椏空間中落下一點淡色的光芒。寂靜異常，連蟲鳥的聲音都沒有，安靜得太過詭異。

我拿出手機，上面的訊號格已經完全恢復，所以我沒有多想就直接撥了阿斯利安的號碼，但是還未接通旁邊的魔使者就突然出手按掉我的電話，粗魯地把手機往我的背包裡塞，接著他抽出黑刀，完全警戒起來。

「滾遠點！」摔倒王子突然把我往後推了下，語氣不善地說著。

看他們那麼緊張，我一秒也知道事情不對了，急忙把米納斯握在手裡，以個人人身安全爲前提，我盡量靠在魔使者附近，要是突然衝出個什麼也比較好找人救我。

但就在眨眼瞬間，我的肉盾突然不見了。

下一秒再出現時，魔使者已經在大約五十公尺遠的地方揮動他的黑刀，伴隨而來的是某種哀號聲，接著我們看見一個黑黑的東西被砍倒在地。

「夜妖精！」摔倒王子嘖了聲，然後彈動手指，以我們爲中心成圈的樹林發出劈里啪啦的聲音，接著是幾個爆炸聲，炸出好幾個黑嚕嚕的妖精趴倒在地。

不知道爲什麼我覺得這些黑嚕嚕妖精似乎有點高壯？

魔使者舉高刀，就要往被他砍倒的那一個劈下去，我連忙出聲制止他：「等一下！這些人不可以殺死！」

立即煞住刀勢，魔使者就這樣舉著黑刀轉過來看我。我連忙跑過去，看著那個差點被砍掉一條手臂的夜妖精，有點奇怪的是他看到魔使者沒尖叫也沒有驚恐反應，不過這種時候也管不了那麼多了，「我們不是敵人，我要找哈維恩，應該有個狩人紫袍和他們在一起。」

那個黑嚕嚕妖精用很奇怪的眼神看我，好像我說了什麼奇怪的話。

等等……我應該沒記錯名字吧？明明那個巴我的叫作哈維恩沒錯啊？爲什麼這個黑嚕嚕妖精露出很怪異的神色？

依照我最後一次看見哈維恩的印象，他那時領著一小隊人來幫我們，可見應該有點地位，沒可能住在同森林的不認識他吧？

見那個黑嚕嚕妖精不講話，魔使者突然重重一腳踹在他胸口上，那個妖精慘叫了聲，吐出黑色的血液。

「別弄死他。」我很怕魔使者多來幾下這個黑嚕嚕妖精會直接翹辮子，如果是這樣就糟糕了，我是來找人不是來屠村的，各種交代不過去。

魔使者歪著頭看我，終於把腳給伸回去。

「等等！」一直沒有靠過來、蹲在旁邊把另一個炸到昏死的妖精摸來摸去的摔倒王子突然發出聲音，「這些不是沉默森林的夜妖精！」

「咦！」我錯愕地轉頭看著正狠瞪我們的黑色傢伙。

摔倒王子舉高手讓我們看見他手上拿著的東西，是一塊黑亮的牌子，上面有奇怪的記號，「霜丘夜妖精！」

好耳熟……啊靠！他們不就是在醫療班襲擊學長那些黑嚕嚕的妖精嗎！

我一秒往後彈開，旁邊的魔使者見狀立即打昏了那個還在瞪我們的霜丘夜妖精。

為什麼霜丘的夜妖精會在沉默森林裡？

還來不及和摔倒王子討論這個問題，四周再度傳來極大的騷動聲，接著黑影不斷在樹林間閃動著……我們被包圍了！

根本不知道有多少數量的夜妖精全部都隱藏在黑暗與陰影中，從那裡面發出了惡意窺視著我們。

站在旁邊的魔使者踢開昏厥過去的霜丘妖精，然後用黑刀在地上畫出一個圈，把我拉到圈裡。

「待在這裡？」

點了頭，魔使者直接消失在我面前，接下來的幾秒內我就聽到黑色樹林中連續在不同處發出各式各樣的哀號，幾個被砍了重刀的夜妖精更是直接從陰影裡摔出來，翻在地上發出意義不明的呻吟。

很快地，藏在陰影中的夜妖精知道事情不對勁了，連我都看得出來他們產生不安的騷動，大概是沒想到在對自己最有利的黑影環境中居然有東西可以對他們造成威脅。

摔倒王子立時跳到我前面，朝整片森林揮動手，在無止盡的哀號中多出了轟隆隆的爆炸聲響。

最後我看到某種黑光一閃，起碼有五棵樹直接被攔腰砍斷，乾淨俐落、完全沒有牽絲。

一大群夜妖精瞬間毫無遮蔽，但他們也無暇管我們了，幾乎大半身上都被砍了一、兩刀，不斷冒出黑色或深紅色的血液，慌亂成一片。

他們數量也太多了！

魔使者的衣襬突然出現在我身邊，輕輕晃動一圈站穩後他甩掉刀上濃稠的血液，然後微微浮起腳步像是打算再度展開攻勢。

就在好幾個夜妖精往我們撲過來之際，森林深處發出了野獸獨特的吼叫聲。

那些妖精頓了下，間時某種生物直接從森林中撲出來，重重撞開那些妖精停在我們前面，仔細一看，我馬上從驚嚇轉爲驚喜了。

「拉可奧！」既然飛狼在這邊，那阿斯利安他們肯定也在這附近了。

衝著我叫了聲，飛狼動了動身體，還未意會到牠想幹啥時，摔倒王子已經從後面拽住我的領子把我扔去飛狼上，接著他也把魔使者趕上來，最後才自己跳上來。

在我們全都搭好後，飛狼再度發出巨吼，然後就像來時一樣氣勢洶洶地撞開了要攔路的夜妖精直接往森林深處跑去。

一路上我看見了到處都有晃動的人影，途中有好幾個一度跳上了飛狼想把我們扯下來，但都讓魔使者給打回地面，也不知道有沒有被狼腳給踩到。

先不管魔使者之前是敵人這件事，在這種時候他眞的幫了超級大忙，滴水不漏的防備甚至連摔倒王子都插不上手，強到一種相當可怕的地步。

這也開始讓我猜測這到底全都是六羅本身的實力，還是妖魔給他的附加能力……這種力量出現在一個人身上實在是太可怕了，更別說他本來還應該會是個殺手。

幸好六羅是個好人。

第十四話　交涉

飛狼就這樣馱著我們持續跑了很長一段距離。

沉默森林比我想像中來得大，至少疾奔了十多分鐘的飛狼依舊深陷在幽黑的林中就知道這地方肯定相當深。

這段時間裡，攔截我們的追兵也越來越少，到最後幾乎已經都沒有，安安靜靜什麼聲音都聽不見，只有快速掠過的風聲被拋在大後方。

又過了一小段時間，周圍開始出現了些奇怪的小石柱和木頭搭建成的東西，透露著我們應該已經到達了有生命居住的地方。

像是對這邊很熟稔，飛狼幾個拐彎奔跑後，終於繞進一大片岩石區裡，很快地我們看見那邊搭了不少房子。

房子有大有小，幾乎是一層式的矮屋，大多都是用現有的天然材料建成，例如土石草木等，有的是比較現代化的奇妙材料，還有一、兩個是蒙古包的造型，看起來很有趣。而這些大大小小的矮房唯一的共通點就是他們都是暗色系的，像是隨時可以消失在空氣中一樣不怎麼顯眼的色澤。

飛狼一踏進去這個「住宅區」馬上有兩個武裝的夜妖精跳出來攔住我們，嘴巴哇啦哇啦不知道在唸些什麼鬼，就他們的態度來看我猜大概是滾下來接受盤查之類的話語。

然後矮房子區出現了一些小騷動，我看見有個最面熟不過的人跑出來——

「喂喂！那個是本大爺的僕人！」左看右看都生龍活虎、連根頭髮都沒少的五色雞頭遠遠嚷嚷過來，旁邊的夜妖精愣了下，疑惑地看著我們，又轉過去看看五色雞頭。

「看！看啥看！本大爺怎樣看都不會變成黑的啦！」五色雞頭直接走到我們這邊，不怎麼客氣地對那些夜妖精說著，然後轉過來看我們：「漾～你個沒良心的傢伙是跑去哪裡了！本大爺還在想你該不會捲款逃逸了吧！」

誰捲款逃逸！

「你們都在這邊嗎？」我從飛狼上滑下來，抓著五色雞頭看來看去，確定他真的沒事之後才鬆了口氣。

那頭七彩怪色現在讓我突然好懷念啊！

雖然才過了短短一、兩個晚上，但我有種好像很久沒看到五色雞頭的感覺。

「幹啥？」五色雞頭瞄了我兩眼。

在看見五色雞頭的屁股上印著「大爺是我」的字樣後，我又突然不懷念了……這種褲子是穿來被人家踢的吧！怎麼會有這種東西啊！

「阿利學長呢？」拉著五色雞頭，我重複了一次剛剛的問題。

「喔，最後一片葉子掉下來時他大概就快翹了——」五色雞頭的話都還沒說完，原本不屑下來和我們混在一起的摔倒王子一秒跳下飛狼，消失在剛剛五色雞頭出來的方向。

「啥最後一片葉子！我還最後一顆橘子咧！不要嚇人！」他是又看了什麼絕症之類的催淚電影嗎！用在這種地方會很恐怖啦！

「也差不多了，你們跑掉之後沒多久，就在本大爺想要幹掉這些黑炭時，外面突然跑進來更多黑炭，所以這邊的黑炭妖精就把我們帶到這邊……中間遇到幾次隊伍，看來那些連本大爺家都有伸手的傢伙把這森林給包圍了～」五色雞頭用著讓人發昏的描述大致上告訴我他們後來發生什麼事情，在我聽到阿斯利安因爲想幫助哈維恩結果被暗算時，整個人都怔住了。

沒想到這麼短的時間裡這裡出了這麼大的事情。

霜丘的夜妖精居然包圍了同樣是夜妖精的沉默森林，到底是想幹什麼？

「是你嗎？」色馬的聲音突然自己鑽到我腦袋裡，不過沒有看到馬或人影，大概也是在那些矮屋子裡面，「快點快點，小美人重傷了。」

被色馬一講，我連忙抓著五色雞頭叫他先帶我去看看其他人瞭解狀況。

接著我聽見後方傳來好幾個驚叫聲，完全被遺忘的魔使者從飛狼上滑下來，一下來馬上把我們周圍的兩、三個夜妖精嚇壞了，幾乎都叫著跳開好大一段距離，只差沒有連滾帶爬地逃走而已。

這種反應才正常嘛！

我終於知道要怎樣分辨霜丘和沉默森林了！原來把魔使者丟進去就行了，尖叫逃跑的肯定就是沉默森林，眞是太方便了！

看那些夜妖精跑得差不多後，我也沒有心情去叫他們停下來讓我解釋，就推著五色雞頭讓他先帶我過去。

問著五色雞狀況到底怎樣，他聳聳肩，很快地領著我到他剛剛出來的房子；一踏進去我們就先聞到一股淡淡的血腥味，早些跑掉的摔倒王子已經在裡面了，旁邊還有雷拉特與獨角獸，看見我們進來之後，雷拉特做了個噤聲的手勢。

很快地我看見了阿斯利安──他躺在房間的床上，左腹側插著一把黑色短刀，身上還有些被包紮過的傷勢，人已經暈過去了，臉色蒼白、呼吸相當地沉，看來傷勢非常嚴重。

我看見摔倒王子的臉都黑了，大有去找出凶手把他炸成碎片的氣勢。

「夜妖精的詛咒之刃。」色馬一看見我就站起來，我同時也看見他其中一隻腳上纏了繃帶，看來像是吃了不小的虧，「要不是我跳進去把他揹出來，肯定已經沒命了。」蹭了蹭那隻傷腳，色馬重重地噴氣。

「可惡！居然敢對小美人下手！幹嘛不去砍那些跟他們一樣黑又一點都不好看的東西！」

你憤慨的是他們不去砍別人這樣對嗎？

給我保持獨角獸的純潔之心啊渾蛋！

「爲什麼不快點治療這個傷勢？」看樣子阿斯利安應該不是短時間內被殺傷的，爲什麼沒人幫他治療？我看向雷拉特等人，突然發現原來哈維恩就在房子的陰影處，進來時沒出聲，所以我完全忽略他了。

「這個傷口不能動喔、漾~」站在旁邊的五色雞頭拉住我，「這是詛咒之刃，隨便拔會死的，已經請公會醫療班趕過來了。」

我看看他、又看看其他人，雷拉特對我點點頭，表示五色雞頭說的沒錯。

「但是目前霜丘的兄弟包圍了沉默森林，我們無法知曉醫療班是否能順利進入。」站在一旁的哈維恩給了我們很不好的消息。

「就在剛剛，沉默森林的術法治療士被殺死了，有幾個活的被綁走，所以現在沒人敢動傷口了。」色馬一邊說著一邊轉身站立起來，變成人形的模樣，「還有，你後面那個小美人是誰啊？」

光看下巴輪廓你就知道魔使者長怎樣嗎！

我讓開身體，讓魔使者從外面走進來。

一踏進來，反應最大的是哈維恩，與他其他的同伴一樣，深受其害的夜妖精一秒抽出武器，而魔使者在感覺到不善之後也本能地拔出黑刀，只是他沒有移動，就站在我身後，像是在等待我的反應。

看來妖魔們應該是下達了類似讓他協助我們的命令，所以剛剛在外面、還有現在，魔使者才沒有像第一次見面時一樣砍人不眨眼。

「等等，他算是同伴。」我連忙擋在兩人的中央，在所有人用疑惑的目光投向我和摔倒王子幾次後，又轉回我這邊。

「漾~你遇到啥好玩的事情沒有找本大爺嗎？」搭著我的肩膀，那隻自我宣告是主人的五色雞頭陰森森地笑著。

「呃、這個以後再說，總之他現在不是敵人……先把武器收起來。」我轉過身拍了拍魔使者的斗篷，後者停頓幾秒後，才慢慢地將黑刀收回入鞘。

哈維恩並沒有放鬆自己的警戒，自己同伴被眼前的魔使者殺了一大堆之後，他大概不可能輕易地放鬆自己的戒備。

對哈維恩失去興趣後，魔使者轉向了躺在床上的阿斯利安，然後又看著我，再度用黑刀在地毯上割出痕跡，快到連我都來不及制止。

不知道夜妖精會不會叫我們賠地毯？

魔使者並沒有割太大範圍，這讓我鬆了口氣，仔細一看他根本只有畫出幾個扭曲的形狀，很像塗鴉的痕跡，不知道是變形蟲還是文字，總之這次我完全看不懂是什麼意思。

也不管我有沒有看懂，魔使者收刀之後直接往阿斯利安那邊前進，但是馬上就被摔倒王子給攔了下來。

「幹什麼！」摔倒王子一臉就是不讓魔使者靠近，旁邊的雷拉特顯然對於魔使者獵殺人的樣子很有印象，也跟著站起身擋在魔使者面前。

無視於他們的干擾，魔使者一秒消失在眾人面前，再度出現時已經坐在床沿，一手搭在阿斯利安腹部的短刀上，然後兩人下方瞬間出現扭曲到很怪異的法陣。

這種奇怪的法陣我怎麼看怎麼眼熟，因爲就在不久前我才看過類似的東西……像是塗鴉一樣，沒有特別規則的排列，也和我看過的那些精緻法陣完全不一樣，根本看不出是什麼集合體來催動術法的怪異陣式。

「住手！」連著哈維恩在內，幾個人都撲上去要抓魔使者，但一靠近就被術法給彈開。

唯一沒有跟著上去的式青繞開來，然後在一小段距離外看了半天才回過頭，「先等等，這個是治療術。」他制止了正要出手炸開結界的摔倒王子，「而且是很罕見、鳳凰族的治療陣式。」

「鳳凰族？」一聽見這個名字所有人都停下來了。

早先已經知道魔使者身分的摔倒王子並沒有太過驚訝，只是用恨恨的目光盯著魔使者，大概是準備一有其他不對勁就進行攻擊。

相較之下，雷拉特和哈維恩的表情吃驚成分比較多，哈維恩大概沒想到一直殺他族人的魔使者居然有鳳凰族的血緣、還會使用鳳凰族的法術。

而五色雞頭則是沒有任何表情，完全看不出來在想些什麼。

沒有取下斗篷，魔使者只是逕自使用自己的治療方式，在那柄黑刀出現裂痕的同時，他毫無猶豫地直接將那東西給抽掉。隨著阿斯利安一聲悶哼，黑色的血從他的傷口噴濺出來，將床單染得都是深黑的顏色。

魔使者動作很快，直接甩掉黑刀，雙手覆蓋在傷口上，一點點淡色的光芒從傷口與手心的交界處飄出來，最後散在空氣之中。

隨著時間的流逝，不曉得過了多久，魔使者才移開手，而底下的傷口已經完全消失，連皮膚都已經再生長好，看不出之前嚴重受創。

甩去了手上的血漬，魔使者跳下床解開術法，讓摔倒王子等人靠上去檢視狀況，自己則是轉過去撿了那把黑短刀，端詳了半晌後直接捏碎成粉末，朝我走回來了。

看著完好無缺的皮膚，第一個反應過來的是雷拉特，「治好了……沒有任何惡意留下。」他的語氣有點讚歎了，似乎把魔使者早先殺他的舉動忘得一乾二淨，現在佩服大過於殺傷之，「眞是太厲害了，簡直像是個資深的治療者。」

我看了看魔使者，想起他和黑色仙人掌同父母，理所當然應該也會用鳳凰族的法術……

「你是誰！」

就在我思考這件事時，旁邊的五色雞頭傳來非常冰冷的聲音。

一轉過頭，我看見他不曉得什麼時候站在魔使者面前，沒有平常那種搞笑的態度，取而代之的是種讓人說不出來的寒意，以及淡淡的殺意。

這種狀況我只有很久之前，在某次他打算殺了別學院的人時看見過。

他認眞了。

「你到底是誰！」五色雞頭一把抓住了魔使者的斗篷，後者則是按住自己的衣物，沒有讓對方順利扯下來。

「西、西瑞，等等。」我連忙拉住五色雞頭，可是他力氣非常大，大到我根本拉不住，「先等等啦！」

「滾開！」一把揮開我，也不管我整個人撞到後面桌子發出了巨響，五色雞頭現在眼裡只看見那個魔使者，「不可能……爲什麼你會用這種陣式！你到底……！」

技巧性地掙開了五色雞頭後，魔使者眨眼退開很遠的距離，然後轉向我這邊。

「哈維恩，不介意的話先借個空房間用用吧～」式青搭住震驚中的夜妖精，語氣懶懶地說著，「不然等等使者大人抓狂把我們砍光光就不好玩了。」

哈維恩瞪了式青一眼，不甘不願地拋把鑰匙給他，說出另個房間的位置。

「快點把他們帶走！」

式青的話語貫穿我的腦袋。

❀

在式青的幫忙下，我們四個人好不容易換了間較小、但沒有外人的地方。

一踏進房間後，式青就布下好幾層隔絕外面的結界。

「到底是怎麼回事？」他看看我，又看看五色雞頭，最後把視線放在魔使者身上，「這個小美人有什麼問題嗎？」

「……這是妖魔借給我們的……」我聽到我自己的聲音越來越小，五色雞頭的視線相當可怕，像是想撲上來掐著我把所有事情都說清楚一樣，「是個……死人做成的使者。」

五色雞頭收緊拳頭，他全身僵硬地轉過去，一把抽掉了魔使者身上的斗篷，這次魔使者沒有再阻止他，直接讓那張與黑色仙人掌幾乎一樣的面孔暴露在空氣中。

「喔，糟了。」式青在我腦袋裡發出哀號，但我卻不知道爲什麼。

魔使者無情感的目光注視著已經完全說不出話的五色雞頭，然後往後退開一步，並沒有再做任何動作、也有可能只是在判斷五色雞頭的反應是屬於什麼狀況。

下一秒，五色雞頭一巴掌打在魔使者臉上。

鮮紅色的掌印浮現在魔使者有點白皙的皮膚上，他甚至連吃痛的表情都沒有，只是淡淡地注視著五色雞頭突如其來的舉動，一隻手已經按在腰間刀柄上了，但並沒有抽出來。

「你怎麼不死乾脆一點！」怒吼出來，五色雞頭再度朝魔使者又是一巴掌，不過這次沒打到，反應過來的魔使者一把抓住他的手腕，盯著他看，又轉過來看著我，像是無法理解發生什麼事情地甩掉了五色雞頭的手。

打比方來說，還眞有點像是電腦當機的樣子。

式青看向我，我快速地把妖魔地發生的事做了些簡單的描述，只有關於六羅的事情說得比較詳細些，我想五色雞頭會想知道的，所以幾乎沒有隱瞞都告訴他了。

靜靜聽著我說的話，五色雞頭完全沒有插話，就連那頭平常很閃的彩色鋼刷似乎都黯淡了許多，沒有那麼閃眼了。

反而是站在旁邊的魔使者在我們講話這段時間，似乎對那頭奇怪的毛產生了怪異的興趣，嘗試去摸了兩、三次五色雞頭的腦袋，然後又快速收手、又摸，之後才把視線轉開。

「所以這個小美人是去暗殺別人但是反而被殺死，最後妖魔帶回家當守門人嗎？」聽完整段話後，式青重新打量了魔使者，「奇怪，他本身的力量很強大……不管是哪方面來說，應該不太可能會被殺死，我覺得他認眞起來，是可以完全贏過那個奇歐妖精還有餘喔。」

式青的判斷基本上一直很準，我也覺得六羅的實力肯定在摔倒王子之上，不然他就不會成爲整座沉默森林的惡夢，但他爲什麼會死？

抹了一把臉，五色雞頭把臉轉到旁邊不讓我們看，半晌才傳來悶悶的聲音：「老四心很軟，肯定是不想殺那個獵物想放過他、卻被那個該死的獵物殺死了。」

「所以這裡應該有一個殺死小美人的凶手。」式青說出重點了。

殺死六羅的人就在這座沉默森林中。

「本大爺會找出那個傢伙！殺了他！」五色雞頭發出致命的宣言，像是復仇般的語言深深刻印在我們心裡。

我知道，他不是開玩笑的。

急促的敲門聲打斷了我們的對話。

魔使者立即將斗篷甩回身上，另邊的式青解除防止偷聽的結界，下一秒門就被人推開，屋子的主人哈維恩走進來，「霜丘的兄弟派遣使者過來，想和我們三方進行交涉。另外，阿斯利安醒了……你們在談些什麼？」

「沒事，那些討厭又都不漂亮的夜妖精找我們？」式青歪著頭，發出疑問。

「是，他們指明了您、妖師，以及精靈殿下……但他似乎還下落不明。」不曉得學長目前在妖魔保護下，只轉告我們這些事的哈維恩似乎有些難言之隱，「霜丘兄弟對沉默森林發動進攻，即使如此，我們仍然會保護你們的安危、在任何狀況下。」

說完，他說了會在神聖大廳進行會議之後，就先退出去了。

趁著短暫的時間，我連忙問式青之後發生些什麼事情。

「不就是霜丘的妖精突然殺進來嘛，也不知道爲什麼。」式青講的和五色雞頭差不多，在霜丘夜妖精突然攻打進來之後，沉默森林的夜妖精一時錯愕沒來得及反應，不過幸好平常被魔使者攻擊慣了，基本反射動作還是有的，沒有造成太多死傷就先撤回第二防線。

哈維恩在這裡有著領導某支攻擊隊的隊長身分，所以那時候才會在魔使者那邊出現救了我們。

就在我們回來的不久之前，大約是清晨的時間霜丘佔著戰士眾多的優勢又進行了一次襲擊，這次五色雞頭他們都暫時先幫忙做了抵禦，補足了空缺。

不過沉默森林的人數還是居於劣勢，也是因爲這關係，衝去救某個被圍攻夜妖精的阿斯利安才會著了霜丘的道被打成重傷。

式青說，他猜大概是因爲這原因所以沉默森林才會突然對我們態度比較軟化吧，也沒有看過城主的手信什麼，這兩天對他們也挺好的，就一直住在哈維恩的家裡了。

大致上了解這邊狀況後，我反而比較擔心這裡，畢竟學長那裡有強大的妖魔，暫時還沒什麼危險性，但曾攻擊醫療班的夜妖精又來了，而且還對我們的行蹤瞭如指掌……怎樣都不像是臨時起意襲擊沉默森林，總覺得他們很有把握我們一定會來這邊才做了這種準備。

「西瑞，你……」看著轉過身的五色雞頭，我在想要不要讓他先自己獨處一下。

五色雞頭一秒就轉過來了，依然是平常那種賤賤的笑臉，「啥？本大爺的僕人想要自己去幹好玩的事情嗎～」

看他的樣子，我不曉得要鬆口氣還是什麼，「我們過去看看阿利學長？」

「隨便，反正本大爺人稱江湖一把刀，就算那些東西殺進來，本大爺也是來一個殺一雙啦！」很豪氣地拍拍我的肩膀，五色雞頭第一個走出去了。

「嘖嘖，該對這傢伙另眼相看了。」式青發出了不明意義的嘆聲，跟著走出去，之後才是我和走在最後的魔使者。

轉回剛剛房間時，阿斯利安已經坐起身了，衣服也重新換過一套，剛剛還滿擔心他的摔倒王子現在坐在房間最遠的那一角，沒有跟其他人有所接觸。

雷拉特不知道在和他說點什麼，在我們進房間之後就全都停下來了。

「學弟。」對我點了下頭，阿斯利安說話的聲音還頗虛弱，看來體力沒有跟著傷口一起恢復，「我和你們一道過去。」

看來哈維恩來找我們之前已經先通知過阿斯利安了。

「不准去！」摔倒王子拍桌站起來。

阿斯利安看了他一眼，「並不是什麼嚴重的傷勢，不要因爲這種原因影響到正事。」他說話的語氣很淡，就好像摔倒王子只是在鬧脾氣似地。

繃著臉，摔倒王子猛地站起身，撞開我們離開房間了。

「我出去一下。」看摔倒王子和往常似乎不太一樣，我連忙追了出去，「等等回來！」跑了兩步，我發現魔使者還是跟在我們後面，就隨便他了。

摔倒王子並沒有離開很遠，走出房子後很快就看見他停在某根石柱旁，環著手不知道在想些什麼。

我還沒走過去他就發現我了，轉過頭惡狠狠地瞪了我一眼後也沒管我要滾過去還是滾走。

然後，摔倒王子不知道從哪邊弄出來根菸。

這是我第一次在這個世界看到有人抽菸，而且對象還是個尊貴無比的摔倒王子。之前就連安地爾都沒咬過菸，頂多就是在那邊煮不知道會不會喝死人的咖啡而已。

我突然覺得摔倒王子也不是那麼尊貴嘛。

是說一起行動也不是短時間了，我怎麼沒有注意到他會抽菸？

無視我和魔使者，摔倒王子背對著我們點了菸之後用力吸了兩口，在我覺得他的動作實在不像是菸槍的同時，他果然狠狠咳了起來。

「小心得肺癌喔。」不會抽菸還硬要抽，是說他的菸是從哪裡冒出來的啊？

「干你啥事！」摔倒王子轉過來直接把香菸丟到我頭上。

閃過那根菸，我慶幸還好沒眞的丟到，不然燒出個圓形禿肯定很搞笑。

盯著摔倒王子，一時不知道要從哪邊開口。

「呃……哈維恩他們應該還在等我們，大家一起過去？」糟糕，我跟他眞的沒話講，這下窘了、窘爆了。

根本沒有搭理我，過了半晌後摔倒王子才開口：「不用管我。」

他這次沒有自稱王子了。

「我被席雷家的兄弟救過一命。」

不知道是在說給自己聽還是說給我聽，總之突然提起往事的摔倒王子就這樣開口，聲音不是很大，所以我只好繃緊頭皮站過去一點聽。

「戴洛沒什麼脾氣，所以在家族合作之後到現在都維持良好關係……很久之前，奇歐妖精聚會上出現暗殺者，殺害了大量奇歐妖精，原本目標就是我們王家，不過卻被戴洛和阿斯利安制止，我也只相信他們兩個，阿斯利安或者戴洛，我覺得搭檔只會是他們。但是爲什麼會無法和阿斯利安好好相處？」

有一秒我覺得摔倒王子很徬徨，和最開始遇到的莉莉亞一樣抱持著自身的驕傲，完全無法與人相處，但是莉莉亞率直很多，能夠慢慢地配合上身邊的人。

不過說眞的，摔倒王子根本已經扭曲了吧，扭得像是麻花辮一樣還打了八個死結，完全不知道應該怎樣和他相處，到現在我也只知道他很喜歡聽故事而已，突然對我丟了一堆眞心話，我完全反應不過來。

等等，他也有可能是自言自語，根據經驗，我最好趕快離開，不然通常他們說完之後肯定會再加上一句如果被別人知道就要把我抹脖子之類的話，從以前到現在都不曉得累積多少人要抹我脖子了！

摔倒王子沒有繼續說下去了。

所以你們過去的恩怨情仇就只有這一小段嗎？

我驚訝了。

一直沉默地保持著一段距離的魔使者猛地回過頭，我才驚覺不是摔倒王子說完了，而是有人出現在我們附近，他才中斷。

「我們過去了。」雷拉特站在不遠處朝我們招手。

朝雷拉特招了回去，我轉過頭看著摔倒王子，「你沒有去了解過他們，當朋友的話，要試著去了解其他人的想法和需要。」

然後，我和魔使者追上雷拉特。

不曉得摔倒王子會當成屁話還是眞的會聽，總之我覺得他應該是很想把阿斯利安當成眞正的朋友，但是不知道應該怎麼做。

莉莉亞曾經幫過我很多忙，因爲我害她遭遇到很不幸的事，雖然只有一點點，我相信我們依舊存在著友誼。

如果可以幫得上摔倒王子，也算是幫朋友盡一分力吧。我果然還是希望摔倒王子和阿斯利安尷尬的氣氛可以改善，撇開別的不說，他們的默契眞的很好，如果可以的話……

摔倒王子默默地跟了上來。

在房子前我們重新和阿斯利安、五色雞頭還有已經變成獨角獸的色馬會合後，雷拉特就領著我們往哈維恩指定的地方走去。

似乎早在來時就把這邊地形都摸清楚的雷拉特完全沒有認路的問題，熟悉得很像他家一樣，連哪邊可以抄近路都知道。

因爲隊伍中有魔使者這種特別的人物，所以在屋外的夜妖精都尖叫著跑遠，在屋子裡的一秒關上了門窗，就怕魔使者一個發難直接大屠殺。

走著走著，我們自然也發現有武裝隊伍靜悄悄地跟在我們後面，預防著任何可能會發生的事情。

雖然知道魔使者已經死了，不過五色雞頭還是下意識走在他旁邊，似乎還是有點想保護自家兄弟。

大約五分鐘後，雷拉特領著我們到了神聖大廳的位置。

與其說是房子，我覺得我看見的應該是顆超級大的岩石，不知道夜妖精用什麼詭異的技術把岩石都給挖空了，裡面起碼可以容納兩、三百人的空間，內部很有技巧地用岩石本身雕出了樑柱壁畫，多餘的部分也都被修整打磨到閃閃發光……妖精的工藝技術眞的很厲害。

我拿出手機把四周拍了一輪，這才注意到整座大廳的人都在看我，包括我們自己這一方。

「咳，這邊可能收訊不太好。」阿斯利安微笑著告訴我，適時解決了我的尷尬，然後幾個夜妖精走過來，領著我們進到大廳的桌前讓我們按照位子坐下。

沒有坐在夜妖精指的位上，魔使者走到我們身後，原本站在那邊的夜妖精馬上跳開，戰戰兢兢地站遠一些。

偌大的長桌前還坐了其他人，除了我們之外幾乎都是夜妖精，連哈維恩都列在裡面。坐成一排後很容易可以發現夜妖精中有一半是比較高大、屬於霜丘妖精的坐在另外一邊，同時我也看見了上次攻擊我們的賴恩就坐在其中，帶著讓人看了有點不舒服的表情緊盯著我們。

「現在人都到齊了。」有個長滿白鬍子的夜妖精站起身，老老皺皺又有點捲捲的，看起來很像是長老之類的……長得很老還可以在這種場合裡發言的一般都是長老應該沒錯，「霜丘來的兄弟，爲什麼你們要攻打同爲夜妖精的沉默森林？」蒼老的聲音很像是磨砂紙般的粗嘎，在安靜的大廳中聽起來分外明顯。

看起來好像還是領頭者的賴恩也站起身，「沉默森林的弟兄還沒聽見黑夜的低語嗎？我們需要外來的旅人，你們卻包庇著他們，在黑夜中導讀未來的妖精們應該要攜手合作，只要交出這些人，霜丘夜妖精就會立刻賠罪與退離。」

「霜丘妖精曾攻擊過公會組織與其他人，我以紫袍身分代表公會要求你說明一切，否則公會就會依照既有法則做出判斷，全面反制霜丘夜妖精，不排除聯合各種族抵制你們的行爲。」阿斯利安看著賴恩，從嘴唇裡吐出冰冷的話語。

「霜丘並沒有和公會結盟，沒必要告訴公會任何事情。」賴恩挑起眉，冷笑著回答。

「即使打算與公會爲敵嗎？」摔倒王子一拍桌面，站起身。

阿斯利安拉住摔倒王子，「假使霜丘夜妖精不對襲擊一事做出正面回應，我們就必須對於這種惡意行爲做出強制處置。」緩了口氣，他接續說：「既然霜丘會出動這麼多戰士，與其說是要脅，不如說是公會有所行動，所以才逼得你們必須全部離開原本的地方對吧。」

賴恩的表情變了下，但很快掩飾下來，「你以爲光憑公會能夠讓霜丘失去群聚之地嗎？請放心，我們多得是公會無法找到的境外之地。」

「是嗎？」依舊保持著笑容，阿斯利安看著他們，「既然連維持秩序的公會都無法撼動你們，那為何霜丘妖精們害怕變動，以致於不斷攻擊他人？」

「你們還不懂嗎？」賴恩冷笑了聲，突然說出一段我之前聽過的話：「當黑夜徵兆出現時，鬼之影在世界邊陲、妖之歌響徹天境、魔之身降臨於深淵。當黑色徵兆出現在夜裡時，黑色即將再重捲一切。」

我下意識看向哈維恩。

「鬼族已經出現了，沉默森林中唱出了妖魔聲、魔使者！」指著站在我們身後的凱里，賴恩語氣變得非常重，「古老的黑暗之力已經快要出現，你以為公會能夠抵得住那種恐怖嗎！」

夜妖精開始騷動了，其中有不少都用敵視的目光看著魔使者。

「就算如此，在霜丘妖精告知詳細前，我們不可能會讓沉默森林的客人有所損傷。」哈維恩一點都不讓步，「沉默森林知道古老的記事，但是我們卻不知道相同血脈的兄弟想要做出什麼事情。」

「只要把人給我們，你以後自然會知道。」賴恩依然不肯讓步。

就在雙方僵持之際，空中突然出現振翅的聲音。

所有人把視線轉過去，只看見空氣中出現了一陣漣漪，那隻單眼烏鴉振著翅膀順著氣流、在眾目睽睽下飛向魔使者，最後停在他的肩膀上。

無視於所有夜妖精吃驚錯愕的表情，烏鴉動了動身體，然後開口吐出話語：「有什麼好隱瞞呢？動搖的弱小生物，你們不就只是想要佔有那股力量嗎？」

賴恩的臉瞬間鐵青了。

烏鴉轉過來，面對著我和摔倒王子，「這是交換的條件，夜妖精沒什麼特別騷動的理由，他們只是想獨佔黑色力量而已。」

「住嘴！」賴恩吼出聲音，幾個霜丘夜妖精衝上來想要抓住那隻烏鴉，不過被沉默森林的人給擋下來了。

「請繼續說。」哈維恩的表情變得很難看，不只他，連那個長得很老的夜妖精和其他人也都豎直耳朵聽單眼烏鴉的話。

「當世界成形時，所有種族出現在世界上，最後出現的陰影黑暗帶有毀壞一切的可怕力量。三千年前的戰爭封印了力量，殘餘在世界上的進入人心，變成鬼族，與天然形成的妖魔不同，這股力量可以改變任何之物，形成定律，扭曲著生命維持著鬼族生存。」烏鴉蹲下身，單眼轉動了下，像是在嘲諷著每個人，「每個種族都有著各自的使命以及任務，你們這些弱小的生物難道忘記，導讀黑夜之族的存在，原本就是侍奉古老黑色種族、妖師一族嗎……哈哈哈哈……」

這次換我錯愕了，我從來沒有聽過這件事，就連然他們也沒有提過，只知道妖師好像是身負什麼東西而存在的一族，但是我沒想到夜妖精原來和妖師有關係。

我看向哈維恩等人，他們一點都不吃驚，難怪最初哈維恩知道我是妖師身分時，態度會不一樣。

「妖師一族已經在許久之前解除我們的責任，夜妖精仍然尊敬著妖師血脈者。」看了我一眼，哈維恩大聲地說：「沉默森林在古老時爲妖師一族導讀夜之語言，讓妖師一族能正確規正黑色定律，雖然我們已經不再揹負，但是不會忘記。」

「嘿嘿……那就好，我該做的事情可是都做到了，接下來就等你實現約定了，小東西。」帶有水妖魔口吻的烏鴉笑著，然後重新躍回空中，隨著空氣消失了。

整座大廳陷入了死寂的沉默。

賴恩與其他霜丘夜妖精的表情難看到了極點，大概沒想到妖魔會突然殺進來這一筆，直接爽快地把他們的計畫全都爆出來吧。

說眞的我有點不好意思，因爲我忘記告訴妖魔要私下找我們講，結果他就堂而皇之地衝進來了。

哈維恩再度抬起頭時，表情已經全都變了。

「將所有霜丘夜妖精都抓住！」

第十五話　救贖

幾乎瞬間所有人都有了動作。

站在門邊的夜妖精重重推上大廳的巨門，沉重的聲音把裡面與外面隔絕開來。

長得很老的夜妖精長老被保護到最後面去，同時間所有夜妖精動作一致抽出自己的兵器，警戒對峙。

「喔喔喔！開戰了開戰了！本大爺想揍你們想很久了，全都給本大爺出招吧！」根本是打算兩邊都打的五色雞頭歡愉地甩出了獸爪，跳到桌面上。

可不可以拜託你不要在這種時間點火上澆油啊！

阿斯利安和摔倒王子不約而同地擋在我前面，做出了隨時可以攻擊或者防禦的準備。

哈維恩看著賴恩，低沉了聲音：「原來霜丘是想動用黑色力量，被封印的古老力量無論如何都不能重新出現在世界上，不管是否爲夜妖精，我們必須在這之前制止你們。」

「你太天眞了，哈維恩，黑色力量註定要重新出現，既然如此，由我們取走以之對抗鬼族或妖魔，好過被鬼族或妖魔拿走，將這個世界的生命都毀掉！」盯著一樣黑的同伴，賴恩往後退開，他的同伴集結過來，抵禦著包圍他們的沉默森林妖精，「順便再告訴你，如果我們沒有安全離開，在外面的其他霜丘兄弟會馬上踩平這座沉默森林，到時候可別怪我們沒有看在同族的面子上放你們生路。」

「沉默森林不是沒有武士。」

完全不受威脅的哈維恩靜靜回了他這句，接著兩方不再說話，傢伙一抄就開打了。

連忙抽出米納斯，我退了兩、三步。

「哇喔喔，大爆料後惱羞成怒了。」從頭到尾都在看戲狀態的色馬往後跳開，避開要抓他的夜妖精，旁邊的摔倒王子馬上補位將敵人給爆退。

魔使者立即動作起來，一抽黑刀不由分說就要往夜妖精砍。

「等等！不要砍到沉默森林的！」半秒後我就知道糟糕了，因爲見人就砍的魔使者似乎看不出來哪邊是沉默森林哪邊不是，到處都是黑黑的東西在對毆，所以他定格了好幾秒之後回頭看著我，雖然有斗篷擋住臉，但是就是很清楚看見他整個人浮現了一堆問號。

……我難過了。

總不能叫他跳出去，會尖叫的就不要砍吧！

這種時候沉默森林的妖精肯定顧不得尖叫只會逃遠啊！

也不能叫他只砍體型粗壯的，要是夠衰有沉默森林的妖精就是長得粗勇，照樣還是砍錯人的！

我突然感覺到一種絕境，那種不知道怎樣告訴人分辨一堆黑黑裡誰是好誰是壞的絕境。

不遠處的摔倒王子對魔使者拋出個東西，等魔使者接到後我才看見那是在森林外圍、他從霜丘妖精身上拿下來的牌子，「佩有這些的人就是敵人！」

那一秒，魔使者消失了。

接下來我們只聽到此起彼落的哀號聲，短短幾秒就有幾個被沉默森林妖精圍攻的霜丘妖精倒在地上，不斷抽搐著。魔使者很統一地在他們手腳都削了一刀，沒殺死人，但也足以讓他們短時間內無法動彈。

雖然很畏懼魔使者，不過在弄清楚對方並不是針對他們之後，沉默森林的夜妖精急忙將倒下的妖精都給捆住，然後施了術法將他們困著無法移動。

「那是本大爺的獵物啊渾蛋！」眼看魔使者砍掉他要打的人，五色雞頭氣急敗壞地對著黑影吼：「不准動本大爺要揍的！」

「褚！後面！」

色馬的聲音及時在我腦袋裡傳來，我連忙跳開，正好一把刀劈進我剛剛站的位置，不知道哪裡摸出來的夜妖精一翻身，刀子就要往我臉上下去。

旁邊的阿斯利安動作比他更快，一掌就將人翻倒在地，然後將刀給踢到大老遠，最後往他臉上打了一拳，直接把人給打暈，動作一氣呵成、漂亮到讓我都快拍手了。

就在整座大廳混戰成一團時，某種巨大的聲響傳來，迴音撼動了室內，也讓所有人都停下動作。

眨眼間看見魔使者回到我身後，甩去了黑刀上的血水，靜靜退開來。

空氣跟著震動了下，接著是透明的半空中被什麼力量拉扯扭曲著，被撕開了巨大的黑色傷口，從那裡出現了顆黃色渾濁的大眼睛俯瞰著我們。

「既然沉默森林的兄弟們無法合作，那就請你們永遠沉默下去吧。」完全沒有被上面那顆大眼睛驚嚇到，賴恩抬起手，掌心上出現了一個正在冒著黃煙的小瓶子，空中的眼睛跟著那道煙一顫一顫的，「為了能讓你們直接回到安息之地，我特地幫你們準備好空間之獸，提早抓走術士也讓你們無法抵抗，只要忍一下就可以了，沉默森林不會再有任何麻煩。」

「賴恩！」

哈維恩朝著霜丘的同族妖精衝過去。

帶著微笑，賴恩捏碎了手上的瓶子，黃色的煙瞬間瀰漫整座大廳。

轟然一聲，空氣被撕碎開來，有著灰色硬皮的單眼巨大野獸直接平空掉了下來，一掌打碎了距離它最近的夜妖精。

「沉睡吧，我的同族兄弟們。」

賴恩消失在空間獸之後，帶著最後的笑聲。

「保護長老！」

哈維恩喊叫著，好幾個夜妖精立即圍著那個長得很老的夜妖精急急往後退。

「嘖！」推開擋在前面的夜妖精，摔倒王子蹬了桌子，一下子就翻到空間獸的頭上，迅雷不及掩耳地就往怪物單眼一轟，隨著淒厲的吼叫聲後，我看到半隻眼睛挾著不明的液體在火焰之後被轟了出來，然後又被炸了下直接變成一沱爛水灘在地面。

硬皮的大妖怪整隻被劇痛襲擊後，拚了命地要把摔倒王子給拽下來，不過怎樣就是抓不到，加上夜妖精的攻擊隊伍在震驚後回過神來，也紛紛向前對這有兩層樓高大的奇怪東西進行突襲，空間獸不斷跳腳著，間時還打飛了好幾個閃避不及的夜妖精。

我端起米納斯，正想幫忙之際，站在一旁的阿斯利安壓下我的手，「沒關係，這點程度休狄可以處理。」他的語氣相當肯定，像是對摔倒王子的實力有絕對把握。

看了看阿斯利安，我往後退開，與色馬閃到後面去。

「不去幫忙眞的沒關係嗎？」有點擔心地看著，我想著不然就讓魔使者去幫忙也好……等等！五色雞頭呢？

一回過神我才注意到五色雞頭不知啥時也爬到那隻空間獸的身上，一爪直接卡在硬皮裡，痛得空間獸不斷亂吼亂跳，途中還踩死了幾個留下來襲擊的霜丘妖精，原本正在和霜丘妖精對峙的雷拉特左跳右閃，直接翻出戰圈幫忙保護那個很老的長老。

了解到空間獸不會閃避自己人，霜丘妖精也聰明地避到旁邊，有的直接乖乖讓沉默森林的夜妖精捆起，不再反抗。

「我和休狄出過一次任務，是兩個人對付三頭比這還要大的空間獸，其中兩隻是被休狄一人獨力擊倒的。」阿斯利安帶著淡淡的微笑這樣告訴我：「所以眞的沒關係。」

既然他都這樣說了，我也就安心下來，「阿利學長似乎也很習慣和摔……和王子殿下一起出任務的樣子？」

「嘖嘖，你在探人隱私嗎？這樣太不高明了，要泡小美人不是這樣泡的吧。」色馬在後面頂了頂我的屁股，被我一巴打走。

「我對休狄並沒有任何怨恨，甚至可以說搭檔時還滿愉快的，但是後來我發現他並不尊重生命，這讓我很生氣，在他能意識到這點之前，我是不可能再和他重新搭檔。」大約也知道我想問什麼，阿斯利安說著，然後嘆了口氣。

我想他們可能之前出任務時發生過什麼糾紛，不過阿斯利安會告訴我，或許是多少也希望摔倒王子可以聽到點什麼吧？

「那時候，他在我面前將一名小女孩炸成粉屑，我完全來不及將她救出去，只因爲那個村莊已經不行了，休狄判斷必須處理乾淨……他的判斷是正確的，但是我相信只要多給我三十秒、或是十秒也好，就不用多將一個孩子送回安息之地，即使她已經被毒氣入侵，但是她還活著……休狄卻沒有這類的想法；這樣繼續下去的話，是我無法承受。」閉了閉眼睛，面色有點蒼白的阿斯利安看著空間獸那邊，無奈地勾勾唇角，「於公休狄並沒有錯誤，但是在情感上我無法認同，我只希望他可以體會到生命都是一樣的，不要用奇怪的評價看待任何生命，雖然很自私，但是我只希望以搭檔爲前提，他能夠理解這點，但是他到現在還是不明白，只要講到類似的事情我們就會吵得很嚴重，這也是沒有辦法的。」

他講得雲淡風輕，但我立即就知道爲什麼阿斯利安完全不肯退讓了。

這跟摔倒王子煩惱的根本是兩回事嘛！

摔倒王子的腦袋果然不好！

就在我們聊了一小會之後，那隻被圍毆的可憐空間獸直接倒地，全身都是灰色黑色的濃稠血液不斷噴出，還有一些被炸爛得很嚴重的傷口。

我打賭如果不是在室內，摔倒王子肯定早就把牠變成粉末了，哪還要花這麼久的時間，又不是沒有看過他大型轟炸過，這樣還眞算客氣了。

「小心！」

就在我還想著摔倒王子的事情時，有點距離的哈維恩大聲對我們吼道。

原本應該已經快沒命、只差頭顱沒被砍下來的空間獸突然一個掙動，朝著我和阿斯利安的方向直撲而來，速度快到連阿斯利安也一時間沒反應過來。

那瞬間我只感覺到眼前一片黑，接著有個好像很大聲、唰東西的聲響傳來，然後是鈍重物撞在地上。

幾秒後，魔使者從我們前面讓開來，黑色的斗篷劃出一個很大的弧度，又重新包裹回他的身體。

空間獸的頭整個被卸下來，乾淨俐落得幾乎不流一滴血，就在身軀倒下後，血管與神經才反應過來已經被切斷了，汩汩地流著血水與做最後無意義抽搐。

砍掉獸頭的不是摔倒王子也不是五色雞頭，甚至連夜妖精們都對於冒出來的人感覺到極度的錯愕。

閃著黑光的移送陣法還在微微轉動，嵌在鐮刀上的骷髏笑聲取代了戰鬥的聲音，讓幾個夜妖精幾乎同時擰起眉。

扛著鐮刀的黑色仙人掌站在即將消失的陣法上。

「西瑞小弟，你一定要在這麼刺激的地方嗎？你老哥我要是反應慢一點就會被恐龍吃掉了喔。」剛好陣法出現在空間獸正前方的黑色仙人掌揮動了鐮刀，帶著骷髏的武器就這樣消失在他手上。

「你來幹嘛！」五色雞頭幾乎一看到自家兄長就反感。

黑色仙人掌聳聳肩，「問看看是誰申請醫療班囉。」

被他這樣一講，我們才想起來早先時候有找醫療班要來醫治阿斯利安的事情，不過後來被魔使者插手了，也就忘記。

「眞是的，一到森林外就被一堆黑東西襲擊，還好他們內臟都還不錯，勉強可以當作勞動費。」完全不顧旁邊夜妖精驚嚇的目光，黑色仙人掌直接翻開自己其中一個口袋，裡面幾乎心肝脾肺啥的都可以看見……難怪我總覺得他的口袋很鼓。

你到底把外面的霜丘夜妖精怎麼了啊！

「要不是時間緊迫，還眞想多找一些有用的。」用很可惜的語氣說著，黑色仙人掌很珍惜地把口袋給關好，「因為西瑞小弟你在這裡啊，醫療班當然派我出手比較快，想想移送陣法會移到哪邊去嘛。」

我想起這些移動陣法沒特別指定的話，通常就是會送到最近的血親身邊，難怪這次會是黑色仙人掌來。

加上目前沉默森林的狀況，的確是擁有雙袍級的黑色仙人掌會比普通醫療班好很多。

「煩死了！」五色雞頭理也不理地走開了。

「所以說患者是……」

黑色仙人掌的目光在看見魔使者那瞬間停頓了。

※

哈維恩給了我們一間相當大的房間。

在他告訴沉默森林同族我的身分之後，夜妖精們的態度轉變很多，又因為霜丘有著要消滅他們的舉動，所以夜妖精也致力於備戰，對我們反而沒那麼緊迫盯人了。

色馬打了個哈欠，趴在房間的角落看著我們。

原本就打算只陪我們到這裡的雷拉特沒再繼續參與我們的討論，和摔倒王子、阿斯利安打過招呼後便先行離開。

離去之前我把蒂絲的事告訴他，雷拉特便說他要帶他的遠望者隊伍前去山妖精之地探查，如果有什麼消息會馬上告訴我；另外也會把目前沉默森林還有霜丘的狀況傳達給公會，於是人就離開了。

房間裡相當安靜。

黑色仙人掌在確定過阿斯利安的狀況後，就把全部的注意力都放在魔使者身上了，不過他沒有五色雞頭那種震驚以及賞他巴掌，就連他有沒有表情我們也看不出來──因爲都被黑劉海蓋住了。

沒有人出聲干擾他的動作。

站在房間中央的魔使者看著黑色仙人掌在他身上摸來摸去，不時還放了幾個檢驗法術，也乖乖地連動都沒動，只是偏頭看了看我們，最後把視線放在五色雞頭的腦袋上，就開始出神發呆了。

「眞的是六羅。」大約過了一段時間，黑色仙人掌才冒出這個結論。

「光看就知道了好不好！你是有沒有混過道上啊！」五色雞頭一秒從座位上跳起來槓他，「你個芭樂庸醫！連自己兄弟都認不出來嗎！」

黑色仙人掌看了他一眼，「廢話，當然看臉看得出來，不過就是要檢查是拼裝的還是原裝的你懂不懂，六羅自己有講過如果他翹了屍體要送我，我當然要檢驗有沒有被偷換掉！」

「送你個鬼！他還活活的，不是屍體！」像是被踩到尾巴一樣，五色雞頭馬上暴吼出聲。

「這已經是屍體了，會有反應是因爲殘存著一點本能記憶和勉強組織起來的靈魂……如果這眞的是妖魔的傑作，那我還眞有興趣認識認識那個妖魔。」摸著六羅的臉，完全看不出來在想什麼的黑色仙人掌轉過來看著我。

「我也沒辦法。」搖搖頭，我和妖魔約定過不能告訴別人他們的住所。

黑色仙人掌嘖了聲，不知道是覺得可惜還是有其他因素。

半躺在床上休息的阿斯利安看著我們，「雖然我很想立即去拜訪你們說的那些妖魔，但是還得等到基本力氣恢復……你確定那兩位妖魔不會對亞學弟不利嗎？」

「嗯，他們似乎與學長的父親很熟，應該沒關係的。」再說如果要動手早就幹了，幹嘛還要演出深情戲碼，這樣對妖魔來講太多餘了，所以我選擇相信他們。

而且，那兩個妖魔似乎不算壞……不然他們就不會撿屍體當使者了，大可以路上隨便抓一個回去殺了再改。

阿斯利安點點頭，沒有繼續追問妖魔的事，「依照你們得到的情報，我也認爲山妖精那邊可能有必要再去一趟……在亞學弟的事情辦完之後。蒂絲的隊伍被全數殲滅不是個偶然，能做到這樣肯定有所計畫和準備，只是不曉得爲什麼他們會惹來殺身之禍……」

「保險箱裡的東西眞的不相關嗎？」我補充上：「蒂絲說過他們將很重要的東西藏起來了，埋完保險箱之後他們就趕向學院才被殺的，不能再試試看有沒有什麼嗎？」

對於蒂絲的事情我感到很掙扎，莫名認爲一定得解開它才行。

「我會請情報班重新再查詢相關訊息。」阿斯利安直接用手機發了訊息出去，「契里亞城主的事情也不能忽視，他肯定還會有新的動作。」

這點大家都同意了。

「眞沒想到那個小美女的哥哥也會幹這種事情啊……明明第一次看到時人很乾淨的說，太可惜了。」色馬嘆了口氣，不知道是在惋惜什麼。

沒有加入我們討論的黑色仙人掌繼續在魔使者身上摸來摸去，幾秒之後他發出了一點點聲音，像是罵了句什麼。

「老三，你罵髒話？」聽得懂的五色雞頭挑起眉。

「叫三哥！臭小子！」轉過頭，一巴掌打上魔使者的臉，黑色仙人掌突然變得很氣憤，在魔使者還來不及抓住他手之前又補了他另一邊一巴，將他與自己相似的臉都搧紅了，「六羅．羅耶伊亞！你眞是個該死的傢伙！我們明明已經幫你爭取離開家族了！你居然……！」

黑色仙人掌很難得會發怒，尤其是現在這種狀況，除了摔倒王子與床上的阿斯利安，我和五色雞頭幾乎是馬上就跑過去把還想打人的黑色仙人掌架開。

「老三！你在幹啥啊！」自己也巴過人的五色雞頭大聲問著。

「我乾脆送他下地獄比較快！」顯然氣得不輕的黑色仙人掌怒道：「這傢伙、這傢伙！他是自己放棄生命的！」

我們都愣住了。

「你有沒有看錯？」鬆開手，五色雞頭一臉不信。

「你自己是殺手還看不出來嗎！這傢伙根本沒有抵抗就讓人家乾淨俐落地把他了斷了！」拉著魔使者的領子，黑色仙人掌翻出頸子上那道傷疤，「一刀劃過去，根本沒有掙扎！你就這麼想死嗎！」

錯愕地看著魔使者的傷痕，五色雞頭退開幾步，「爲什麼是這樣……」

很怕他們兩兄弟等等又左右開弓巴使者，我連忙把魔使者拉開一點，「等等，說不定六羅只是不想傷害別人。」

「對，所以他自己送死去了！」黑色仙人掌衝過來，直接拽住魔使者的領子，火氣異常大，「而且身上有分離術法痕跡，他在死之前把靈魂和身體徹底分開了……你就這麼不想得救了嗎？你這麼不想活著回家嗎！我們已經逼老子點頭答應讓你脫離了……只要你回家就可以離開了，你爲什麼不想活著回來！」

說著，黑色仙人掌又掄起拳頭想打下去，不過這次色馬直接從中間卡過去把兩個人隔開來，然後對著黑色仙人掌耙蹄子——

「再打下去小美人的臉都腫了啊渾蛋！」

這種時候你就不要插花了吧。

不過因爲色馬的肥大身軀介入，至少五色雞頭或黑色仙人掌都沒有辦法繼續巴使者了。

剛剛那幾次只是魔使者沒反應過來、也有可能他只是懶得動手，要是再連連巴下去，天知道他會不會突然發飆。

黑色仙人掌從頭髮的細縫後惡狠狠地瞪著他的兄弟。

「你說分離……如果找到靈魂的話，還有復甦的機會嗎？」靠在床邊的阿斯利安突然打斷了黑色仙人掌的氣憤，提出這個問題。

被他一提醒，黑色仙人掌也跟著冷靜下來：「琳婗西娜雅應該有辦法，畢竟他的屍體還『活著』……理論上或許可行，我們沒有遇過這樣的例子……等等，說不定眞的可行……」

我打賭那瞬間黑色仙人掌腦袋裡一定浮現了幾十種不同的理論和方式，雖然他嘴上說著要拿的是屍體，但是他果然還是需要六羅活著。

雖然打歸打，但畢竟他和五色雞頭一樣，都還很在意這個兄弟。

「先試試看尋找靈魂吧，如果身體還跟靈魂有所牽繫，或許在他前往安息之地前我們可以想辦法攔住他。」阿斯利安咳了咳，呼了口氣後接著說：「如果那位老師知道這件事情，應該會很高興的。」

我想他指的應該是我們班導，因爲五色雞頭說過六羅和班導的關係非常好。

要不是因爲狀況特殊，我還眞想把訊息傳給班導，說不定他認識的怪人更多，或是還有什麼什麼老師的，可以有別的方法幫六羅找到活下去的機會。

坐在旁邊的摔倒王子皺起眉，似乎很想說什麼，但又忍下來了，只把頭給轉開。

「公會中應該有很多擅長這類事情的人可以幫忙。」邊說著，阿斯利安像是想到人選，

「我有認識的幾位，或許可以幫得上些什麼。」

黑色仙人掌點點頭，又看了面無表情的魔使者一眼之後，才憤憤地走到旁邊去幫自己倒杯水消火。

杯子被重重扔在桌面，震出了不小的聲音。

「可惡，既然你想死，我偏偏就要把你救活！不管付出什麼代價，賭上鳳凰族的血緣，我會讓你再回來面對現實！」

魔使者依舊站在旁邊。

不過可能是覺得五色雞頭和黑色仙人掌會撲過來打他，所以他的位置微妙地換到一個離他們比較遠點的角落。

「老三，老四當初到底是執行什麼任務？」在發過脾氣之後，五色雞頭看著自家兄長問出了他心中的疑問。

「殺人。」黑色仙人掌給了他兩個字。

「今天如果不給你一頓粗飽，你不知道恁爸的鞋子穿幾號——」

我連忙撲上去抓住五色雞頭，「或許我們可以知道凶手的下落，還是須要我們離開這邊呢？」問人家家族的殺人資料好像也怪怪的，我想或許黑色仙人掌有顧忌。

歪著頭，似乎本來很想抓腳砍腳的黑色仙人掌彎起了唇，不知道是在怪笑什麼，「不用了，反正追殺令已經失效，不過資料在我老子那邊……據說當年要殺的好像是個叫作賴恩的夜妖精。」

「咦！」黑色仙人掌話一說完，我們全都呆掉了。

「知道是誰？」站起身，黑色仙人掌看向我們，眼鏡後帶著若有似無的殺意，「說出來，我會讓他後悔出生在世界上。」

……果然是兄弟沒錯，他抓狂起來還真和五色雞頭有得比。

「那個叫作賴恩的夜妖精，剛剛放完空間獸就跑了。」五色雞頭咬牙切齒地說著：「居然就是他！下次沒有把他塞到果汁機打成醬倒進馬桶，本大爺的名字就倒過來寫！」

其實西瑞改成瑞西也不難聽就是。

「不用下次了，現在追上去還來得及。」似笑非笑地揮出鐮刀，黑色仙人掌活像要去索命的死神，「反正他們還在攻擊沉默森林，就玩大一點吧。」

「哈！一句話，本大爺等的就是這個時候。」五色雞頭站起身，直接就是要和他家阿兄殺出破敵了。

「拜託你們兩個冷靜一點！」看他們越說越激動，我連忙抓住他們兩個，回頭想要找阿斯利安求救，卻發現他似乎陷入了沉思，而且臉色變得很嚴肅，「阿利學長？」

「你們有沒有想到……」

慢慢抬頭看著我們，阿斯利安說出了他的疑惑，「霜丘夜妖精是現在才開始反常、我們知道他們想要奪取黑暗力量，但六羅是在幾年前就已經死了，那時候沉默森林應該沒有和霜丘有太大互動，看他們的樣子並不像是來往熱絡的兩族。而在那之後六羅被妖魔所救，但是這樣一來的話——」

四周全都安靜了。

我們只聽見完全不合當時狀況的話攤開在我們面前。

「要殺霜丘夜妖精的六羅．羅耶伊亞，為什麼會死在相隔遙遠的沉默森林裡？」

《特殊傳說Ⅱ 亙古潛夜篇．卷二》完

學長多數的狀態是——

by 紅麟

那是，非常久遠的故事。
他們是最開始發現異狀的其中之一……
特殊傳說
〈遠望者篇〉
腳本／護玄
繪／紅麟

喂!找殺手家族的!自己出來受……報到!
無人應答……
偷偷摸摸的!小偷!?

見者有份！手上東西交出來！大爺饒你不死！
小孩？
哪來的
鬼小孩……
當小偷就該剁手，大爺可是宇宙之王
快交出來！否則就剁掉你那隻賊手！

身上有綠意氣味，好像就是找我來的遠望者吧？
比小偷好玩多了！
有架不打是笨蛋

還真是簡單啊，難怪要我們殺手家族出馬。
邪惡使者……戰士，是不會放過你的！
啥？竟然叫本大爺邪惡使者！
叫你們更強的出來！大爺在這裡等著，還有，
叫本大爺宇宙之王！
轟！
更強的在那裡嗎？

枝葉與芽也全染成褐色了，看樣子被污染得很嚴重啊。
先試試吧
先找一下他的要害點。

喂！不要擋在大爺的路上。
聽到沒有啊！
你……
大爺江湖單刀行，不用你們這些平民百姓隨便插花！
所以快給我閃開！
……

嘩嘩
嘩嘩
他要幹嘛？突然開始狂奔！
@%！#&！
等等！前面是……！

渾蛋！你家樹人都高空彈跳的嗎！
#%！#……@&
聽不懂啦！

哼哼，再怎麼摔，大爺還是有不死之身。
大爺這就送你上路。早死早超生。
等等！
幹嘛？大爺生平最恨刀下留人這句！
你、到底是……
大爺是宇宙之王！

大爺就是生在風浪端的男子漢，危險當飯吃、下酒配！
總之你閃遠一點滴血，剩下的給本大爺來處理就對了。
……
大爺送他上路了，
身體不快點處理掉，會污染土地。

生為泥、還為泥
嘩
大爺處理屍體不唸經的！
……不用唸。
呼呼呼呼—
呼呼呼呼—

最開始發現的……是古老種族……
他們是最開始發現異狀的其中之一。
遠望者是在黑暗世紀之前便已經甦醒的種族。
他們因「需要」甦醒；因「宿命」降臨，成為新的種族。
樹人是最開始發現異狀的「其中之一」，但他們無法在世界上遊走，沉睡也很久，所以他們必須要活動快速且生命很短的種族來幫忙。

黑暗世紀來臨時，精靈戰爭來襲時，遠望者在戰火中盡責地幫樹人處理污染、傳達信息和轉移沉睡地等事宜。而遠古的純淨之地都已經消失殆盡。
他們沉睡，但也經由遠望者看著世界。遠望者傳遞出歌謠時，世界會有所變動。他們聯繫著樹人與自然，幾千年來不斷執行自己的種族任務，絲毫不動搖。

你醒啦。
那位殺手家族的朋友呢？
殺手朋友在外面吃了很多很多的肉後睡著了。
戰士到谷底時，發現他正在輸送血氣給你，所以你還活著。

等你醒來後，互相介紹一下吧。
我們肯定會分享更多訊息。
有現在的，也會有古老的。還有更多關於遠望者的故事。
即使再怎樣久遠，歷史依舊會繼續傳遞。
《遠望者篇》完

下集預告

特殊傳說Ⅱ 亙古潛夜篇 03

嚇得沉默森林夜妖精皮皮挫，
身爲妖魔僕人的魔使者身分眞相大白。
對方靈魂的所在，似乎也透出了蛛絲馬跡？

想要救治跟在自己後頭、受傷的重柳族，
漾漾卻莫名被對方給捅一刀，
難道，這是色馬想非禮對方的慘烈報應！？

內心OS：

你搞錯了老大，
把你剝光想要對你幹什麼的不是我啊！

國家圖書館出版品預行編目資料

特殊傳說Ⅱ.亙古潛夜篇／護玄 著.
——初版.——台北市：蓋亞文化，2014.07
冊；公分.

ISBN 978-986-319-098-1（第二冊：平裝）

857.7 103006273

悅讀館 RE322

特殊傳說Ⅱ 亙古潛夜篇 02

作者／護玄
插畫／紅麟　封面設計／克里斯
出版／蓋亞文化有限公司
地址◎台北市103承德路二段75巷35號1樓
電話◎（02）25585438　傳眞◎（02）25585439
網址◎www.gaeabooks.com.tw
電子信箱◎gaea@gaeabooks.com.tw
部落格◎gaeabooks.pixnet.net/blog
投稿信箱◎editor@gaeabooks.com.tw
郵撥帳號◎19769541　戶名：蓋亞文化有限公司
法律顧問／宇達經貿法律事務所
總經銷／聯合發行股份有限公司
地址◎新北市新店區寶橋路235巷6弄6號2樓
電話◎（02）29178022　傳眞◎（02）29156275
港澳地區／一代匯集
地址◎九龍旺角塘尾道64號龍駒企業大廈10樓B&D室
電話◎（852）27838102　傳眞◎（852）23960050
初版五刷／2022年11月
定價／新台幣 250 元
Printed in Taiwan

GAEA ISBN／978-986-319-098-1

RE322
GAEA

特殊傳說 II 互古潛夜篇 02

蓋亞文化　讀者迴響

感謝您在茫茫書海中選擇了蓋亞，您的支持是我們最大的動力。
不要缺席喔，讓我們一起乘著夢想的羽翼，穿越時空遨遊天地！

姓名： 性別：□男□女 出生日期： 年 月 日	
聯絡電話： 手機：	
學歷：□小學□國中□高中□大學□研究所 職業：	
E-mail： （請正確填寫）	
通訊地址：□□□	
本書購自： 縣市 書店	
何處得知本書消息：□逛書店□親友推薦□DM廣告□網路□雜誌報導	
是否購買過蓋亞其他書籍：□是，書名： □否，首次購買	
購買本書的動機是：□封面很吸引人□書名取得很讚□喜歡作者□價格便宜□其他	
是否參加過蓋亞所舉辦的活動： □有，參加過 場 □無，因爲	
喜歡出版社製作什麼樣的贈品： □書卡□文具用品□衣服□作者簽名□海報□無所謂□其他：	
您對本書的意見： ◎內容／□滿意□尙可□待改進 ◎編輯／□滿意□尙可□待改進 ◎封面設計／□滿意□尙可□待改進 ◎定價／□滿意□尙可□待改進	
推薦好友，讓他們一起分享出版訊息，享有購書優惠 1.姓名： e-mail： 2.姓名： e-mail：	
其他建議：	

廣告回信　郵資免付
台北郵局登記證
台北廣字第00675號

TO：蓋亞文化有限公司　收

103 台北市承德路二段75巷35號1樓

Gaea

Gaea